PETER MEISENBERG

TOSKANA KÖLSCH

KOMMISSAR LÖHRS FÜNFTER FALL

Emons Verlag

Umschlagzeichnung: Heribert Stragholz
Druck und Bindung: Clausen & Bosse GmbH, Leck
Printed in Germany 2005
ISBN 3-89705-319-5

www.emons-verlag.de

Für die Toskana-Fraktion:
Eberhard, Lidia, Manon, Margarete und Salvatore

Nicht der Gesang der Amsel riss Löhr am frühen Morgen, lange vor der Aufstehenszeit, aus dem Schlaf. Vielleicht war das Konzert der Amsel der Auslöser gewesen. Ihre flötenden und von einem gellenden »Dix-Dix-Dix« unterbrochenen Strophen schien sie unmittelbar vor dem Schlafzimmerfenster vorzutragen. Der Grund des verfrühten Aufwachens war ein Schweißausbruch. Und die Ursache wiederum für diesen Schweißausbruch war nicht etwa die hochsommerliche Temperatur – es war Ende Juli und die Nächte ebenso schwül wie die Tage –, sondern ein Alptraum gewesen.

Löhr hatte geträumt, sein Zug habe inmitten einer kahlen, verdorrten Landschaft halten müssen. Ein furchtbarer Durst marterte ihn. Er irrte durch den Zug auf der Suche nach einem Getränk. Die Schaffner lachten ihn aus: Was er glaube, wo er sei? Im Orientexpress? Es gebe keine Bar hier. Und auch keine Getränke.

Der Durst wurde so groß, dass Löhr den inzwischen zum Stehen gekommenen Zug verließ in der Hoffnung, irgendwo in der Nähe ein kleines Dorf und darin eine kühle Bar und darin erfrischende Getränke zu finden. Obwohl es ihm selbst im Traum absurd vorkam, hegte er irgendwie die Erwartung, dieses erfrischende Getränk könne ein Kölsch sein. Natürlich war ihm klar, dass er sich in der Fremde, einer wüstenähnlichen Fremde überdies, befand. Aber ausgeschlossen, redete er sich ein, während er über trockenes, gelbes Gras stolperte, ausgeschlossen war es nicht, dass er hier irgendwo bald auf ein Kölsch stoßen könnte. War Kölsch nicht längst schon zu einem Exportbier avanciert, Beck's oder Heinecken vergleichbar? Gab es nicht selbst in Hamburg, in Berlin sogar, Dutzende von Kölsch-Kneipen? Wieso dann nicht auch hier, in der Toskana?

Beim Wort Toskana war er aus dem Traum aufgefahren, und jetzt, als er sich mit einem Zipfel der Schlafanzugjacke den Schweiß von den Schläfen tupfte, wurde ihm klar, weshalb. Er hatte Angst. Reiseangst. Er versuchte, sich über den Gedanken zu beruhigen, dass dies ganz normal sei, dass solche Angst jeden nur selten, und vor allem einen so *sehr* selten Reisenden wie ihn überkam, wenn die Reise kurz bevorstand, doch er vermochte nicht wieder in den Schlaf zu finden. Er versuchte es einmal auf der rechten, dann wieder auf der linken Seite, schließlich auf dem Bauch. Es war zwecklos. Behutsam, um die noch schlafende Irmgard nicht zu wecken, stahl er sich aus dem Bett.

Ist natürlich völlig lächerlich, dachte er beim Zähneputzen, dass ich ausgerechnet von Kölsch träume! Man könnte fast meinen, du wärst 'n Alkoholiker! Trinkst doch kaum Kölsch. Und wenn, dann nur zwei, drei gegen den Durst. Trotzdem schämte er sich ein wenig wegen seines Traums. Weniger wegen der Kölsch-Phantasmagorie, die wirklich lächerlich war, sondern wegen seiner Angst, seiner Reiseangst. Hatte er sich nicht bis gestern noch richtig auf den Toskana-Urlaub mit Irmgard gefreut? Endlich mal raus aus dem tagtäglichen Trott, Abstand gewinnen von der Routine im Präsidium, eine andere, neue Umgebung genießen, Natur. Genau dies jedoch, was bis gestern noch Anlass seiner Vorfreude gewesen war, hatte ihn im Halbschlaf gequält und schließlich aus dem Bett getrieben. Eben das Vertraute, Gewohnte missen zu müssen. Seine täglichen Fahrten ins Präsidium, die kleinen und ihm inzwischen lieb gewordenen Zänkereien mit seinem Kollegen Esser, seine abendlichen Notizen über kölsche Redeweisen, die Abendzigarre, der Abend-Tullamore-Dew … Nun, Tullamore Dew gab's bestimmt auch in der Toskana, und Zigarren konnte er mitnehmen. Aber darauf kam's eigentlich auch gar nicht an. Entscheidend war die Frage: Was um alles in der Welt sollte er in der Toskana?

***

»Und wie machst du den Pudding?«

»Wie man halt Pudding macht. Halber Liter Milch, 'n Päckchen Puddingpulver, vier, fünf Esslöffel Zucker – und wenn dat im Wasserbad köchelt, geb ich noch ein, zwei Esslöffel Margarine rein …«

»*Margarine?* Du tust da tatsächlich Margarine rein?«

»Ja wat denn sonst! Sonst wird der Pudding doch nicht cremig.«

»Also ich, ich geb da immer Palmin rein, in den Pudding. Weil, das ist geschmacksneutral. Und vor allem, damit sich das nicht mit der Butter sticht, die ja auch noch dazukommt, verstehst du?«

»Also ich wüsste nicht, wieso meine Margarine nicht ›geschmacksneutral‹ sein soll. Ist doch et selbe wie Palmin – Pflanzenfett ...«

»Ich hab da noch *nie* Margarine reingetan.«

»Kocht eben jeder anders.«

»Also so was wie Margarine hab ich gar nicht *im Haus*!«

»Ist eben jeder anders.«

Bevor sich der Plausch über die Herstellung von Buttercremetorten zwischen seinen Schwägerinnen Ute und Michaela zu einem Austausch von Klassenstandpunkten zuspitzte, verließ Löhr lieber die Küche seiner Mutter, ging hinüber ins Wohnzimmer und wollte von dort zum Balkon, wo die Männer der beiden Frauen, seine Brüder Bernd und Robert, auf Klappstühlen saßen und rauchten.

Selbst über so etwas Unverfängliches wie Buttercremetorte kann man sich also profilieren, musste Löhr erstaunt feststellen und dabei an die vor Dünkel lang und länger werdende Oberlippe von Michaela denken, nachdem Ute das Wort Margarine ausgesprochen hatte. Als wenn sie nur auf ein Stichwort gewartet hätte, um der anderen zu demonstrieren, dass sie etwas Besseres und die andere eben bloß die Frau eines arbeitsscheuen Schwadroneurs und Pumpgenies sei.

Buttercremetorte! Bevor Löhr auf den Balkon heraustrat, machte er noch eine Runde durchs Wohnzimmer, stieg dabei über die Schar seiner auf dem Fußboden vor dem Fernseher versammelten Nichten und Neffen hinweg, um an den Tisch zu gelangen, auf denen die zerklüfteten Reste der Buttercremetorten standen, die seine Mutter für ihren Namenstagskaffeeklatsch gemacht hatte. Buttercremetorte! Seit seiner Kindheit hatte er keine Buttercremetorte mehr gegessen. Wieso eigentlich nicht? Irgendwie schienen Buttercremetorten aus der Mode gekommen zu sein. Dem widersprach allerdings, dass seine Schwägerinnen die Rezepte noch auswendig kannten. Aber das lag vielleicht daran, dass sie beide Kinder hatten. Seine Mutter hatte sie für ihre Enkelkinder gemacht – zu ihrem Namenstag hatte sie dieses Mal nur ihre Kinder und ihre Enkelkinder eingeladen. Und alle waren gekommen, bis auf ihren Jüngsten, Gregor, der aber auch keine Kinder hatte und außerdem auf einer Konzertreise in Australien war.

Buttercremetorte ist eine Kindertorte – das musste es sein! Sobald man erwachsen ist oder zumindest glaubt, es zu sein, distanziert man sich von Buttercremetorten, so wie man dann auch Brausetütchen verschmäht oder kein Autoquartett mehr spielt. Und wie hatte er als Kind Buttercremetorten geliebt! Einmal, auf dem Namenstag seiner Großmutter Agnes, der Mutter seiner Mutter, hatte es drei verschiedene Sorten Buttercremetorte gegeben: Vanille, Schokolade und Zitrone. Von allen drei Sorten hatte er zuerst zwei Stücke gegessen, dann von seiner Lieblingssorte – Vanille – noch einmal zwei. Die anschließende Übelkeit ertrug er mit großer Würde, denn sie sich und den anderen einzugestehen, wäre einem Verrat an der geliebten Buttercremetorte gleichgekommen.

Da die Nichten und Neffen bereits so in den Torten gewütet hatten, dass keine vollständigen Stücke mehr übrig waren, machte Löhr sich nicht die Mühe, eine Gabel zu benutzen, sondern nahm den Zeigefinger, genau so, wie er es als Kind getan hatte, um nur ja nicht den kleinsten Rest übrig zu lassen. Und mit der Erwartung, dass ihm nun das gleiche wunderbare Geschmackserlebnis, das er als Kind gehabt hatte, widerführe, schob er sich den dick mit der cremig-fetten Masse beladenen Zeigefinger in den Mund.

Wenig später trat Löhr auf den Balkon und setzte sich zu seinen beiden Brüdern. Er war um die bittere Erkenntnis reicher geworden, dass die eigene Kindheit ein verlorenes Reich ist und sich Kindheitserlebnisse nicht wiederholen lassen. Die Buttercremetorte hatte so abscheulich geschmeckt, dass er gleich nach der Flasche Himbeergeist, die sein Bruder Bernd in Reichweite vor sich hatte, greifen und sich einen ordentlich Schluck eingießen musste. Da Bernd und Robert in einem quasi theologischen und deshalb sehr emotional gefärbten Streitgespräch begriffen waren und nicht auf ihn achteten, hatte Löhr die Muße, den Himbeergeist bedächtig zu genießen und dessen wohltuende Arbeit in seinem buttercremegeschädigten Magen zu verfolgen.

»Und wenn ich dir sage«, behauptete Robert, »dass es 'ne heilige Anita überhaupt nicht gibt, dann kannst du mir dat schon glauben. Ich kenn mich da aus!«

»Du kennst dich da aus! Keine heilige Anita! So 'n Quatsch! Anita ist 'ne kölsche Heilige. So wie Ursula. Kannst du Gift drauf nehmen!«

»Ach! Du bist also 'n ganz Schlauer! Und wie kommst du da drauf, dass Anita 'ne kölsche Heilige sein soll?«

»Weil et gar nicht anders sein kann! Oder meinst du etwa, unsere Großeltern hätten unsere Mutter nach wat anderem benannt als nach 'ner kölschen Heiligen?«

»So ein Blödsinn, Bernd! Sind Bernd und Robert und Jakob und Gregor etwa kölsche Heilige?«

»Gregor bestimmt!«

»Eben nicht! Es gibt fast ein Dutzend heiliger Gregors! Aber keiner – keiner davon ist kölsch!«

»Wat du nit alles weißt! Und was ist mit Ursula, he?«

»Ursula. Na gut. Aber eigentlich kommt die ja aus England.«

»Ist doch wohl egal, oder? Hauptsache, die ist hier in Köln umgebracht worden und deswegen heilig und deswegen 'ne kölsche Heilige. Und genauso ist dat auch mit der Anita, verlass dich drauf. Ich krieg das schon noch raus!«

»Gar nichts kriegst du raus, Bernd! Es gibt weder 'ne kölsche noch überhaupt 'ne heilige Anita! Anita ist nichts anderes als die spanische Verkleinerungsform von Anna. Und Anna, das ist die eigentliche Heilige. Ist ja nicht umsonst der gleiche Tag wie der von Anita, wo deren Namenstag gefeiert wird.«

»Anna? Anna sagst du? Da haben wir et doch! Dann ist eben Anna die kölsche Heilige!«

»Nein, Bernd! Du hast wirklich keine Ahnung! Die heilige Anna ist die Mutter von Maria, also die Mutter der Gottesmutter – und deswegen heilig.«

»Als wenn et nur eine heilige Anna gäb! Wart ab, Robert. Ich krieg dat schon raus, ich hab zu Haus so 'n Buch über Heilige ...«

Ein Außenstehender hätte größte Mühe gehabt, die beiden Männer den Frauen zuzuordnen, die eben in der Küche über Margarine ihre Zugehörigkeit zu grundverschiedenen sozialen Schichten ausdifferenziert hatten. Bernd, den Vertreter der Auffassung, dass Anita eine kölnische Heilige sei, hätte man sofort dem Establishment, wenn nicht gar der Geldaristokratie zugeordnet, so repräsentativ waren seine Erscheinung im weißen Leinenanzug und der mächtige Schnauzbart. Und im viel unscheinbareren Robert, dem Heiligenkenner und Träger eines billigen C&A-Freizeitblousons, hätte der Außenstehende automatisch den Margarine verzehrenden armen Schlucker erkannt. Dabei war es genau umgekehrt. Bernd, der Mann im weißen Anzug, gehörte zu Ute, und Robert war der Mann Michaelas, der dünkelhaften Margarine-Verächterin. Aber so war es immer schon gewesen zwischen diesen beiden Brüdern: Für Bernd, den Bonvivant, der sehr selten in seinem Leben einer regelmäßigen Tätigkeit nachgegangen war und nie so recht gewusst hatte, wovon er am nächsten Ersten die Miete bezahlen sollte, galt der Schein mehr als das Sein, und beim spröden Robert verhielt es sich genau umgekehrt. Und da sie so grundverschiedene Typen waren, gerieten sie in schöner Regelmäßigkeit bei Familienzusammenkünften über ganz grundsätzliche Fragen so heftig aneinander, dass sie sich oft im Streit trennten, um sich dann bei der nächsten Familienzusammenkunft wieder brüderlich in die Arme zu fallen, als wenn nie etwas zwischen ihnen gewesen wäre. Bis sie dann das nächste strittige Thema gefunden hatten. Löhr hätte in der Frage der Herkunft des Namens Anita – der Namenspatronin seiner Mutter – spontan eher Bernds Auffassung zugeneigt; aber in Kenntnis des Umstandes, dass auch im Bereich des Wissens – zumal in religiösen Fragen – bei Bernd grundsätzlich der Schein mehr als die wahre Substanz galt, gab er Robert Recht. Er sagte es aber nicht. Um einer Eskalation zwischen den beiden vorzubeugen, sagte er stattdessen:

»Also bevor ihr euch da weiter in die Haare kriegt, würd ich doch vorschlagen, der Bernd guckt in seinem Heiligenbuch nach, und ihr klärt die Sache mit der Anita beim nächsten Mal. So kommt ja doch nichts bei rum.«

Erstaunlicherweise stieß sein Vorschlag bei beiden auf augenblickliche Zustimmung. Allerdings aus unterschiedlichen Gründen. Bernd war froh, sich nun in aller Ruhe dem Himbeergeist widmen zu können, Robert dagegen nutzte die Unterbrechung, um Löhr beiseite zu nehmen. Er stand auf und führte ihn ins Wohnzimmer.

»Ich hätte da vielleicht ‘nen Tipp für dich, Jakob.«

»Aha. Und was?«

Robert sah um die Ecke zu Bernd, der sich gerade eine neue Zigarette ansteckte und das Kunststück fertig brachte, dabei das Glas mit dem Himbeergeist nicht aus der Hand zu nehmen.

»Würd ich hier nicht so gerne drüber sprechen. Ist alles nicht offiziell – und wenn einer rumtratscht, was ich hier erzähle, dann ...«

»Um was geht’s denn? Gib mal ‘n Stichwort.«

»Um die BAP, die Wohnungsbaugesellschaft, bei der ich arbeite ...« Verschwörerisch senkte Robert die Stimme.

»Verstehe«, sagte Löhr. »Dann gehn wir doch ‘n bisschen spazieren. Mir ist sowieso gerade danach, mir die Beine zu vertreten.« Löhr strich über seinen Magen. »Der Bernd kommt mit seiner Flasche bestimmt alleine klar und die Frauen in der Küche sowieso.«

Auf dem Weg hinaus steckte Löhr kurz den Kopf zur Küche hinein, um Bescheid zu sagen, dass er und Robert einen kurzen Spaziergang machten. Tatsächlich saßen die Frauen – Ute, Michaela, seine Schwester Ursula, seine Frau Irmgard und seine Mutter – um den Küchentisch herum, nein, nicht um weiter Backrezepte auszutauschen, sondern Irmgard las aus der Kladde vor, die Löhr seiner Mutter zum Namenstag geschenkt hatte. Er hatte darin – handschriftlich natürlich – all die kölschen Redewendungen und Wörter zu Papier gebracht, die er im Laufe der letzten Jahre, wenn auch nicht immer unmittelbar von seiner Mutter selbst gelernt, so doch ausführlich mit ihr erörtert hatte.

Irmgard unterbrach ihr Vorlesen und sah Löhr strahlend an.

»Das ist *so* schön, Jakob!«

»Danke«, antwortete Löhr. Er hatte ein schlechtes Gewissen.

Von seinem morgendlichen Traum und seiner Angst vor der Toskana hatte er Irmgard natürlich nichts erzählt.

***

»Sag mal«, sagte Robert, nachdem sie das Haus auf der Eintrachtstraße verlassen hatten und zum Eigelstein hinunterschlenderten, »das ist ja 'ne Seltenheit, dass deine Irmgard mit zu 'ner Familienfeier kommt.«

»Hm«, machte Löhr zögernd. Er war es zwar gewohnt, von seinen Verwandten immer wieder auf die Abwesenheit seiner Frau bei Familienfesten angesprochen zu werden, aber die entsprechenden Erklärungen abzugeben – dass Irmgard sehr häufig auf Reisen war – blieb ihm nach wie vor zuwider. Denn zwangsläufig schloss sich daran die nächste Frage an, nämlich die, wie sich diese Reisen Irmgards denn mit ihrer Ehe vertrügen. Diesmal aber brauchte er eine solche Nachfrage nicht zu befürchten. »Das kommt daher, weil wir morgen Abend zusammen in Urlaub fahren.«

»Waas?« Robert blieb kurz stehen. »Du und in Urlaub fahren? Sag mal, ist auch alles in Ordnung bei euch?«

Löhr lächelte. Er konnte sagen, was er wollte, unversehens richtete sich die Neugier seiner Verwandten auf den Zustand seiner Ehe. »Natürlich ist alles in Ordnung bei uns«, antwortete er. »Wie kommst du auf die Idee, dass nicht?«

»Ich meine: Du und in Urlaub fahren, das ist doch nicht normal, das tust du doch sonst nie!«

»Diesmal eben schon. Ich hab's Irmgard schon seit langem versprochen. Und irgendwann muss ich doch mal mein Versprechen halten, oder?«

»Aha«, machte Robert bloß. Aber dieses »Aha« klang weniger bestätigend oder feststellend, sondern ließ die Vermutung mitschwingen, dass es um Löhrs Beziehung zu Irmgard tatsächlich nicht sonderlich gut bestellt sein konnte, wenn Löhr sich schon seiner Frau zuliebe auf so etwas für ihn völlig Absonderliches wie einen Urlaub einlassen musste.

Löhr unterließ eine korrigierende Bemerkung; sie wäre zu

kompliziert geworden und hätte den Verdacht seines Bruders sowieso nicht beseitigen können. Außerdem hätte das seinen Unlustgefühlen, seiner Angst vor der Reise und dem damit verbundenen schlechten Gewissen wieder Auftrieb gegeben. Er war froh, durch den Spaziergang und Roberts Anliegen für eine Weile davon abgelenkt zu sein.

»Du wolltest mir was erzählen, Robert«, erinnerte er seinen Bruder an dessen geheimnisvolle Ankündigung.

»Ja, genau. Ich dachte, das wäre was für dich. Ich meine, als Kripo-Mann. Ist also Folgendes. Es geht um die BAP, die Wohnungsbaugesellschaft, bei der ich arbeite.«

Löhr nickte. Bei der Abkürzung BAP kam ihm immer der gleiche Gedanke: Ob es wohl Zufall oder Absicht gewesen war, dass die Band des Südstadtrockers Niedecken sich das gleiche Namenskürzel zugelegt hatte? Jedenfalls hatte Löhr keine Ahnung, wofür diese drei Buchstaben standen – weder bei der Band noch bei der städtischen Wohnungsbaugesellschaft. Dafür aber ging seine Antipathie, die er gegenüber der Band beziehungsweise ihrem Hauptprotagonisten empfand – und zwar wegen dessen erbarmungswürdig schlechtem und überdies völlig vernuschelt-unverständlichem Kölsch – bruchlos auf die Wohnungsbaugesellschaft über. Und wie immer, wenn sich dieser Gedanke bei ihm einstellte, nahm er sich vor, bei Gelegenheit einmal gründlich über solch merkwürdige Übertragungs-Antipathie nachzudenken.

»Aber das, was ich dir jetzt sage, Jakob, das bleibt unter uns, versprochen?« Robert hatte bereits die Stimme gesenkt, noch bevor er zu seinem eigentlichen Geheimnis gekommen war.

»Ja, natürlich.«

»Du hast bestimmt in der Zeitung gelesen, dass die BAP verkauft werden soll?«

»Sicher«, entgegnete Löhr. »Der Lokalteil in der Zeitung ist ja seit Wochen voll davon. Von wegen dem städtischen Haushalt auf die Beine helfen …«

Robert lachte höhnisch auf. »Ja, so heißt es.«

»Und?«, fragte Löhr.

»Ja, ja, das kann schon stimmen, dass die Stadt das Geld braucht. Und deshalb ärgert die es ja auch, dass sich da 'ne Bürgerinitiative gegründet hat, die den Verkauf verhindern will. Darum geht's aber gar nicht.«

»Sondern?«, fragte Löhr noch einmal. Roberts Geheimnistuerei ging ihm ein bisschen auf die Nerven.

»Die Frage ist doch«, kleidete Robert seine Antwort in einen Ton, in dem Zauberer ihre geheimsten Kunststücke verraten würden – wenn sie sie denn verrieten –, »wer profitiert von dem Verkauf?«

»Nein, nein, nein!« Vehement wedelte Löhr mit seiner Rechten, als wolle er einen ganzen Schwarm Hornissen damit abwehren.

»Wie, ›nein, nein, nein‹? Was hast du?«

»Ich will nichts von dem hören, was du mir sagen willst. Hab die Nase voll von Korruptionsgeschichten. Das gehört nicht in mein Ressort.«

»Nicht in dein Ressort? Du machst doch seit Jahren nichts anderes, Jakob! Du hast die Dachdecker-Mafia-Geschichte im Generalvikariat aufgeklärt, den Oberbürgermeister-Kandidaten wegen 'ner Insidergeschichte zu Fall gebracht, den Müllskandal aufgedeckt …«

»Eben!«, sagte Löhr. »Und ich finde, das reicht jetzt. Ich will nichts mehr davon hören, nichts mehr davon wissen. Mein Ressort sind Straftaten gegen das Leben. Wenn du mir also eine Leiche zu bieten hast, dann bitte.«

»*Eine* Leiche?« Flüsternd näherte Robert seinen Mund Löhrs Ohr. »Ein halbes Dutzend Leichen liegen da im Keller.«

»Ich hab von 'ner richtigen Leiche gesprochen, Robert, nicht von sprichwörtlichen. Also verschon mich bitte.«

Robert schwieg eine Weile, und schweigend gingen sie den Eigelstein hinunter auf die Marzellenstraße zu, unterquerten die Eisenbahnüberführung und wichen dabei den riesigen Taubendreckhaufen auf dem Bürgersteig aus. Seit Jahren nisteten hier Hunderte von Tauben, und Löhr war es mehr als einmal passiert, dass er von oben voll geschissen worden war. Hinter der Unterführung bogen sie nach rechts ab, auf St. Ursula zu.

»Weißt du, wie viel die Gesellschaft, die die BAP kaufen will, dafür hinlegt?«

Löhr hatte geahnt, dass Robert nicht lockerlassen würde, dass sein vorübergehendes Schweigen nur der Überlegung gedient hatte, wie er den nächsten Angriff auf Löhrs Ohr optimieren könnte. »Das stand ja in der Zeitung«, entgegnete er deshalb so knapp wie möglich.

»Aber was nicht in der Zeitung stand, Jakob«, wieder senkte Robert die Stimme, »ist, wie diese Summe aussieht, wenn man sie auf den Quadratmeterpreis der zum Verkauf stehenden Wohnungen umrechnet ...«

Löhr schwieg und wandte sein ganzes Interesse dem in Baugerüste gehüllten Barockturm von St. Ursula zu.

»Hundertfünfzig Euro, Jakob! Hundertfünfzig! – Und weißt du, was in Köln der Durchschnittspreis für 'nen Quadratmeter Altbauwohnung ist? – Zweitausend!«

Löhr schwieg und versuchte, seine Gedanken darauf zu konzentrieren, was man mit dem Turm der Kirche vorhatte. Ob er kaputt oder baufällig gewesen war, oder ob man ihn vielleicht etwa durch einen romanischen Turm ersetzen wollte? Er erinnerte sich an die architektonischen »Re-Romanisierungen« an St. Kunibert.

»Macht dich das nicht stutzig, Jakob? Hundertfünfzig Euro pro Quadratmeter! Weniger als ein Zehntel vom marktüblichen Preis?«

»Ist schon merkwürdig«, murmelte Löhr, aber bloß höflichkeitshalber und so wenig Interesse wie überhaupt möglich in die Antwort legend. Was natürlich nichts nützen würde.

Prompt bohrte ihm Robert den Zeigefinger so triumphierend in den Oberarm, als habe Löhr die Tausend-Euro-Frage in einem Fernsehquiz richtig beantwortet. »Merkwürdig! Genau! Das ist merkwürdig. Mehr als merkwürdig. Warum also verschenkt die Stadt so viel Geld, wenn es doch angeblich um die Sanierung der städtischen Kasse geht?«

Löhr kam sich etwas hilflos vor. Seinem Bruder war es jetzt doch tatsächlich gelungen, wenn schon nicht sein Interesse zu wecken, so doch ihn in das Gespräch zu verwickeln.

»Vermutlich«, seufzte er, »ist im Moment kein anderer Preis zu erzielen, oder?«

Robert lachte bellend auf wie nach einem schmutzigen Witz. »Aber natürlich könnte man da einen besseren Preis rausholen. Wenn man wollte. Wenn man die Wohnungen beispielsweise einzeln verkaufen würde. Aber nein, es muss ausgerechnet *diese* Gesellschaft sein, an die die Wohnungsbestände der BAP en bloc verkauft werden sollen.«

»Und warum?«, seufzte Löhr noch einmal, jetzt fast schon schicksalsergeben.

»Gute Frage! Ausgezeichnete Frage!«, jubelte Robert und vergaß dabei ganz seine Flüsterei. »So. Und jetzt die Antwort. Die Antwort findest du, wenn du dir erstens die Leute anguckst, die den Deal eingefädelt haben und die dabei fälligen Provisionen kassieren, und wenn du dir zweitens anguckst, wer hinter dieser Gesellschaft steckt, wem die Anteile daran gehören.«

»Ich will es nicht wissen, Robert. Es interessiert mich nicht.«

»Himmel, Jakob! Du bist doch Polizist! Und das hier, was ich dir erzähle, das ist 'ne kriminelle Machenschaft. Das *muss* dich interessieren!«

»Mein Ressort sind, wie gesagt, Verbrechen gegen das Leben, Robert. Wenn du deine Geschichte unbedingt loswerden willst – ich kann dich mit einem Kollegen zusammenbringen, der für Wirtschaftskriminalität zuständig ist.«

Diese Abweisung verfehlte ihre Wirkung nicht. Robert brummte etwas Unverständliches in sich hinein, schwieg aber, während sie einmal um St. Ursula herum spazierten. Löhr fiel auf, dass man zwar die Kirche wieder einigermaßen in Schuss gebracht hatte beziehungsweise dabei war, es jetzt erneut zu tun. Allerdings hatte man die unmittelbare Umgebung der Kirche weitgehend in Ruhe und in dem inzwischen etwas heruntergekommenen Charme der Nachkriegsarchitektur belassen. Das war etwas, was ihm gefiel. Ganz im Gegensatz zu dem, was man mit der Umgebung anderer romanischer Kirchen gemacht hatte, um Kunibert und Maria im Kapitol herum: ästhetisch schöne, aber aseptisch leere Plätze, zum Ausruhen allenfalls bestimmt, nicht aber zum Leben. Hier jedoch, um Ursula, gab es noch Leben, nicht gerade in seiner schönsten und heitersten Form, aber immerhin Leben.

Als sie zur Eintrachtstraße zurückgekehrt und nur noch ein

paar Meter vom Haus ihrer Mutter entfernt waren, brach Robert sein missmutiges Schweigen, stieß Löhr leicht mit dem Ellbogen in die Seite und grummelte: »Und was wäre, wenn ich selbst, mein Job, von dem Verkauf betroffen wäre? Würde es dich dann immer noch nicht interessieren?«

Löhr blieb stehen. »Du selbst?«, fragte er erstaunt. »Wieso solltest du selbst vom Verkauf der BAP betroffen sein?«

»Weil die Käufer nur den Wohnungsbestand der BAP übernehmen. Uns, die Abteilung für Neubau und Instandhaltung, natürlich nicht.«

»Ja wieso denn nicht? Ihr gehört doch dazu!«

Robert lachte bitter auf. »Natürlich gehören wir dazu. Aber wir sind zu teuer. Das sind ja *Arbeitsplätze*, verstehst du? Und mit so 'nem teuren Schrott wollen die sich nicht belasten. Die wollen nur die Wohnungen zu 'nem Spottpreis und sie dann anschließend fürs Zehnfache wieder verscherbeln.«

»Das ist doch nicht möglich! Das sind doch Verbrecher!«, entfuhr es Löhr.

»Endlich hast du's begriffen, Jakob.«

Jetzt saß er also doch in der Falle. Keine Chance mehr, da noch herauszukommen. Schließlich war Robert sein Bruder, und schließlich war dessen jüngster Sohn, der kleine Gabriel, Löhrs Patenkind. Ein Ding der Unmöglichkeit, sich nicht um die Angelegenheit zu kümmern, falls es tatsächlich zur Bedrohung von Roberts Arbeitsplatz bei der BAP käme. Falls.

»Also gut, Robert. Falls es wirklich so weit kommt – und das ist ja noch gar nicht ausgemacht, dass die BAP wirklich verkauft wird, aber wenn das kommt, dann kümmer ich mich selbstverständlich darum.«

»Falls! Wenn!«, nörgelte Robert. »Da muss sich *jetzt* ein Staatsanwalt drum kümmern! So schnell wie möglich! Nur wenn der Klüngel jetzt aufgedeckt wird, kann der Verkauf der BAP vielleicht noch verhindert werden!«

»Jetzt gleich und sofort geht nicht, Robert.« Löhr legte bedauernd eine Hand auf den Arm seines Bruders. »Du weißt doch: Ich muss in Urlaub. Morgen Abend …«

Und als Robert halb verständnisvoll, halb unzufrieden nickte, fügte Löhr seufzend und so leise, dass Robert es nicht hören konnte, hinzu: »Leider.«

***

Der Sonntag war vorübergegangen, ohne dass sein Kollege Esser ihn zu einem Einsatz gerufen hatte. Aber wieso sollte er auch? Löhr befand sich seit Freitagnachmittag im Urlaub. Obwohl also nur eine äußerst theoretische Möglichkeit für eine Störung seines Familienfriedens bestand, hatte Löhr sie den ganzen Sonntagnachmittag nicht nur vermisst, sondern, wenn er ganz ehrlich mit sich war, sogar ein bisschen herbeigesehnt. An jedem anderen Sonntagnachmittag hätte er mit heftiger Empörung darauf reagiert, an diesem Sonntag hatte er tatsächlich darauf gehofft. Löhr war sich der Schändlichkeit seines geheimen Wunsches wohl bewusst, konnte ihn aber nicht vollständig unterdrücken; zu verführerisch war die Vorstellung gewesen, der Toskana-Urlaub könnte durch eine solche Intervention »höherer Mächte« einen Aufschub erfahren, und sei es nur eine winzige Verzögerung. Aber nein, kein Telefon läutete, das Handy blieb stumm, obwohl er es, ganz gegen seine Gewohnheit, den ganzen Sonntag über an gelassen hatte.

Also hatte Löhr, nachdem er und Irmgard vom Besuch bei seiner Mutter nach Hause zurückgekehrt waren, sich in das Unvermeidliche geschickt, seine Koffer gepackt, den Antrag auf Nachsendung des Stadt-Anzeigers, den Irmgard ausgefüllt hatte, zum Briefkasten getragen, hatte sich nach dem gemeinsamen Abendessen eine Zigarre angezündet, mit einem großen Tullamore Dew die sich hartnäckig in seinem Magen haltenden Reste der Buttercremetorte aufgelöst und dabei mit Irmgard über die bevorstehende Reise geplaudert. Während sie von ihrem Haus schwärmte und davon, welchen Ausblick man von dort habe, begann Löhrs Reiseangst sich allmählich zu legen und sein vom schlechten Gewissen schon halb versteinertes Herz sich zu entkrampfen. Die Furcht vor dem Fremden und die Furcht, das Gewohnte verlassen zu müssen, machten einem Hauch von Vorfreude auf das Kommende Platz. Nicht dass er sich für sich selbst gefreut hätte.

Er freute sich für Irmgard. Er freute sich an ihrer Freude. Und er hatte sich, als er den letzten Schluck Whisky aus dem Glas nahm und aufstand, um sich bettfertig zu machen, bis auf den Grund seiner Seele dafür geschämt, den ganzen Tag über klammheimlich die Hoffnung gehabt zu haben, im letzten Augenblick könnte aus dem von Irmgard so heiß herbeigesehnten Urlaub doch nichts werden.

Jetzt aber, am Montagmorgen, als er die fertig gepackten Koffer und Irmgards Malutensilien im Flur stehen sah und in ihnen Zeugnisse der Gewissheit erkannte, dass in weniger als zwölf Stunden ihr Zug den Kölner Hauptbahnhof verlassen würde, überkam ihn ein so übermächtiges Verlangen danach, dies alles doch noch aufzuhalten, etwas zu unternehmen, um sich zumindest das Gefühl zu geben, nicht ganz tatenlos dem Untergang seiner Welt zugeschaut zu haben. Noch ein Mal, ein einziges Mal noch, musste er den Gang des Gewohnten wenigstens schmecken, riechen, fühlen. Bevor alles vorbei war.

Er ging ins Wohnzimmer, wo Irmgard am Sekretär saß und gerade ein Abschiedstelefonat mit einer Freundin beendet hatte.

»Liegt noch was Besonderes an, was erledigt werden muss bis heute Abend?«, fragte er so harmlos, wie es seine nervöse Stimmung zuließ.

»Nein. Wieso?«

»Ach«, versuchte er, leichthin zu tun. »Ich wollt mich noch kurz von Rudi verabschieden. Im Büro. Du weißt.«

»Hast du das denn nicht schon am Freitag gemacht?«

Natürlich hatte er sich schon am Freitag von Esser verabschiedet. In aller Ausführlichkeit, mit viel Gejammer über den unnötigen Urlaub und mit etlichen Kölsch im »Ledererstübchen«.

»Nicht so richtig«, log er beklommen. »Du weißt ja, wie das ist, der Rudi sitzt da, in seinen Akten vergraben, winkt gerade mal rüber …«

»Und du meinst, das wär am Montagmorgen anders?«, lächelte Irmgard spitzbübisch, vertiefte aber zu Löhrs Erleichterung diesen sehr berechtigten Einwand nicht weiter, sondern hob, weiter wissend lächelnd, die Hände und ließ sie freizügig flattern. »Natürlich ist noch Zeit genug, in deinem geliebten

Büro noch mal nach dem Rechten zu gucken und ein bisschen Abschiedsschmerz zu tanken. – Aber nicht, dass du gleich anrufst und sagst, es gäb da einen neuen Fall und du wärst unabkömmlich!«

»Wie kommst du denn auf *die* Idee?«, fragte Löhr, jetzt bereits wieder mit sehr schlechtem Gewissen.

Schon die Straßenbahnfahrt hin zum Präsidium nach Kalk kam ihm vor, als sei es seine letzte Fahrt durch Köln. Ihm schien, als müsse er jedes Detail, das er unterwegs sah, tief in sich aufnehmen und dort bewahren wie einen Schatz. Wie würde es ihm erst bei der Rückfahrt ergehen? Seit dem Umzug des Präsidiums nach Kalk hatte er die täglichen Straßenbahnfahrten – zumindest deren oberirdischen Verlauf bis kurz hinter der Deutzer Brücke – lieb gewonnen. Führten sie ihm doch Mal für Mal die sichtbaren Denkmäler einer lächerlich inkompetenten und konzeptionslosen Stadtplanung vor Augen, über die sich zu ärgern für Löhr inzwischen ein bittersüßes Ritual geworden war, das er nicht mehr hätte missen mögen: der Renzo-Piano-Bau über der Nord-Süd-Fahrt, der Jahre als unvollendete Ruine beinahe so etwas wie Würde ausgestrahlt hatte und jetzt, wo er sich endlich seiner Fertigstellung näherte, wirkte, als habe ein vergnügungssüchtiger Osterhase ein Glitzerosterei in einem Betonschacht verloren. Dann der auf ewig verhunzte Heumarkt und jetzt – ein neuer Gipfel Kölner Provinzialität war erklommen – der Haubrich-Hof kurz hinterm Neumarkt. Gegen den Protest Tausender von Kunstliebhabern, die geahnt haben mochten, was dann folgte, war die Kunsthalle abgerissen worden. Eine Baugrube klaffte wie eine riesige offene schwarze Wunde neben der Straßenbahntrasse. Und würde noch lange, viele, viele Jahre lang, klaffen. Denn am gleichen Tag, an dem man mit dem Neubau beginnen wollte, hatte man festgestellt, dass kein Geld dafür vorhanden war, man sich bei der Finanzierung »verrechnet« hatte – und postwendend die Arbeiten gestoppt. Der Volksmund oder eine Boulevardzeitung hatten der Baugrube schon einen treffenden Namen verpasst: das »Kölner Loch«. Jedes Mal, wenn er an diesen Denkmälern einer nahezu lustvoll exzessiv sich austobenden Schildbürgerei vorbeifuhr, stieg ein gehässiger Grimm in Löhr hoch. Sicher, sagte er sich dann, zu jeder Stadt gehören auch ihre gescheiterten Bauvorhaben und nicht zu Ende geführten stadtplanerischen Konzepte, ja gerade auch im Scheitern gewinnt eine Stadt ihr Profil. Aber was sollte das für ein Profil sein, das so gut wie *nur* aus gescheiterten oder durch Klüngel und Korruption bloß halbherzig und schludrig zu Ende geführten Plänen bestand? Manchmal knurrte bei solchen Gedanken echter Hass auf seine Vaterstadt in seinen Eingeweiden, ein Hass freilich, der der grundsätzlichen Liebe zu dieser Stadt nicht in die Quere kam, eher sogar eine Äußerungsform dieser Liebe war. Nur auf den ersten Blick nämlich waren Liebe und Hass Gegensätze, zumindest was ihre Beziehung zu vaterstädtischen Größen anging. Das hatte Löhr im Müngersdorfer Stadion erfahren, als er – er war damals vielleicht dreizehn – mit seinem Vater zum ersten Mal zum FC ging. Damals gab es in der Nordtribüne noch Stehplätze, und sie standen dicht gedrängt in einem Schwarm fanatischer FC-Anhänger. Doch statt ihre – zurückliegende – Mannschaft anzufeuern, schleuderten die FC-Fans Tiraden blanken Hasses aufs Spielfeld, wenn einer ihrer Lieblingsspieler einen Fehlpass hinlegte oder einen Zweikampf verstolperte. Was ihrer prinzipiellen Liebe und Treue zum Verein keinerlei Abbruch tat. Nach dem sehr glücklich errungenen Unentschieden zogen sie, begeistert und inbrünstig FC-Heldenlieder singend, aus dem Stadion. Und jetzt, während er in der Straßenbahn sitzend wieder Grimm angesichts der vorübergleitenden Schandmale in sich hochsteigen fühlte, empfand Löhr durch diesen Grimm hindurch und viel stärker noch als den doch eine fast überwältigende Zuneigung zu dieser seiner Stadt. Denn konnte es nicht sein – und bei diesem Gedanken übermannte ihn eine geradezu sentimentale Anwandlung –, dass er sie heute zum letzten Mal sah?

***

Esser legte, ohne hinzuschauen, den Telefonhörer zurück auf die Gabel und sah mit offenem Mund zu Löhr hinüber. Der hatte, als gehöre er schon nicht mehr dazu, an die Tür ihres gemeinsamen Büros geklopft und stand jetzt grinsend im Türrahmen.

»Jakob?« Essers Stimme klang, als habe er eine Erscheinung, ungläubig, fast erschrocken. »Ist irgendwas passiert?«

»Nö«, sagte Löhr fröhlich und schloss die Tür hinter sich. »Wollte nur noch mal tschüs sagen; unser Zug geht erst um acht heut Abend.«

»Hast doch schon am Freitag tschüs gesagt ...« Esser schüttelte grinsend den Kopf. »Sag bloß, du kannst dich von dem Stall hier nicht trennen?«

»Ich?«, fragte Löhr harmlos. »Bin heilfroh, wenn ich den Laden mal für drei Wochen nicht sehen muss.«

»Ach so.« Esser griemelte in sich hinein.

»Wollte nur mal gucken, wie's dir so geht und was es vielleicht Neues gibt.« Löhr schlenderte, als ginge ihn das hier tatsächlich nichts mehr an und als sei er wirklich bloß auf Besuch in seinem eigenen Büro, um Essers Schreibtisch herum und schielte auf die Unterlagen und Aktennotizen, die, wie immer, sorgfältig nebeneinander aufgereiht auf Essers Schreitisch lagen.

Esser schob die Papiere ein Stück von sich. »Nichts Besonderes. Wahrscheinlich bloß ein Unfall.«

»Ach ja?« Löhr beugte sich jetzt über Essers Schulter zu den Papieren.

»Der Braumeister von ›Höfers Kölsch‹. Ist gestern in seinem eigenen Sudkessel ertrunken.«

»Musstest du raus? Gestern, am Sonntag?«

»Nein, nein. Das haben die Jungs von der Stallwache erledigt. Schuhmacher hat mich heut Morgen nur gebeten, die Sache abzuschließen.«

»Also bloß ein Unfall? Im eigenen Sudkessel? Ein Braumeister?«

Nun doch ein wenig irritiert blickte Esser hoch und Löhr von der Seite an.

»Ich meine, so 'n Braumeister kennt sich doch wohl mit seinem Sudkessel aus, oder? So einfach ist das doch nicht für den, darin zu ertrinken.«

»Jakob!«, sagte Esser gedehnt. »Du hast Urlaub!«

»Natürlich hab ich Urlaub, Rudi. Aber erst in ein paar Stunden. Und so lange wirst du mir doch wohl erlauben, mal kurz einen Blick auf unseren Fall zu werfen. – Hab ich vielleicht was, wo ich im Urlaub ‘n bisschen drüber nachdenken kann.«

»Nicht *unser* Fall, Jakob«, korrigierte Esser mit bemühter Nachsicht. »Es ist *mein* Fall. Weil du nämlich Urlaub hast.«

»Du kannst manchmal sehr kleinlich sein, Rudi.«

»Möglich«, antwortete Esser ungerührt. »Aber erstens ist es trotzdem mein Fall, und zweitens ist es überhaupt kein Fall, sondern eine bloße Formalität. Die ist erledigt, bevor du in deinem Zug Richtung Toskana sitzt.«

»Was sagt denn der Gerichtsmediziner?« Löhr ignorierte souverän Essers Versuche, ihn abzuwimmeln, und erntete prompt ein genervtes Augenverdrehen.

»Mit dem habe ich gerade telefoniert, bevor du reingekommen bist. Der hat den Mann noch auf seinem Tisch liegen und ist in einer halben Stunde fertig. Nachmittags krieg ich seinen Bericht.«

»Gut«, sagte Löhr. »Und was ist in der Zwischenzeit mit Tatortbesichtigung?«

»Tatort?« Essers Blick durchbohrte nun Löhr. »Ich hab dir doch gesagt, das ist zu neunundneunzig Prozent sicher ein Unfall! Wer spricht denn da von Tatort?«

***

Das Brauhaus der Brauerei Höfer lag im rückwärtigen Gebäudeteil eines stolzen, reich mit Stuck-Ornamenten versehenen Jahrhundertwendebaus auf dem Hildeboldplatz, dessen vorderer Teil die Gasträume des »Brauhaus Höfer« beherbergte. Man hätte, um zum Brauhaus zu gelangen, auch den Eingang durch die Hofeinfahrt neben der Gaststätte nehmen können. Doch Löhr bestand darauf, durch den Gastraum zu gehen. Es war Ewigkeiten her, dass er das letzte Mal im »Brauhaus Höfer« gewesen war. Vor zehn, fünfzehn Jahren noch war das »Höfer« ein klassisches und sehr traditionsbewusstes kölsches Brauhaus gewesen, das heißt, man hatte größten Wert auf die Attribute eines solchen gelegt: auf ein hervorragendes Kölsch natürlich, auf deftige Speisen und blank gescheuerte Eschenholztische ebenso wie auf unfreundliche bis rabiate Köbesse und einen noch unfreundlicheren Oberkassierer im »Beichtstuhl«, dem in der Mitte des Gastraumes platzierten Kassiererhäuschen, von wo aus er mit scharfem Blick die Aktionen jedes seiner Köbesse verfolgen konnte.

All diese Eigenschaften waren dem »Höfer« erhalten geblieben, die Köbesse sogar noch eine Spur frecher und jeglicher Servilität abholder geworden, nunmehr nahe an der gästefeindlichen Aggressivität ihrer Wiener Kaffeehauskollegen. Aber Löhr wusste, auch wenn sich hier auf den ersten Blick fast nichts verändert zu haben schien – das Publikum hatte sich im Laufe der letzten Jahre radikal geändert. Früher war das »Höfer« ein Hort kölscher Geselligkeit gewesen, der Treffpunkt von weit über die ganze Stadt verstreuten Familien-, Freundes- und Geschäftspartner-Clans, die sich hier von mittags an zu ihren gegen Abend dann lustiger und lauter werdenden Runden verabredeten. Doch Kollegen und Bekannte hatten Löhr berichtet, dass »laut« und »lustig« Euphemismen wären, um die hier herrschende abendliche Atmosphäre zu beschreiben. Zuerst die Studenten, dann die Bewohner der Köln benachbarten Landstriche vom Erftkreis bis zum Bergischen hatten das »Höfer« entdeckt und für sich erobert, was bedeutete, dass man das, was man auf dem Lande gemeinhin unter »kölnischem Frohsinn« verstand, hier buchstäblich nahm. So schien es nur noch eine Frage der Zeit, wann aus dem kölschen Traditions-Brauhaus ein obergäriger Amüsierschuppen werden sollte. Falls es das nicht schon längst war.

Das ist wohl das Schicksal aller Städte, seufzte Löhr innerlich, als er mit Esser das »Höfer« betrat. Zumindest der Städte, die nicht groß genug sind, um sich selbst zu genügen, sodass sie über kurz oder lang dem Druck der Peripherie unterliegen, sich den Ansprüchen und dem Niveau von Menschen beugen müssen, die bis vor kurzem noch einen Misthaufen zum Ortsmittelpunkt hatten und nun in endlos nebeneinander gereihten keimfreien Bungalows inmitten der Ödnis ehemaliger Braunkohle-Abraumhalden oder Weißkohl-Anbauflächen ihr Dasein fristen und zum Vergnügen wochenends »in die Stadt« fahren müssen.

Der Oberkassierer im Beichtstuhl des »Höfer« machte keinerlei Anstalten einer Begrüßung, als Esser und Löhr seinen holzvertäfelten und an zwei Seiten mit Glasscheiben gegen den Dunst der

Gasträume abgeschützten Sitz ansteuerten. Seine ohnehin schon griesgrämigen Mundwinkel verzogen sich noch etliche Millimeter auf der Sprechen-Sie-mich-um-Gottes-willen-nicht-an-Skala, als er ihrer ansichtig wurde.

»Die Herren von der Kripo«, sagte er, ohne sie wirklich anzuschauen oder die Stimme irgendwie zu erheben. Offenbar hatte ihn Höfer, der Besitzer des »Brauhaus Höfer«, bei dem Esser ihr Kommen telefonisch angekündigt hatte, informiert. Die schlaff ausgestreckte Rechte des Oberkassierers zeigte auf einen Durchgang vom Gastraum zum Hof. »Zum Brauhaus geht's durch den Wintergarten. Der Chef kommt auch gleich.«

Löhr und Esser gingen durch den noch fast leeren Gastraum. Nur an der schmalen Tischreihe gegenüber den auf Holzböcken liegenden Ausschankfässern saßen ein paar frühe Kölschtrinker.

Sie gelangten in den vom Oberkassierer als Wintergarten beschriebenen Innenhof, wo bereits Sonnenschirme aufgespannt waren, die Stühle aber noch hochkant auf den Tischen standen. Der Innenhof wurde von einer mannshohen Backsteinmauer vom dahinter liegenden Hofgelände abgetrennt, die Tür darin, eine Art Gartenpforte, war nur angelehnt.

In einer Brauerei war Löhr noch nie gewesen. Die einzige Bierbrauerei, die er kannte, war die Gaffel-Kölsch-Brauerei auf dem Eigelstein. Allerdings konnte man dort durch die großen Schaufenster lediglich einen gekachelten Kontrollraum mit unzähligen Lämpchen erkennen. Ab und zu sah man einen weiß bekittelten Angestellten, der an den Armaturen unter den Lämpchen entlanglief, Werte ablas, sich Notizen machte und dann wieder in einer rückwärtig gelegenen großen Halle verschwand, in der weiter kein arbeitender Mensch, sondern nur riesige Edelstahlfässer zu sehen waren. Bei Löhr hatte sich daraufhin eine Vorstellung vom Bierbrauen als ein industrieller, voll mechanisierter und gleichsam klinisch sauberer Vorgang gebildet. Diese Vorstellung musste er nun gründlich revidieren.

Nachdem sie den gepflasterten, mit leeren Bierfässern und ausrangiertem Gerät voll gestellten Hof überquert hatten, betraten sie ein ebenerdig liegendes, fast dunkles, nur von ein paar schwachen Wandlampen notdürftig beleuchtetes Tonnengewölbe. Löhr kam sich vor wie in einer Alchimistenküche. Aus den den Raum ausfüllenden großen Kupferkesseln, auf deren polierte Oberflächen die Lampen einen unwirklich vergoldeten Widerschein warfen, drang ein leises, geheimnisvolles Blubbern. Kein Mensch war zu sehen.

»Wow!«, sagte Löhr begeistert. »Das hätte ich nicht gedacht!«

»Was hättest du nicht gedacht?« Esser klang immer noch leicht unwillig, hatte Löhr ihn doch gegen seinen Willen zu dieser in seinen Augen völlig überflüssigen Ortsbesichtigung genötigt.

»Dass es in einer Brauerei *so* aussieht!«

»Wie soll's denn sonst aussehen?«

»Nicht so ... so altertümlich, so wie was weiß ich, wie vor hundert Jahren – alles aus Kupfer hier, richtiges Handwerk ...«

»Ist eben 'ne Hausbrauerei, da sieht's halt noch so aus«, sagte Esser in einem Ton, als ginge er täglich in Brauereien ein und aus.

Voller Bewunderung berührte Löhr einen der blubbernden Kupferkessel – und zog erschrocken die Hand zurück. Fast hätte er sich verbrannt, der Kessel war kochend heiß.

»Ja! Das ist wohl heiß«, hörte er eine leise Stimme hinter sich. »Das sind die Pfannen, in denen die Maische erhitzt wird, die Maischpfannen.«

Löhr und Esser drehten sich um. Ohne dass sie ihn gehört hatten, hatte Gerhard Höfer, der Inhaber der Brauerei, das Gewölbe betreten. Höfer war ein Mann Ende fünfzig, der die Melancholie mit sehr großen Löffeln zu sich genommen zu haben schien. Wie erschlaffte Halbmonde hingen seine Augen unter den vor Müdigkeit schweren Lidern. Alles in seinem Gesicht, jeden Muskel und jede Falte schien es nach unten zu ziehen, jede Aufwärtsbewegung, die zu einem Lächeln hätte führen können, seit Ewigkeiten aus der Miene verbannt.

Löhr und Esser stellten sich vor. Höfer reichte ihnen seine weiche Hand. »Sie kommen also wegen unserem armen Peter May«, sagte er mit einer Stimme, die aus dem Grab zu kommen schien.

»Wir wollten uns den Unfallort mal anschauen«, erklärte Löhr, bewusst das Wort Unfall verwendend, um den traurigen Mann nicht mit seinem Verdacht zu erschrecken.

»Dann kommen Sie mal mit, zum Sudhaus geht es hier lang.« Höfer ging vor ihnen her, durchquerte das erste Gewölbe und führte sie zu einem zweiten, etwas größeren, das von einem riesigen, zylinderförmigen, sich nach oben verjüngenden Kupferkessel in seiner Mitte dominiert wurde. Sie blieben davor stehen.

»Darin ist es also passiert?«, fragte Esser.

Der Brust des melancholischen Brauereibesitzers entfuhr ein Stöhnen. »Ja. Ich versteh's immer noch nicht.«

»Ich auch nicht«, sagte Löhr. »Erklären Sie's uns.«

Höfer seufzte tief und führte Esser und Löhr um den Kupferkessel herum. »Das ist also unsere Sudpfanne. Da hätte heute Morgen die Würze drin gekocht werden sollen, die drüben in den Maischpfannen vorbereitet wird. Und deswegen ist der Peter hier gestern Morgen reingestiegen, um die Pfanne sauber zu machen.« Höfer wies auf die Oberkante des Kupferkessels, auf der an Scharnieren eine Klappe von der Größe angebracht war, dass ein erwachsener Mann hindurchpasste. Höfer stieg eine unterhalb der Klappe angelehnte Leiter ein paar Sprossen hoch, bis er an die Klappe reichen konnte, und öffnete sie. »Hier drin ist es passiert ...« Seine Stimme versagte und bekam dadurch, dass sie in den Kessel hineinschallte, zusätzlich einen schaurigen Klang.

»Er ist darin ertrunken. Wie kann das denn passieren?«, fragte Löhr und trat einen Schritt auf die Leiter zu.

Höfer stieg hinab und machte Löhr Platz, der jetzt die Leiter hinaufkletterte, um einen Blick in das Innere des Kessels werfen zu können.

Höfer deutete auf einen auf dem Boden zusammengerollten dicken Schlauch. »Damit«, sagte er matt. »Der ist wie immer mit dem Schlauch da rein, um auszuspritzen und dann mit der Bürste zu scheuern.«

Löhr schaute ins Innere der Sudpfanne. Sie war bis weit über die Hälfte mit Wasser gefüllt, tief genug, um ein halbes Dutzend Männer darin zu ertränken. Stehen konnte man jedenfalls nicht mehr im Wasser; Löhr schätzte, dass es mindestens zweieinhalb Meter von der Wasseroberfläche bis zum Grund des Kessels sein mussten.

»Das heißt«, hörte er Essers Stimme von unten, »Ihr Braumeister hat, statt den Kessel bloß auszuspritzen, das Wasser immer weiter reinlaufen lassen. Warum?«

»Ich habe keine Ahnung«, sagte Höfer leise.

»War außer May denn sonst noch jemand im Brauhaus gestern Morgen?«, fragte Esser weiter.

Höfer schüttelte den Kopf. »Die Brauknechte haben sonntags frei. Der Peter war alleine hier. Hat er immer sonntags gemacht, alles für die neue Würze vorzubereiten.«

»Konnte er denn nicht von innen das Wasser abstellen?«, ließ sich Löhr von der Leiter aus vernehmen.

»Natürlich! Da ist ein Drosselgewinde am Ende vom ...« Die Stimme Höfers brach ab. Er hatte auf das Schlauchende gedeutet, um den Kommissaren das Gewinde zu zeigen. Aber es war keines da. Das Ende des dicken Schlauchs war nackt, eine schlichte, runde Öffnung. »Das ist ja komisch.« Höfers Stimme wurde brüchig.

»Hat das jemand nachher abgeschraubt, oder ist Ihr Braumeister ohne das Gewinde in den Kessel geklettert?«, fragte Esser.

»Wenn ich das wüsste! Ich hab gestern gar nicht drauf geachtet. War alles so hektisch mit der Feuerwehr, dem Notarzt ...«

Löhr blickte noch einmal ins Innere des Sudkessels. Unter dem Wasser konnte er an der Kesselwand angeschweißte Krampen erkennen, die zweifellos zum Hinaussteigen gedacht waren. Allerdings lag die letzte Krampe über der Wasseroberfläche, einen guten Meter unter der Ausstiegsluke. Selbst wenn also dem Braumeister May das Wasser über den Kopf gestiegen war – er hätte sich immer noch über die letzte Krampe durch die Luke in Sicherheit bringen können.

»Gibt's denn keine Möglichkeit, das Wasser von innen wieder abzulassen?«, hörte er Esser fragen.

»Von innen nicht«, antwortete Höfer. »Der Ablass ist nur von außen zu bedienen.«

Löhr betrachtete die die Luke verschließende Messingklappe. Mit vier Flügelschrauben war sie bei geschlossenem Zustand an die Oberwand des Sudkessels festzuschrauben – von innen allerdings gab es keinerlei Vorrichtung, sie zu öffnen.

Er stieg von der Leiter hinunter.

»Haben Sie May gestern Vormittag gesehen?«, fragte er Höfer.

Der Brauereibesitzer machte eine fahrige Handbewegung. »Ganz kurz nur. Ich bin hier vorbeigegangen, hab ihn begrüßt, wir haben ein paar Worte gewechselt, und anschließend bin ich dann hoch in meine Wohnung.«

»Und welchen Eindruck hatten Sie von ihm?«, fragte Löhr.

»Na ja, so wie immer.« Höfer zuckte die Schulter.

»Was meinen Sie mit ›so wie immer‹?«, hakte Esser ein.

Es fiel schwer, die Bewegung um Höfers Mund als den Anflug eines Lächelns, eines schwachen, bedauernd-melancholischen zwar, aber immerhin eines Lächelns zu erkennen. Die Mundwinkel schafften es lediglich, sich einige wenige Bruchteile von Millimetern nach oben zu bewegen. »Ach«, seufzte der traurige Mann, »der Peter ...«

»Was meinen Sie?« Esser hatte seine Verhörstimme aufgelegt.

»Der Peter trank schon ein bisschen viel ...«, murmelte Höfer bedauernd.

»Wie? Auch gestern Morgen? Am Sonntagmorgen?«

»Vor *jeder* Schicht. Natürlich auch sonntags.« Höfer seufzte. »Es gibt Braumeister, die halten das so. Und der Peter war eben einer von denen ...«

»Das heißt, er war gestern Morgen betrunken, bevor er in diesen Kessel da stieg?«, fragte Löhr.

»Betrunken würde ich jetzt nicht mal sagen«, antwortete der Brauereibesitzer. »Der Peter, der konnte schon einiges vertragen. Also angemerkt hat man dem nie was ...«

»Und gestern Morgen? Wie viel Kölsch?«

»Na – unter zehn, fünfzehn fing der eigentlich keine Schicht an. Gesund ist so was nicht, ich weiß. Aber seine Arbeit, seine Arbeit hat der Peter immer tipptopp erledigt, da gab's gar kein Vertun.«

»Na, na«, machte Esser. »Zehn, fünfzehn Kölsch am frühen Morgen. Vor der Arbeit ...«

»Ich hab ja gesagt: Dem hat das nie was ausgemacht.«

»Trotzdem. Es könnte doch so gewesen sein, dass Ihr Braumeister ziemlich angetrunken gestern Vormittag in den Kessel da gestiegen ist, nicht darauf geachtet hat, ob das Drosselgewinde auf dem Schlauch ist, angefangen hat, sauber zu machen – und irgendwann stand das Wasser so hoch und er war so betrunken, dass er das zuerst gar nicht bemerkt hat. Und als er es bemerkt hat, war's zu spät.«

Höfer hob leicht die Arme. »Eine andere Erklärung hab ich jetzt eigentlich auch nicht.«

»Also ein Unfall!«, sagte Esser abschließend und schickte Löhr einen triumphierenden Blick zu. »Alles andere kann man wohl ausschließen.«

Löhr schwieg. Sich vor einem möglichen Verdächtigen – und wer sagte ihm in diesem Stadium der Untersuchung, dass Höfer kein Verdächtiger war? –, sich vor einem potenziellen Verdächtigen mit seinem Kollegen zu streiten, wäre unklug gewesen und gehörte sich außerdem nicht. Überdies war das ja nun tatsächlich auch nicht sein, sondern Essers Fall. Er war ja im Urlaub. Leider.

»Ja«, seufzte der Brauereibesitzer mit tiefer Trauer in der Stimme, »so wird es wohl gewesen sein. Ein Unfall. – Aber«, wandte er sich an Löhr, »wenn Sie mich aus irgendeinem Grund noch einmal brauchen, ich stehe Ihnen natürlich jederzeit zur Verfügung.«

»Sagen Sie das meinem Kollegen«, antwortete Löhr ein wenig unwirsch, »der führt in dem Fall die Untersuchung. Ich fahre heute Abend in Urlaub.«

»In Urlaub, ach so …« Wieder stahl sich ein kaum erkennbares Lächeln in Höfers Miene. »Sie haben's gut.«

»Das sagen *Sie*«, grummelte Löhr, und ihm war dabei, als habe er, bevor er überhaupt abgefahren war, schon Heimweh.

***

»Du glaubst doch nicht im Ernst, dass dieser Mann, dieser traurige, depressive Mann seinen eigenen Braumeister um die Ecke bringt!«

»Ich hab nicht gesagt, dass er es war. Aber er *könnte* es gewesen sein.«

»Könnte! – Und was soll er für ein Motiv gehabt haben? Der Braumeister war das Herz des ganzen Ladens! Ohne den ist er aufgeschmissen! Hat er selbst gesagt. Der ganze Betrieb steht still ohne den.«

»Es wird wohl noch mehr als einen Braumeister auf der Welt geben.«

»Aber der May war fast zwanzig Jahre im Betrieb! So einen kannst du nicht so ohne weiteres ersetzen. – Nein! Der Höfer hat damit unmöglich was zu tun. Und außerdem bin ich nach wie vor der Ansicht, dass es ein Unfall war.« Aufgebracht schob Esser sein halb geleertes Kölschglas von sich.

Sie waren nicht der Einladung Höfers gefolgt, im Gastraum des »Höfer« noch ein Kölsch zu trinken, sondern hatten sich noch im Hof der Brauerei von ihm verabschiedet. Sie wollten bei ihrem letzten Treffen vor Löhrs Urlaub noch eine halbe Stunde unter sich sein, und Löhr hatte Esser vorgeschlagen, diese letzte halbe Stunde in der »Alten Opernschänke« auf der Aachener Straße zu verbringen. Von da aus konnte er in fünf Minuten und damit, wie mit Irmgard verabredet, pünktlich um die Mittagszeit wieder zu Hause sein. Außerdem war die »Opernschänke«, seitdem er sich um das durchs Wetten und Trinken gefährdete Schicksal seines Onkels Heinz kümmerte, im Laufe des letzten Jahres so etwas wie seine Stammkneipe geworden. Wann immer er hier auftauchte, konnte er gewiss sein, Onkel Heinz und dessen Dackel Boris anzutreffen. Und so war es auch heute. Bevor Löhr etwas auf Essers kategorische Behauptung, der Tod des Braumeisters May sei ein Unfall gewesen, entgegnen konnte, betrat Onkel Heinz, die zusammengefaltete »Sportwelt« in der einen Hand, die Leine, an der Boris sich ziehen ließ, in der anderen, die »Opernschänke«.

Heinz hatte Löhr sofort entdeckt.

»Jakob! Wat machst du denn hier? Trinkst Kölsch am frühen Morgen?«

»Also so früh ist der Morgen auch nicht mehr, Onkel Heinz. Und außerdem ist das mein Abschiedskölsch, sozusagen. Werd wohl drei Wochen keines mehr kriegen.«

»Genau. Du fährst in Urlaub, hast du mir ja erzählt. Heute noch?«

»Ja, so ist es«, seufzte Löhr.

Nachdem er Esser und Onkel Heinz, die sich noch nie begegnet waren, einander vorgestellt hatte, fragte er Heinz nach dem Wohlergehen von Boris. Der Dackel lag Löhr sehr am Herzen.

Schließlich war er seinerzeit derjenige gewesen, der die Anschaffung eines Hundes für ein probates Mittel gehalten hatte, Onkel Heinz ein wenig auf Distanz zum geliebten Alkohol zu bringen. Denn die Zeit, so damals Löhrs Überlegung, die Heinz mit Hundespaziergängen verbringen musste, würde ihm für seine obligaten Kneipenbesuche fehlen. Die Idee hatte sich als weit weniger pfiffig erwiesen, als Löhr gedacht hatte. Der vormals gertenschlanke Boris war zu einem fetten Kneipenhund mutiert – und außerdem handelte es sich schon seit über einem Jahr nicht mehr um den Boris, mit dem Onkel Heinz' Nichttrinker-Karriere gestartet werden sollte. Der erste Boris war an Fettsucht und einer durchs Treppensteigen verursachten Dackellähme verstorben. Die Schwierigkeit, dass der Vermieter von Onkel Heinz nur diesen einen Hund geduldet hatte, umschiffte Heinz – wieder auf Löhrs Ratschlag hin – dadurch, dass er den Tod des ersten Boris verschwieg und sich einen gleich aussehenden zweiten Hund anschaffte, den er selbstverständlich wieder Boris nannte. Und um Boris Nr. 2, bei dem es sich allerdings dem Namen zum Trotz um eine Hündin handelte, ein längeres Leben als dem Vorgänger zu ermöglichen, hatte Löhr Heinz die Verwendung eines Tragekorbs empfohlen, um ihm das Dackellähme bringende Treppensteigen zu ersparen.

»Dem Boris? Dem geht et prima!«, grinste Onkel Heinz und deutete mit seiner Holzfällerhand auf den Dackel. In der Tat war Boris Nr. 2 noch um ein Beträchtliches fetter als sein Vorgänger. Was wohl auf das mangelnde Training durchs Treppensteigen zurückzuführen war.

»Scheint ihm ja gut zu bekommen, dass du ihn im Körbchen die drei Stockwerke bis zur Wohnung rauf- und runterträgst.«

»Nit im Körbchen! Ich setz den immer in 'ne alte Einkaufstasche. War aber trotzdem 'ne einmalige Idee von dir, Jakob! – Nix mehr mit Dackellähme! Der ist so wat von fit, der Boris!«

»Ja. Das sieht man«, sagte Löhr.

»Jetzt entschuldigste mich aber bitte.« Onkel Heinz zeigte mit bloß angedeuteter Verlegenheit seine »Sportwelt« vor. »Um eins fangen die Rennen in Frankreich an – und da muss ich mich noch 'n bisschen vorbereiten ...«

»Selbstverständlich.«

»Und 'nen schönen Urlaub, Jakob!«

»Danke«, murmelte Löhr säuerlich und beobachtete, wie Onkel Heinz sich an einen der Tische im rückwärtigen Teil der Kneipe zum Studium seiner Pferdewetten-Postille setzte.

»Ich hab dich durchschaut, Jakob!«, ließ sich Esser vernehmen.

»Ach?«

»Weil du dich mit Händen und Füßen gegen deinen Toskana-Urlaub wehrst, willst du auf die Schnelle noch aus dem Braumeister-Unfall 'nen Mordfall konstruieren – ich meine: *mir* ins Nest legen.«

»Wie kommst du denn da drauf?« Löhrs Entrüstung klang nicht besonders überzeugend.

»Du hast so 'ne Panik vor dem Urlaub, du hast so einen Schiss davor, dich da zu Tode zu langweilen. – Wetten, dass du mich ständig anrufst, um zu fragen, wie's weitergeht in dem Fall?«

»In dem Haus, das Irmgard für uns gemietet hat, gibt es, soweit ich weiß, überhaupt kein Telefon!«, antwortete Löhr triumphierend.

»Aber du hast ein Handy!«

Löhr, der seine innersten und geheimsten Motive durchschaut fühlte, hob abwehrend die Hände. »Ich weiß noch nicht mal, ob ich das überhaupt mitnehme!«

»Ich bin ganz sicher, dass du es mitnimmst.«

»Das tu ich jetzt bestimmt *nicht*!«, behauptete Löhr voller Trotz.

Es folgte ein längeres Schweigen. Beide nippten an ihrem Kölsch.

»Ist dir denn nichts am Tatort aufgefallen?«, nahm Löhr das Gespräch wieder auf. »Gar nichts?«

»Du meinst am Unfallort«, korrigierte Esser verbissen.

»Na schön. – Also zum Beispiel der Schlauch. Wieso fehlt am Schlauch das Drosselgewinde?«

»Vielleicht war's kaputt«, entgegnete Esser widerwillig.

»Ach! So 'n Zufall!« Löhr konnte sich einen leichten höhnischen Unterton nicht verkneifen.

»Aus der Summe mehrerer Zufälle bauen sich Unfälle auf.« Esser versuchte, eine duldend-stoische Haltung sowohl im Gestus wie in der Stimmlage anzunehmen.

»Und wenn's ein Zufall zu viel ist?«, beharrte Löhr.

Esser stöhnte. »Jakob! Merkst du nicht, dass du spinnst? – Es hilft dir alles nichts. Um acht heut Abend geht dein Zug.«

Das war eine Bemerkung, die, so gemein er sie auch fand, Löhr zu ignorieren beschloss.

»Was steht denn eigentlich alles so drin in dem Bericht von den Kollegen, die gestern am Tatort waren?«

Gleichgültig hob Esser die Schulter. »Ich hab den Bericht noch gar nicht. Und außerdem: Mal angenommen, es gäbe einen Täter. Und der hätte es drauf abgesehen, das Ganze wie 'n Unfall aussehen zu lassen. Dann hätte der doch, bevor er abgehauen ist, das Drosselgewinde wieder auf den Schlauch gesteckt, oder?«

»Und wenn er den Braumeister beispielsweise im Sudkessel untergetaucht hätte? Kein großes Kunststück bei 'nem Angetrunkenen. Und um zu verhindern, dass der May im Kessel den Schlauch zudreht, hat er vorher das Drosselgewinde abgenommen, sodass der Kessel immer weiter voll gelaufen ist. Und dann ist er einfach weggegangen ...«

Statt Löhr einer Antwort zu würdigen, blickte Esser auf die Uhr und schob sein inzwischen fast geleertes Kölsch – das einzige, das er sich genehmigt hatte – mit einer abschließenden Bewegung von sich. Löhr wurde bewusst, dass er begonnen hatte, sich in eine ziemlich gewollte Spekulation hineinzusteigern. Er seufzte tief. Esser stand auf und klopfte ihm tröstend auf die Schulter.

»Pass auf! Am Ende wird das doch noch ein ganz wunderbarer Urlaub, Jakob!«

»Und es *war* kein Unfall!«, entgegnete Löhr. Aber er bemerkte selbst, wie schwach seine Stimme dabei klang.

***

Der frühe Abend gegen sechs war innerhalb der ersten vier Tage zu Löhrs Lieblingstageszeit in der »Casina« geworden, so hieß das Haus, das Irmgard angemietet hatte. Diese Tageszeit verbrachte er auf der Terrasse des kleinen Hauses, die zur Hälfte von einem großen Feigenbaum überschattet wurde, der aber den

Blick nach Westen frei ließ. Abends um sechs begann dort der zuerst allmähliche, dann aber, kaum hatte sie sich dem Horizont genähert, unerbittlich schnell verlaufende Abstieg der Sonne, und das war, eine klare Sicht vorausgesetzt, ein Sonnenuntergang über dem Mittelmeer. Irmgard hatte nicht zu viel versprochen. Von der auf dem Hang eines nicht allzu hohen, »Montalban« genannten Gebirgszuges gelegenen Casina konnte man nicht nur über eine weite Strecke den Lauf des Flusses Arno unten im Tal betrachten, man hatte auch eine noch gewaltigere Fernsicht – bis hin nach Livorno konnte man bei gutem Wetter schauen und dann sogar das Meer sehen. Und da ein schier unverrückbares Hoch seit ihrer Ankunft das Wetter in der Toskana beherrschte, gab es diese Fernsicht und das Schauspiel des Sonnenuntergangs jeden Abend.

Löhr stellte eine Flasche Weißwein auf die Balkonbrüstung, goss sich daraus ein Glas ein, rückte den Korbstuhl zurecht, setzte sich mit Blick gen Westen, zündete eine seiner mitgebrachten Zigarren an, blies den Rauch gegen einen milden, eben erst aufkommenden Wind und nahm einen kleinen Schluck Wein.

Er hätte es nie und nimmer geglaubt, wenn ihm jemand vor einer Woche gesagt hätte, er würde sich innerhalb weniger Tage im Urlaub so wohl fühlen, dass er sämtliche seiner alltäglichen Gewohnheiten über Bord schmiss, sich schon am helllichten Tag eine Zigarre gönnte, Weißwein trank und sich an nichts weiterem als an einer Fernsicht und einem Sonnenuntergang erfreuen und ansonsten einfach nichts tun konnte. Gar nichts. Es kam ihm jetzt vor, als sei er schon wochenlang hier, als würde dieses Leben, das er hier mit Irmgard führte, immer so weitergehen und als habe es nie ein anderes gegeben. Köln – die Familie, die Arbeit, das Präsidium –, das war eine versunkene Welt, halb schon vergessen, vergessen auch Essers Fall des im Sudkessel ertrunkenen Braumeisters, in den er so verzweifelt sich verbissen und den er künstlich aufgeblasen hatte aus lauter Furcht vor dem Urlaub.

Dabei war allein schon die Anreise von Anfang an so reibungslos und angenehm verlaufen, dass er sich, spätestens als ihr Zug in Empoli, ihrer Zielstadt in der Toskana, einlief, wegen seiner Befürchtungen schämte. Natürlich gab es – seinem Alptraum zum Hohn – Getränke im Schlafwagen, zwar kein Kölsch, aber ein annehmbares Pils. Natürlich hielt der Zug nicht auf offener Strecke, inmitten einer Wüste, sondern er fuhr mit so sanftem Rattern die ganze Nacht durch, dass er und Irmgard sich von diesem Rattern inspirieren ließen, auf der eigentlich viel zu engen Schlafwagenpritsche miteinander schliefen und sich anschließend wie Teenager darüber amüsierten, als wäre es ihr erstes Mal gewesen. In der Tat war es das erste Mal, dass sie es in einem Schlafwagen getan hatten. Es war allerdings für Löhr auch das erste Mal gewesen, dass er überhaupt eine Nacht in einem Schlafwagen verbracht hatte.

Als sie am Dienstagmorgen in Empoli angekommen waren, hatte ein kleines Empfangskomitee für sie auf dem Bahnsteig bereitgestanden: Dagmar und Clemens Jung, ein mit Irmgard befreundetes Kölner Künstler-Ehepaar, das ihr die Casina vermittelt hatte. Die Jungs verbrachten die Hälfte des Jahres in ihrer Villa, zwei Steinwürfe von der Casina entfernt auf dem gleichen Berghang.

Löhr goss sich das zweite Glas Weißwein ein, schob sich einen Schemel heran, legte die Füße darauf, paffte an seiner »Nicaragua« und stöhnte ein wenig vor Behagen. Man konnte sich hier oben in dieser Bergabgeschiedenheit hoch über dem Arnotal fühlen wie ein König. Kein Laut drang aus den Dörfern und Städtchen im Tal herauf zu diesem inmitten von Olivenhainen und am Rande des Bergwaldes gelegenen Haus. Man hörte nur Vogelgezwitscher und Grillengezirp. Wie konnte bloß, überlegte Löhr mit einem halb ungläubigen, halb selbstzufriedenen inneren Schmunzeln, aus einem notorischen Urlaubsmuffel und noch notorischer den großstädtischen Alltagsritualen verhafteten Gewohnheitsmenschen wie ihm innerhalb so kurzer Zeit ein so hingebungsvoller Müßiggänger werden, als den er sich im Augenblick staunend selbst erlebte? Vielleicht lag es daran, dass sich die schlimmste seiner Befürchtungen, nämlich die, Irmgard zöge ihn hier in einen Zirkel wechselweise um die eigenen Befindlichkeiten und abgehobene Kulturansprüche kreisender exilierter Kölner Künstler hinein, in dem er nichts anderes als sich langweilen konnte, absolut nicht bewahrheitet hatte. Die benachbarten Jungs waren ihre einzigen Bezugspersonen geblieben. Trotz einiger Künstler-Kauzigkeiten waren die Jungs erfrischend realitätsnah und vor allem sehr herzliche Leute, sodass Löhr innerhalb weniger Tage ein fast freundschaftliches Verhältnis zu ihnen entwickelt hatte. Eine bessere Urlaubsgesellschaft hätte er sich nicht vorstellen können.

Er war bei der Ursachenforschung für sein Wohlbefinden gerade bei der Überlegung angekommen, dass er wahrscheinlich bloß einfach einmal einen richtigen Urlaub nötig gehabt hatte, als er unter der Terrasse Schritte hörte.

»Jakob?« Es war Irmgard.

»Ja?« Löhr stemmte sich aus dem Sessel, ging zur Brüstung der Terrasse und schaute hinunter. Irmgard hatte durch ausgiebiges Sonnenbaden im Liegestuhl auf der Wiese hinter der Casina innerhalb weniger Tage den Teint einer Süditalienerin angenommen und sah jetzt, frisch geduscht, mit noch nassem Haar und in einem kurzen, dunkelblauen Kleid, so verführerisch aus, dass Löhr auf der Stelle geneigt war, seinen Sonnenuntergang-Betrachtungsplan zu verschieben oder möglicherweise für heute sogar ganz aufzugeben.

»Ich geh noch ein Stündchen oder zwei rüber zu den Jungs auf einen kleinen Aperitivo. Kommst du mit?«

»Lieber nicht«, antwortete Löhr. Ihm war im Augenblick nicht nach Geselligkeit, er wollte lieber in Ruhe allein seine Zigarre zu Ende rauchen und noch ein bisschen sinnieren – oder vielleicht doch besser der eben aufgekommenen Verführung nachgehen?

»Hast du nicht Lust, zu mir nach oben zu kommen?«, rief er hinunter.

»Geht nicht«, rief Irmgard zurück. »Hab mich heut Mittag mit Dagmar verabredet zum Kleidergucken ...«

»Na schön. Ich bleib hier. Ihr holt mich dann nachher zur *Fiesta dell' unità* ab?«

»Natürlich!« Irmgard schritt durch den Olivenhain davon.

Jetzt doch ein wenig unzufrieden, weil seine eben so rasch aufflammende Lust – auch eine der überraschenden, wenn nicht Neu- so doch Wiederentdeckungen in diesem Urlaub – zu nichts geführt hatte, setzte sich Löhr wieder in seinen Korbstuhl und nahm, als kleine Ersatzbefriedigung, noch ein Schlückchen Weißwein zu sich. Auf die *Fiesta dell' unità* in einem der benachbarten Dörfer, zu der die Jungs sie mitnehmen wollten, freute er sich allerdings.

Clemens Jung hatte ihm erzählt, dass von Ende Juli, Anfang August an sämtliche Dörfer der Umgebung solche Feste veranstalteten: Die Dorfbewohner kochten und brieten ihre Spezialitäten und schenkten an langen Tafeln ihren Wein aus, und nach dem Essen spielte eine Kapelle zum *Ballo liscio*, zum Tanz unterm Mondenschein, auf. Obwohl die Preise für solche Feste weit unter dem Niveau von Restaurantpreisen lagen, kam für das Dorf nach einem solchen Fest doch immer noch so viel herum, dass man davon dörfliche Projekte – Kindergärten, Straßen, Dorfbrunnen – finanzieren konnte.

Doch weniger dieser karitative Aspekt interessierte Löhr an der *Fiesta dell' unità*, als vielmehr die »Spezialitäten«, von denen Clemens gesprochen hatte. Denn Löhr war, was die Besonderheiten der toskanischen Küche anging, im Laufe der letzten vier Tage auf den Geschmack gekommen. Viel hatte er allerdings beim Essen bei den Jungs und bei den Restaurantbesuchen mit Irmgard davon noch nicht mitbekommen, meist waren es überregionale italienische Standardspeisen – *Pasta, Filetto, Tiramisu* – gewesen. Doch ein paar kleine Vorspeisen und Zwischengerichte – die *Crostini* mit Hühnerlebercreme zum Beispiel – hatten ihn neugierig darauf gemacht, was die Besonderheit der toskanischen Küche sein mochte. Auch dies, stellte er jetzt ein wenig verwundert fest, hätte er sich vor dem Urlaub nicht träumen lassen: dass aus ihm, dem eingefleischten Liebhaber deftiger rheinischer Gerichte, innerhalb weniger Tage jemand werden konnte, der sich für die Zubereitungs- und Geschmacksvariationen einer vergleichsweise unsensationellen *Acquacotta* – einer Pilzsuppe mit Brot, die Clemens Jung für sie zubereitet hatte – zu interessieren vermochte.

Als Löhr feststellte, dass der Wein sowohl im Glas als in der Flasche zu warm geworden war, weil die Sonne immer noch zwanzig oder dreißig Zentimeter über dem Meereshorizont stand und mit fast unverminderter Kraft strahlte, überkam ihn ein ebenso plötzliches wie kaum erklärbares Verlangen nach einem

Kölsch. Das »Lager«-Bier im Kühlschrank schien ihm nicht geeignet, dieses Verlangen zu befriedigen. Aber was wäre, wenn es in der Bar oben neben dem Turm von Vinci – von der aus man im Übrigen den Sonnenuntergang ebenso gut verfolgen konnte –, wenn es dort noch andere Biersorten gäbe? Vielleicht bestand ja sogar die Möglichkeit, dass sich ein richtiges Kölsch nach Vinci verirrt hatte?

***

Außerdem, dachte Löhr, als er den durch Olivenhaine und an kleinen Pinienwäldchen vorbei sich nach Vinci hinunterschlängelnden Saumpfad betrat, außerdem tut dir ein kleiner Abendspaziergang vor dem gewiss ausufernden Mahl bei der *Fiesta dell' unità* bestimmt gut.

Er hatte für Irmgard und die Jungs eine Nachricht in der Küche hinterlassen, wo er sei und dass sie ihn auf dem Weg zur Fiesta dort aufpicken möchten. Im Gegensatz zu ihnen besaßen die Jungs ein Auto, was die Löhrs aber – mit Ausnahme solcher Ausflüge wie heute Abend – keineswegs abhängig von den Nachbarn machte. Das Städtchen Vinci lag eine Viertelstunde Fußweg unterhalb der Casina. Zwar dauerte der Aufstieg fast eine halbe Stunde, aber alles, was sie an Lebensmitteln brauchten, konnten sie bequem zu Fuß zu ihrem Ferienhaus transportieren.

Der Saumpfad kreuzte mehrfach die in Serpentinen zum Montalban ansteigende Straße, und immer, wenn Löhr sie überschritt, musste er kurz Halt machen, nicht um Autos vorbeizulassen, sondern – Fahrradfahrer.

Sobald die Sonne ihre sengende Kraft eingebüßt hatte, also abends gegen sechs, packte die Italiener – das heißt, deren männlichen Teil – die bemerkenswerte und den Nichtsportler Löhr in Erstaunen versetzende Leidenschaft, sich in bunte Leibchen und eng anliegende kurze Hosen zu zwängen und mit ihren Rennrädern steile Berge hinaufzufahren. Auch heute waren wieder massenhaft Rennradfahrer unterwegs, in ganzen Rudeln strampelten sie schwitzend und keuchend die Serpentinen hoch, Männer jeden Alters, ja sogar Greise waren darunter. Dass jemand Spaß daran haben konnte, auf flacher Strecke ein wenig zu radeln, das hätte Löhr, obwohl er das letzte Mal im Alter von dreizehn auf einem Fahrrad gesessen hatte, ja noch nachvollziehen können. Aber warum ausgerechnet bergauf?

Während er noch darüber nachdachte, wie wenig diese kräftezehrende Obsession mit seinem bisherigen Italienbild im Einklang stand, wonach die Italiener lebensfrohe und eher der bequemen Seite des Lebens zugeneigte Menschen waren, betrat Löhr das »Paradiso«, das am Fuße des den Ort Vinci überragenden Turms gelegene Café.

Er steuerte die Bar an, um die in einer Kühltruhe neben dem Tresen ausgestellten Biersorten auf etwas Kölsch-Ähnliches hin zu untersuchen. Doch es gab keine einzige Biersorte, die ihm in vertrauenerweckender Nähe zum Kölsch angesiedelt schien.

»Kann ich Ihnen vielleicht helfen?«

Löhr blickte auf. Der Mann, der ihn angesprochen hatte, sprach ein einwandfreies Deutsch, sogar einen leichten rheinischen Einschlag meinte Löhr wahrgenommen zu haben.

»Ach, ich – ich weiß nicht«, stotterte Löhr verlegen. Er musste auf den Fremden einen ziemlich verzweifelten Eindruck gemacht haben, als er mit hilflos suchendem Blick vor der Getränketruhe stand.

»Was suchen Sie denn?« Der Mann hatte eine tiefe, freundliche Stimme und dunkle, etwas melancholische Augen unter dichten grauen Brauen. Er trug einen sorgfältig gestutzten Dreitagebart und, der Hitze zum Trotz, ein sandfarbenes Jackett über einem schwarzen Poloshirt, alles in allem eine sehr gepflegte Erscheinung, vielleicht der ortsansässige Rechtsanwalt, dachte Löhr. Hier, jetzt dem Italiener seinen Wunsch nach einem Kölsch zu offenbaren, erschien ihm absurd. Andererseits *war* dies nun einmal sein Begehren. Warum also lange drum herumreden?

Löhr lächelte und stotterte dann verlegen: »Haben Sie schon einmal etwas von Kölsch gehört – einer deutschen, ich meine: einer obergärigen Biersorte?«

Der Fremde lachte mit zurückgeworfenem Kopf laut und dröhnend, sodass sich die Gäste und die Barkeeper nach ihnen umsahen.

»Kölsch! Obergärig! Was Sie nicht sagen! Ob ich schon einmal davon gehört habe?«

»Verzeihung«, murmelte Löhr, peinlich berührt durch das Gelächter und im Glauben, eine unpassende und vielleicht sogar ungehörige Frage gestellt zu haben. »Ich dachte nur …«

»Kölsch!« Der Fremde lachte immer noch schallend. »Davon hab ich immer mindestens zwei frische Pittermännchen im Keller liegen!«

***

»Die Hasenstücke hab ich vorgestern schon in die Marinade gelegt: Rotwein, Staudensellerie, Zwiebeln, Knoblauch, Fenchelsamen, Lorbeerblätter, Nelken, Pfeffer.« Ernesto, so hatte sich der Fremde, den Löhr am Abend zuvor im »Paradiso« kennen gelernt hatte, vorgestellt, goss die braunrote Brühe durch ein Sieb in eine Schüssel, fischte die Fleischstücke aus dem Tongefäß, in dem sie in der Marinade gelegen hatten, und trocknete sie mit Krepppapier ab.

»Wildhasen gibt es zu dieser Jahreszeit natürlich eigentlich nicht. Aber den hier hat mir ein Jäger aus dem Nachbardorf geschenkt, weil er ihn, wie er sagt, aus Versehen geschossen hat.« Ernesto zwinkerte Löhr zu. »Fragt sich nur, wofür er den gehalten hat. Für 'ne wildernde Katze?«

Vorsichtig, als wären sie zerbrechlich, legte er die Hasenstücke in eine gusseiserne Kasserolle, in der er zuvor fast einen Viertelliter Olivenöl erhitzt hatte, ließ sie rundum anbraten, würzte sie zwischendurch mit Thymianblättchen, Salz und Pfeffer, gab dann die Zwiebeln, den Staudensellerie und den Knoblauch aus der Marinade hinzu und goss die Marinadenbrühe sowie zusätzlich noch einen halben Liter Rotwein in die Kasserolle.

»Nicht dass Sie glauben, ich benutz dazu irgendeinen Wein. Zum Kochen sollte man immer seinen zweitbesten nehmen. Das hier ist ein sechs Jahre alter *Vino Nobile di Montepulciano*.«

Er stellte die leere Rotweinflasche beiseite, rührte den Inhalt der Kasserolle kräftig um, stellte die Flamme klein und legte dann den Deckel auf den Topf.

»So. Das dauert jetzt anderthalb Stunden. So lange gucken wir mal nach dem Kölsch.«

Am Abend zuvor war der Maler gar nicht mehr aus dem Lachen herausgekommen, nachdem Löhr seinen Wunsch nach einem Kölsch geäußert hatte. Er musste tatsächlich – zumindest für die einheimischen Besucher des Cafés – eine äußerst komische Figur vor der Vitrine der Bar abgegeben haben, wie er dort nach Kölsch Ausschau hielt und diesen Wunsch anschließend auch noch laut äußerte. Und noch komischer musste seine Miene ausgeschaut haben, nachdem der Fremde ihm erklärt hatte, er sei ständig im Besitz von mindestens zwei – nein nicht »Fässchen«, er hatte tatsächlich den kölschen Spezialausdruck gebraucht: von zwei »Pittermännchen« dieses Getränks.

Löhr war aber dann nicht mehr dazu gekommen, den anderen nach der Herkunft seines Besitzes zu fragen, denn kurz nachdem dessen Lachanfall abebbte, war Irmgard im »Paradiso« erschienen, um ihn abzuholen. Als wären sie uralte Bekannte, hatten sie und Ernesto sich mit den üblichen Wangenküsschen begrüßt, ein wenig über das Wetter und irgendeine bevorstehende Ausstellung in Berlin geplaudert, dann hatte Irmgard zum Aufbruch gedrängt, um die Jungs im Wagen draußen nicht länger warten zu lassen. Sie waren fast schon zum »Paradiso« hinaus, da hatte Don Ernesto Löhr nachgerufen, wann er denn sein Kölsch probieren wolle. Natürlich so bald wie möglich, hatte Löhr launig geantwortet. »Na schön«, sagte Ernesto, der die Löhrs ein paar Schritte bis zum Ausgang des Cafés begleitet hatte, »dann hol ich Sie morgen um die Mittagszeit ab. – Sie wohnen doch bestimmt in der Casina auf dem Montalban, oder?«

Während der anschließenden Autofahrt war Löhr von Irmgard und den Jungs über Ernesto aufgeklärt worden. Er war ein sowohl in Italien wie in Deutschland ziemlich bekannter Maler großformatiger Bilder, war tatsächlich kein Italiener, sondern ein echter, gebürtiger Kölner, lebte aber seit über zehn Jahren in einem Landhaus in der Nähe von Vinci, wo er sich inzwischen so vollständig akklimatisiert hatte, dass alle ihn nur noch mit seinem Vornamen riefen, vor den man allerdings ein der Bedeutung des berühmten Mannes angemessenes »Don« platzierte. Und als »Don Ernesto« war er auch in der kölschen Künstlerkolonie um Vinci bekannt, verkehrte bei allen und war vor allem beliebt wegen der zwar seltenen, dafür aber von ihm selbst zubereiteten hervorragenden Essen, die er in seinem Atelier gab.

Von einem hervorragenden Essen konnte dagegen bei der *Fiesta dell' unità*, auf die Löhr sich so gefreut hatte, nicht die Rede sein. Der Tomatensugo auf den etwas pampigen Nudeln war versalzen, die Hähnchen- und Kaninchenteile zu lange gegrillt und trocken. Dafür aber war der Wein, ein kräftiger junger Chianti aus der dörflichen Weingenossenschaft, so gut, dass er Löhr die Enttäuschung über das Essen ebenso vergessen ließ wie die Frage, die er Irmgard und den Jungs noch stellen wollte: woher dieser Don Ernesto eigentlich immer an das frische Kölsch kam?

Spätestens beim *Ballo lisciu*, als er mit Irmgard zu »Marina, Marina, Marina« und »Azzuro« tanzte, kam sie ihm ganz aus dem Sinn, und als er am nächsten Morgen um elf mit einem von Chianti und Grappa dröhnenden Kopf aufwachte, erinnerte er sich noch nicht einmal mehr an sie, ebenso wenig wie an seine Verabredung mit Don Ernesto. Erst als er von seiner Terrasse aus, wo er sich zur Erholung neben Aspirin literweise Tee einflößte, ein Hupen hörte, sich schwerfällig erhob, über die Brüstung schaute und unter sich aus einem großen Geländewagen Don Ernesto aussteigen sah, fiel ihm die Begegnung vom Vorabend wieder ein.

»Sie haben unsere Verabredung doch wohl nicht vergessen?«, rief ihm der Maler zu. Löhrs verkaterte Miene musste ausgesehen haben wie die Fleisch gewordene Orientierungslosigkeit.

»Nein, nein«, stotterte Löhr. »Ich weiß. Das Kölsch.«

»Das Kölsch – und eine *Pappardelle alla lepre*! Ich koche. Machen Sie sich auf was gefasst!«, lachte Don Ernesto.

Löhr hatte keine Ahnung gehabt, was eine *Pappardelle alla lepre* sein mochte, es war ihm im Augenblick aber auch ziemlich egal; allein schon beim Gedanken, jetzt, schon um die Mittagszeit und keineswegs vom Alkoholabusus des Vorabends erholt, Kölsch trinken zu müssen, wurde ihm schlecht. Er war hinunter in die Küche gestolpert, hatte prophylaktisch noch zwei weitere Aspirin in ein Wasserglas geworfen. Während sich die Tabletten auflösten, las er die Nachricht, die Irmgard ihm hinterlassen hatte. Im Gegensatz zu ihm hatte sie seine Verabredung mit Don Ernesto nicht vergessen und war, damit rechnend, dass Löhr lange schlafen und den frühen Nachmittag mit Don Ernesto verbringen würde, mit den Jungs nach Florenz zum Einkaufsbummel gefahren.

Der herbe Geruch des angebratenen Fleisches hatte Löhrs vom Alkohol angegriffenen Magen leidlich beruhigt, außerdem taten die Aspirin allmählich ihre Wirkung. Trotzdem folgte er jetzt mit immer noch gemischten Gefühlen dem Maler hinaus aus der Küche durch den Flur des Hauses. Kurzzeitig erwog er, das Kölsch aus gesundheitlichen Gründen abzulehnen. Aber erstens wäre das vielleicht unhöflich gewesen, und zweitens war ja auch durchaus damit zu rechnen, dass das Bier eine wohltuende Wirkung sowohl auf seinen körperlichen wie seinen geistigen Zustand haben könnte.

Das Haus, durch das Löhr dem Maler folgte, wirkte leer, wie ausgeräumt. Zwar standen überall Möbel in den Zimmern, lagen Bücher und Zeitschriften auf Tischen und Regalen, trotzdem wirkten die Räume unbewohnt und irgendwie kahl. Vielleicht lag das daran, dass es nirgends einen Wandschmuck, ein Bild gab, die Wände waren weiß verputzt und leer. Eigentlich, dachte Löhr, ein merkwürdiger Zustand für das Haus eines Malers. Vielleicht aber rührte der kahle Eindruck auch bloß vom Stil des Hauses. Es war einmal ein Bauernhaus, vielleicht eine Mühle gewesen. Die dicken Bruchstein-Außenmauern waren aber das Einzige, was davon noch übrig geblieben war. Der ganze Rest des alten Innenausbaus war bis auf die Außen- und die tragenden Wände sozusagen entkernt, die Mauern dann einheitlich weiß verputzt worden, nur die Holzbalken an der Decke und die ebenfalls hölzernen Fensterstürze waren in ihrem ursprünglichen Zustand erhalten geblieben. Eine asketische, beinahe abweisende Kargheit prägte das Ganze, Löhr kam sich ein wenig wie in einem Kloster vor.

»Leben Sie eigentlich alleine hier?«, fragte er Don Ernesto, während er ihm eine Treppe hinunter zu einem niedrigen Kellergewölbe folgte.

»Ja. Seitdem mich meine Frau verlassen hat.« Die Stimme des Malers klang beinahe fröhlich dabei. Trotzdem entschloss sich Löhr, nicht weiter nachzufragen.

Stattdessen sagte er: »Und wo malen Sie eigentlich? Ich habe im ganzen Haus kein einziges Bild gesehen.«

»Erstens würden meine Bilder hier gar nicht reinpassen, weil sie zu groß sind. Und zweitens reicht es mir, wenn ich sie jeden Tag im Atelier sehe. – Das ist drüben in der alten Scheune.«

Don Ernesto war am Fuße der Kellertreppe vor einer mächtigen eisernen Tür angekommen, die aussah, als verberge sich ein Tresor dahinter. Er öffnete sie, indem er ihren gewaltigen Sperrriegel umlegte und sie dann mit der Schulter aufschob.

»Muss so sein«, erklärte Don Ernesto. »Der Keller wird durch ein elektrisches Aggregat gekühlt. Konstant acht Grad.«

»Wozu?«, fragte Löhr erstaunt. Dann aber, als der Maler das Licht anknipste, sah er es selbst. Es war ein Weinkeller. Ein Weinkeller allerdings, wie Löhr bisher noch nie einen gesehen hatte. Tausende von Flaschen lagen hier, in Regalen, in Terrakottaröhren, in den Felsnischen des Kellers gestapelt bis hoch zur Decke des Gewölbes.

»Meine Güte!«, entfuhr es Löhr.

Don Ernesto lächelte, kein stolzes Besitzerlächeln, sondern eher verlegen. »Wenn man in einer Weingegend wie dieser lebt, liegt es irgendwann einmal nahe, dass man zu sammeln anfängt. Und das hier ist das Resultat.«

»Kriegen Sie das denn überhaupt alles getrunken?«, stammelte Löhr beeindruckt.

»Wenn Sie mir dabei helfen«, lächelte Don Ernesto, griff scheinbar wahllos in eins der Regale, zog eine verstaubte Flasche hervor und stellte sie in den Tragekorb, den er aus der Küche mitgebracht hatte. »Fangen wir mal mit einem 86er *Brunello di Montalcino* an.« Er ging ein Regal weiter, nahm die nächste Flasche heraus. »Oder vielleicht beginnen wir doch besser mit einem Weißen? Ein *Vernaccia di San Gimignano*? War früher ein billiges Touristengesöff. Kann aber jetzt wieder große Klasse sein. Vorausgesetzt, man kennt den richtigen Erzeuger ...«

Und so ging es weiter, während sie durch die Gänge des Gewölbes schlenderten und sich schließlich sechs Flaschen in Don Ernestos Korb versammelt hatten.

Löhrs Bewunderung der Pracht des Weinkellers wich einem klammen Gefühl. Hatte der Maler tatsächlich vor, mit ihm diese sechs Flaschen Wein zu trinken? Dazu war er absolut nicht in der Lage! Ganz davon abgesehen, dass er nichts von Wein verstand und das teure Zeug bei ihm wie Perlen vor die Säue geworfen wäre.

»Aber ich dachte«, stotterte er, »wir wollten …«

»Kölsch trinken? Natürlich trinken wir jetzt erst mal Kölsch. Schauen Sie mal dort!«

Don Ernesto wies in eine in den Fels gehauene Nische – und Löhr ging nun doch ein wenig das Herz über, als er drei kleine Fässchen, leibhaftige »Pittermännchen«, erblickte.

»Kölsch! Mein Gott!«, flüsterte Löhr in fast ehrfürchtigem Ton.

Der Maler lachte. »Kommen Sie! Tragen wir's nach oben!«

Es war wirklich Medizin! Malzig, saftig und wunderbar kühl rann es Löhrs Kehle hinab und verbreitete Augenblicke später ein Wohlbehagen in seinem angeschlagenen Magen, das die Magenwände durchströmte und seinen ganzen Körper in eine euphorische Leichtigkeit versetzte.

Don Ernesto beobachtete Löhrs Gesichtsausdruck, während der das erste Glas in zwei großen Zügen austrank. »Das scheint Ihnen ja tatsächlich gefehlt zu haben«, grinste er und trank dann erst selbst sein Glas in einem Zug leer.

»Verstehen Sie das jetzt nicht falsch«, erklärte Löhr, dem klar wurde, dass er ziemlich gierig dabei ausgesehen haben musste, als er das Kölsch trank. »Es ist nicht so, dass ich irgendwie abhängig vom Kölsch wäre. Aber nach ein paar Tagen vermisst man es schon. Und außerdem hatte ich vor der Abreise einen furchtbaren Alptraum …«

»Wem sagen Sie das?« Don Ernesto war dabei, die nächsten beiden Kölsch zu zapfen. »Mir geht's genauso. Oder weshalb, glauben Sie, hab ich hier immer ein paar Liter flüssige Heimat auf Lager?«

Nachdem sie jeder drei Kölsch getrunken und sich dabei über die Vorzüge und Schwächen eines Volksstammes mit einer »flüssigen Heimat« im Allgemeinen und den eigentümlichen Gehalt dieser »flüssigen Heimat« im Besonderen unterhalten hatten, machte sich Don Ernesto wieder ans Kochen.

Er rührte in der Kasserolle mit den Hasenstücken noch einmal um, hackte dann ein paar Tomaten und einen Bund Petersilie klein, nahm die Hasenstücke aus dem Topf, löste das inzwischen gegarte Fleisch von den Knochen und stellte es beiseite. Die im Topf zurückgebliebene Sauce pürierte er mit einem Pürierstab, dann gab er das Fleisch, die Tomaten und die Petersilie in die Kasserolle zurück, rührte um, schmeckte noch einmal mit Pfeffer, Salz und zwei Esslöffeln Tomatenmark ab und legte dann den Deckel darauf.

Löhr war beeindruckt. Mit solcher konzentrierten Sorgfalt hatte er noch nie jemanden kochen gesehen. Jeder Handgriff des Malers, jede seiner Bewegungen wirkte gezielt und effektiv, war aber gleichzeitig liebevoll, so als hege er größte Hochachtung sowohl vor den von ihm verarbeiteten Lebensmitteln wie auch vor den Geräten, die er dabei benutzte.

»Pappardelle alla lepre«, fragte Löhr. »Was ist das eigentlich? Ich verstehe kein Italienisch.«

»*Pappardelle* sind nichts weiter als Bandnudeln«, sagte Don Ernesto. »Die machen wir nachher. Das Besondere ist der Sugo, die Sauce dazu. Und die besteht hier eben aus einem *›lepre‹*, einem Wildhasen. So etwas gibt es nirgendwo anders als hier in der Toskana. Dass man so etwas ›Wertvolles‹ wie einen Hasen zu einer einfachen Nudelsauce verarbeitet. Aber Wild ist etwas ganz Gewöhnliches für die toskanische Küche. Man kann das Gleiche beispielsweise auch mit Wildschwein – *cinghiale* – machen. Das Außergewöhnliche an diesen Wildsaucen ist ihr Aroma. Einzigartig! Sie werden es gleich erleben!«

Während der Maler einen weiteren Topf mit Wasser füllte und auf den Gasherd stellte, zapfte Löhr, inzwischen von allem Kater befreit und auf den Geschmack gekommen, sich noch ein Kölsch aus dem auf dem Küchentisch aufgestellten Fässchen. Erst jetzt, als er sich selbst daran zu schaffen machte, fiel ihm die Beschriftung des Fässchens ins Auge. »Höfer-Kölsch«. Höfer-Kölsch? Der im eigenen Sudkessel ertrunkene Braumeister, Essers Fall, fiel ihm wieder ein, allerdings wie etwas, das sich vor sehr, sehr langer Zeit ereignet und nun Mühe hatte, an die Oberfläche des Bewusstseins zurückzugelangen.

»Höfer-Kölsch?« Löhr drehte sich mit dem frisch gezapften Bier in der Hand zum am Herd arbeitenden Don Ernesto um. »Wie kommen Sie denn ausgerechnet an Höfer-Kölsch?«

»Ach? Das wussten Sie noch gar nicht? Gerhard Höfer, der Brauereibesitzer, ist ein Vetter von mir. Er schickt mir jedes Vierteljahr ein paar Fässchen.«

»Ihr Vetter? So ein Zufall«, sagte Löhr, dem schlagartig das Bild des melancholischen Brauereibesitzers vor Augen trat. »Ist aber ein netter Zug von ihm ...«

»Nett? Glaub ich nicht, dass das nett von dem ist«, lächelte Don Ernesto. »Der muss.«

»Muss?«

»Stand im Testament seines Vaters, als der Gerhard die Brauerei geerbt hat. Der alte Höfer, also mein Onkel, der hat mich immer ganz gerne gemocht, mir zum Teil mein Kunststudium finanziert – und mich dann eben auch im Testament mit dieser kleinen Geste bedacht. Das fand ich in der Tat einen netten Zug von ihm. – Von meinen Vettern würd ich so was gar nicht erwarten ...«

»Oh!«, machte Löhr. »Sie scheinen ja keine allzu gute Meinung von Ihrer Verwandtschaft zu haben ...?«

Don Ernesto rührte im Fleischtopf und winkte mit dem Kochlöffel in der Hand ab. »Sind alles ziemliche Querköppe, die Höfers. Gucken Sie sich doch nur diesen lächerlichen Streit zwischen meinen beiden Vettern an!«

»Streit? Welcher Streit?«

»Sie kommen doch gerade aus Köln! Haben Sie denn nichts davon mitbekommen?«

Löhr schüttelte den Kopf.

»Nach allem, was ich hier so höre, schlagen die sich gerade die Köpfe ein! – Ich hoffe nur, dass die Brauerei dadurch keinen Schaden nimmt und ich weiter mein Kölsch kriege. – Wär wirklich schade drum.«

***

Es regnete Stumpfsinn. Es regnete Trostlosigkeit. Es handelte sich um eine Sorte Regen, die Löhr in Köln noch nicht erlebt hatte, einen Regen, der in großen Tropfen einfach herunterfällt, der platscht, um einen Regen, der einem senkrechten Meer mit Schlitzen darin gleicht.

Der Regen trommelte auf das Dach der Terrasse, auf der Löhr wie an jedem seiner toskanischen Nachmittage um sechs saß, um Tee oder Weißwein zu trinken und auf den Sonnenuntergang zu warten. Damit war heute natürlich nichts. Er saß in eine Decke gehüllt auf seinem Korbstuhl, nippte an einem kalt gewordenen Tee, beobachtete, wie die schweren Regentropfen auf die Blätter des Feigenbaums gegenüber klatschten, sich für einen Augenblick in Fontänen verwandelten, um dann eilig abzufließen und ihren drängelnden Nachfolgern Platz zu machen.

Drei Tage waren seit dem voluminösen und überaus köstlichen Mittagessen mit Don Ernesto vergangen. Die *Pappardelle alla lepre* hatten sich in Löhrs kulinarischem Erinnerungskosmos als unauslöschliche Sensation verankert. Mehr noch als das Gericht und die unerwartete Kölsch-Erfrischung mitten im toskanischen Sommer beschäftigte ihn während dieser drei Tage jedoch die Bemerkung Don Ernestos über den Streit seiner beiden Vettern. Überhaupt, welch ein Zufall oder doch zumindest: Welch merkwürdige Fügung, dass er erst in Urlaub, nach Italien fahren musste, um auf einen möglichen Hintergrund des Braumeister-Falls zu kommen!

Denn das hatte Löhrs kriminalistische Phantasie sofort auf Hochtouren gebracht: Wenn sich die beiden Höfer-Brüder, wie Don Ernesto weiter angedeutet hatte, um ihr Erbe, also die Brauerei stritten, ließ das den Fall des ertrunkenen Braumeisters vielleicht in einem neuen Licht erscheinen. Als er mit Esser zu der »Tatortbesichtigung« hinausgefahren war, war sein Verdacht, es könne sich um einen geplanten Akt, einen Mord also, gehandelt haben, nicht mehr als eine Spielerei gewesen. Eine bloße Spekulation, um den ihm damals schwer erträglichen Abschied aus Köln hinauszuzögern, ein Gedankenspiel, um sich die letzten Stunden vor dem gefürchteten Urlaub zu versüßen. Und vielleicht hatte er seine Mordtheorie auch nur aufgestellt, um sich ein bisschen mit

Esser zu zanken. Eine Lappalie also nur, ein Glasperlenspiel, das er, sobald er die Urlaubsängste abgestreift und sich in der Casina wie zu Hause gefühlt hatte, völlig vergessen hatte.

Der Wind hatte gedreht und schleuderte jetzt die dicken Regentropfen unter das Dach der Terrasse. Löhr stand auf. Es war ohnehin Zeit, sich ums Abendessen zu kümmern.

Während der vergangenen drei Tage war er mehr als einmal versucht gewesen, Esser in Köln anzurufen und ihm die neuen Informationen zum Braumeister-Fall zu geben. Aber dann hatte er sich gefragt: Waren das tatsächlich Informationen? Vielleicht handelte es sich ja lediglich um die familienspezifische Wahrnehmung Don Ernestos, vielleicht nahm er einen gravierenden Streit wahr, wo es sich bei objektiverer Betrachtung um ein schlichtes Gezänk der beiden Brüder handelte? Also hatte Löhr es sein lassen und sich entschlossen, den heutigen Abend abzuwarten, an dem er und Irmgard neben den Jungs auch Don Ernesto zum Essen eingeladen hatten. Vielleicht würde er Gelegenheit finden, Don Ernesto im Laufe des Abends beiseite zu nehmen und ihm ein paar detailliertere Informationen über den Bruderzwist zu entlocken. Was eigentlich kein Problem sein dürfte, da der Maler zwar von Löhrs Beruf, offenbar aber nicht darüber Bescheid wusste, dass Gerhard Höfers Braumeister tot und Löhr kurz vor seinem Urlaub mit diesem Fall befasst war.

Löhr faltete die Decke zusammen, öffnete die Tür zum an die Terrasse angrenzenden Schlafraum, legte die Decke dort ab und ging die steile Holztreppe hinunter in die Küche.

Irmgard stand an der Anrichte, die die Küche der Casina in zwei Hälften teilte – eine reine Küchenzeile und eine Essecke –, und war dabei, Seezungen zu häuten und zu filetieren. Sie hatte die Fische am Morgen gemeinsam mit den Jungs bei einem Fischhändler in Empoli gekauft und wollte daraus nach einem toskanischen Rezept einen Auflauf mit Spinat – *Sogliole alla fiorentina* – bereiten.

Ohne von ihrer mit einem sehr scharfen Messer ausgeführten komplizierten Arbeit aufzuschauen, sagte sie gut gelaunt zu Löhr: »Und ich dachte schon, du würdest im letzten Augenblick doch noch kneifen und ich müsste auch noch deine *Crostini*-Paste machen!«

»Nein, nein! Ich hab ja gesagt, ich probier es selbst. Einmal muss man ja schließlich anfangen.«

Löhr ging zum Kühlschrank und holte die Schüssel mit Hühnerleber heraus, die er am Vortag in eine Marinade aus Rotwein, Lorbeerblättern und Wacholderbeeren gelegt hatte. Er stellte sich damit neben Irmgard an die Anrichte, fischte die Leberstücke aus der Marinade und trocknete sie auf Krepppapier ab.

»Zieh dir lieber eine Schürze an«, mahnte Irmgard, die jetzt doch einen halb amüsierten, halb erstaunten Blick auf Löhr warf. Schließlich wurde sie hier Zeugin einer kleinen Sensation: Es war das erste Mal in seinem Leben, dass Löhr sich ans Kochen begab.

»Reicht es nicht, dass ich koche? Muss ich mich zusätzlich dazu noch kostümieren?«

»Alle Hobbyköche tragen Schürzen«, neckte Irmgard weiter.

»Ich bin aber kein Hobbykoch! Ich probier einfach nur mal was aus! – Wenn ich das jetzt bitte in Ruhe tun dürfte?« Irmgard schwieg, wenn auch mit verschmitztem Grinsen, und Löhr studierte aufmerksam das Rezept, das Dagmar Jung ihm aufgeschrieben hatte. Er hackte eine Zwiebel, eine Selleriestange und eine Möhre sehr klein, dünstete in Olivenöl zuerst das Gemüse an, gab dann die Hühnerleber dazu, erhöhte die Hitze, sodass die Leberstücke anbrieten. Dann stellte er die Flamme wieder kleiner, rührte den Marinadesud und einen Esslöffel Tomatenmark zur Leber und dem Gemüse, gab Salz, Pfeffer, etwas geriebene Zitronenschale und fein gehackte Petersilie dazu und ließ das Ganze zehn Minuten lang köcheln.

Zuerst schienen seine Hände irgendwie zu dick, zu ungelenk für die Arbeiten, zumal wenn im Rezept stand, die Zwiebeln oder Möhren müssten »sehr fein« gehackt werden. Das Gemüse entglitt immer wieder seinen Fingern, so als setze es sich gegen die Ungeschicklichkeit seines Bearbeiters zur Wehr. Dann konzentrierte er sich, streckte dabei die Zunge zwischen die Zähne, Schweiß perlte auf seiner Stirn – und irgendwie gelang es. Spätestens der Staudensellerie war »sehr fein« gehackt. Jetzt, wo er einmal damit begonnen hatte, bekam er eine Ahnung davon, was Kochen eigentlich bedeutete, dass es eine tatsächliche Arbeit war. Und er gewann Freude an dieser Arbeit, an der Sinnlichkeit von Handarbeit und daran, wie unmittelbar sich deren Erfolg einstellte. Zumindest ihm schmeckte die bisher erreichte Vorstufe seiner Hühnerlebercreme. Er brauchte den inzwischen dick gewordenen Brei jetzt nur noch abkühlen zu lassen, Kapern und ein bisschen Butter hineinzugeben und dann im Mixer zu einer feinen Creme zu pürieren.

»Wo finde ich hier den Mixer?«, fragte er Irmgard.

»Mixer? Hier gibt es keinen Mixer!«

Es wurde dann doch noch ein gelungenes Essen. Die Jungs brachten weitere Vorspeisen – selbst in Öl und Essig eingelegte Pilze und rote Paprika – und eine Nachspeise mit, Don Ernesto schleppte eine ganze Kiste *Chianti Classico* ins Speisezimmer, und Löhr triumphierte allen Widerständen zum Trotz dann doch noch mit seinen Hühnerleber-*Crostini*, der klassischen toskanischen Vorspeise. Es hatte sich in der Küche der Casina nämlich noch ein alter gusseiserner Fleischwolf gefunden, mit dem man die Hühnerleber fast ebenso fein pürieren konnte wie mit einem Mixer.

Eine weitere, neben dem Kochen ebenfalls neue Erfahrung für Löhr war, dass man sich während eines Essens mit beinahe hermetischer Ausschließlichkeit über ein einziges Thema unterhalten konnte: das Essen.

Mit einer Begeisterung und einer Neugierde, als spreche man über die Entdeckung eines bisher unbekannten Kontinents, erkundigten sich Don Ernesto und die Jungs nach den Rezepten der Speisen, die sie gerade aßen. Löhr musste ausführlich die Herstellung seiner Hühnerlebercreme beschreiben, Don Ernesto gab dazu den Tipp, dass man der Creme mit einem Schuss *Vin Santo* noch eine zusätzliche, das Bittere der Hühnerleber neutralisierende Note geben könne; heftig wurde diskutiert, ob man die Sauce für ihren Seezungen-Spinat-Auflauf, die *Sogliole alla fiorentina*, tatsächlich, wie Irmgard es gemacht hatte, auf einer Mehlschwitzenbasis machen solle oder ob der Parmesan allein nicht zum Andicken ausreiche.

Zum Schluss – es war übers Essen und Diskutieren übers Essen fast schon Mitternacht geworden, holte Clemens Jung die im Ofen warm gehaltene Nachspeise: *Frittelle di riso* – aus Milchreis, Rosinen, Orangenschale, Eiern und Zucker zubereitete und in

Schmalz frittierte Reiskrapfen. Die zwar köstliche, aber reichlich fette Speise gab Löhr den Rest. Er war zum Platzen satt, der Grappa, dem er während der Nachspeise schon kräftig zugesprochen hatte, half nicht mehr – er musste ein paar Schritte gehen.

Er stand vom Tisch auf und schaute zur Küchentür hinaus – der Regen hatte aufgehört.

»Ich geh mal ein paar Schritte«, sagte er zur Gesellschaft am Esstisch. Don Ernesto erhob sich.

»Ich komme mit.«

Immer noch zogen schwere schwarze Regenwolken über den Montalban westwärts zum Meer und verdunkelten den ohnehin schon mondlosen Nachthimmel. Sie mussten Taschenlampen mitnehmen, um sich im Gelände um die Casina orientieren zu können. Das Haus lag ein paar hundert Meter entfernt von der öffentlichen Straße, die nach Vinci führte, an der es aber hier oben auf dem Berg keine Straßenlaternen mehr gab.

Der unglaubliche Regen hatte so viel Wasser auf Gras und Bäume abgeladen, dass man glauben konnte, es regnete immer noch: Die Schuhe waren nach wenigen Schritten im Gras nass, und von den Eichen, die den Weg hinunter zur Straße säumten, troff es immer noch so, dass es sich gelohnt hätte, einen Regenschirm aufzuspannen. Aber Löhr tat nach der Erhitzung durch das viele Essen die Abkühlung gut, und auch Don Ernesto schien es so zu gehen.

»Was mir nicht aus dem Kopf will, ist die Geschichte mit Ihren Vettern«, begann er, nachdem sie die Straße erreicht hatten und bergauf, den Montalban hoch gingen.

»Tja, ist ja auch keine besonders lustige Angelegenheit«, antwortete Don Ernesto.

»Worum geht's denn eigentlich bei dem Streit?«, fragte Löhr. Natürlich hatte er Don Ernesto immer noch nicht gesagt, dass er ein berufliches Interesse an dem Fall hatte, hatte es auch jetzt nicht vor, weil es vielleicht doch die Auskunftsfreude eines Familienmitglieds, das Don Ernesto nun einmal war, hätte dämpfen können.

»Das ist eine lange Geschichte«, sagte Don Ernesto. »Vor zehn Jahren hat der alte Höfer, der Vater der beiden, im vorweggenommenen Erbverfahren seinen Besitz aufgeteilt. Ihm ging es vor allem darum, dass der Kern dieses Besitzes, die Brauerei eben, in einer Hand blieb. Und da Gerhard der ältere Bruder war, der Alte ihn sowieso immer bevorzugt hatte gegenüber Hartmut und Gerhard dazu noch geschäftstüchtiger war als Hartmut, hat er eben die Brauerei gekriegt.«

»Und Hartmut?«

»Der hat den Immobilienbesitz bekommen, unter anderem das Südstadthaus mit der Kneipe.«

»Dann ist doch eigentlich alles in Ordnung gewesen?«

»Dachten alle auch, fast zehn Jahre lang. Letztes Jahr aber hat Hartmut noch mal den Erbschaftsvertrag herausgekramt, meinte, der hätte formale Fehler, und versucht ihn jetzt anzufechten.«

»Hat er denn eine Chance damit?«

Don Ernesto hob die Hände. »Wenn, dann wird das ein endloser juristischer Streit. Vor allem, wenn man bedenkt, wie stur die beiden sind und dass sie sich noch nie leiden konnten, schon als kleine Jungen nicht.«

»Na schön. Aber wenn das Jahre dauert, bis die sich vor Gericht geeinigt haben, dann braucht man ja wenigstens für die Zeit keine Angst um die Brauerei und das Höfer-Kölsch zu haben. So lange bleibt die Brauerei ja wohl noch in Gerhards Besitz, oder?«

»Das will ich hoffen! Wäre doch schade, Sie kämen nächstes Jahr noch mal hierher und es gäbe kein Höfer-Kölsch mehr in meinem Keller, oder?«

»Das wäre wirklich schade«, antwortete Löhr und setzte dann doppeldeutig hinzu: »Schon allein deswegen hat sich die Reise hierher gelohnt.«

***

Als Löhr am Sonntagmorgen aus dem Zugfenster nach fast drei Wochen wieder die Domtürme sah, geschah es zum ersten Mal in seinem Leben, dass er nicht von einem aus der Tiefe seiner Seele hochbrodelnden Schwall von Heimatliebe erfasst wurde. Das war ihm bisher immer so widerfahren, selbst wenn er nur eine Woche von Köln weg gewesen war: eine sentimentale Anwandlung, gegen die er sich nicht wehren konnte. Diesmal brauchte er sich gar nicht dagegen zu wehren. Sie blieb einfach aus. Er dachte beim Anblick der Domtürme noch nicht einmal: Aha, wie schön, der Dom. Er dachte gar nichts dabei.

Löhr war zwar ein wenig erstaunt über das Ausbleiben dieses jedem eingefleischten Kölner bekannten Gefühls, er bedauerte es allerdings nicht. Denn er ahnte die Ursache. Nicht dass er durch die Wochen in der Toskana völlig auf Distanz zu seiner Vaterstadt geraten wäre, aber er hatte Erfahrungen gemacht, die ihn ein wenig verändert hatten, er hatte ein anderes Lebensgefühl entdeckt.

Ihm war klar, dass der Alltag ihn wieder einholen würde, er nahm sich aber vor, so lange wie möglich die neu gewonnene Haltung zu bewahren: die Dinge nicht immer gleich beeinflussen oder gar ändern zu wollen, sondern sie zuerst einmal einfach nur geschehen lassen, abzuwarten, zu beobachten. *Serenità*, hatte Don Ernesto ihn belehrt, nennt der Italiener diese Haltung, auf Deutsch kommt das etwa der »Gelassenheit« nahe. Und gelassen zu sein und gelassen zu bleiben dürfte ihm, wenn er es recht betrachtete, eigentlich nicht sonderlich schwer fallen. Denn so neu war für ihn als Kölner der eher gemütlichen Art dieses »neue« Lebensgefühl ja gar nicht. War ihm nicht immer schon alles Hektische, Betriebsame fremd gewesen? Warum wohl sonst hatte er sich so lange gegen dieses aufgekratzte Handy-Telefonieren gewehrt? Warum wohl besaß er keinen Führerschein und ging lieber zu Fuß? Im Grunde war er der geborene Flaneur.

Sein Vorsatz war immer noch lebendig und wirksam, als er am Montagmorgen um halb acht auf dem Weg ins Kalker Präsidium in der Straßenbahn hinter dem Neumarkt das inzwischen berüchtigte »Kölner Loch« passierte. Er ärgerte sich nicht, wie bestimmt schon hundertmal zuvor, über diese grenzenlose stadtplanerische Schlamperei, sondern er lächelte: So sind sie eben, die Kölner. »Et hätt noch immer jot jejange.« Irgendwann würde ein Wunder geschehen und das Geld für den Museumsneubau doch noch irgendwoher kommen. Bis dahin gab's eben das »Loch«. Mit einem Loch konnte man leben, selbst wenn's im Herzen der Stadt gähnt.

Auch während der Frühbesprechung im 11. Kommissariat bewahrte Löhr die neue Gelassenheit. Die Kölner Ringe und die

Club-Szene wurden von einer türkisch-deutschen Türsteher-Mafia beherrscht und terrorisiert. War das nicht schon länger bekannt, und hatte man bisher damit irgendwie nicht auch leben können? Die Gefahr wurde vom Polizeipräsidenten so hochstilisiert, dass man dem KK11 die bisher angelaufenen Fälle wegnahm und dem OK-Kommissariat, dem Kommissariat für Organisierte Kriminalität, übergab. Warum nicht? Löhr konnte die Galligkeit Schuhmachers, des Leiters des KK11, der das als eine Demütigung einerseits, ein Armutszeugnis für die Operationsfähigkeit des eigenen Kommissariats andererseits ansah, nicht nachvollziehen. Vielleicht waren die vom OK tatsächlich schlagkräftiger als die vom KK11? Sollte man nicht froh sein, dass man das Problem vom Hals hatte und sich auf seinen eigenen Kram konzentrieren konnte?

In seinem Büro kam er sich ein bisschen vor wie ein Gast, blickte aus den Fenstern, rückte den Schreibtischstuhl zuerst ein paarmal hin und her, bevor er sich darauf setzte. Als Esser ihn mit erwartungsvoller Miene danach fragte, was er denn so Tolles im Urlaub erlebt hätte, dass er trotz seines dort unübersehbar gewonnenen Zusatzgewichts mit der Leichtigkeit eines Schmetterlings durchs Präsidium schwebe, wusste Löhr darauf nichts weiter zu antworten als: »Eigentlich nichts. Ich bin viel spazieren gegangen, hab mir jeden Sonnenuntergang angeguckt, hab gut gegessen, hab kochen gelernt ... Also eigentlich nichts Besonderes.«

»Und die Klamotten?«, grinste Esser. »Gab's da 'nen Kostümverleih für Kellner?«

»Na hör mal!« Zärtlich strich Löhr über sein neues Jackett, das er gemeinsam mit Irmgard in Florenz gekauft hatte. Es war in der Tat sehr hell, fast weiß, und mochte insofern vielleicht einer Kellnerjacke ähneln. »Das hat ein Vermögen gekostet! Und es ist *so was* von weit und leicht, das merkst du gar nicht, wenn du es trägst!«

»Weit ist es. Das stimmt.« Esser grinste immer noch breit.

»Man trägt eben ›weit‹ da unten in Italien!« Löhr zupfte liebevoll an der neuen sandfarbenen Hose, die ebenfalls reichlich weit geschnitten war. »Außerdem ist es wahnsinnig bequem. Man fühlt sich wunderbar darin, wie neu geboren!«

Während er das sagte, ging ihm der Gedanke durch den Kopf,

sein neues Lebensgefühl könne möglicherweise auch mit den neuen Kleidern zu tun haben. Und wenn schon! Was wäre dabei? Jedenfalls würde er sich das von Esser nicht mies machen lassen. Außerdem schien es ihm geraten, diesen Gesprächsgegenstand nicht weiter zu vertiefen, bevor er womöglich noch zu dem Punkt gelangte, an dem er Esser gegenüber zugeben musste, dass Irmgard ihn in Florenz zum Kauf der weiten Kleidung gleichsam genötigt hatte, er sich zunächst dagegen gesträubt hatte, sie zu tragen – bis er dann bemerkte, dass Don Ernesto ganz ähnliche Hosen und Jacketts trug. Merkwürdigerweise erst von da an hatte er sich in seinem neuen Outfit wohl gefühlt.

»Ach«, sagte Löhr unvermittelt, »ich hab doch was Besonderes im Urlaub erlebt. Ich hab nämlich Kölsch in der Toskana getrunken.«

»Tatsächlich?«, antwortete Esser nicht sonderlich interessiert. »So was gibt es da?«

»Unglaublich, oder? Aber jetzt rat mal, welches Kölsch ich da getrunken habe!«

Esser zuckte die Schulter.

»Höfer-Kölsch! Ausgerechnet Höfer-Kölsch!«

Esser lächelte unverbindlich und nach wie vor nicht sonderlich interessiert. Löhr musste also deutlicher werden.

»Wo wir gerade davon sprechen – was ist eigentlich aus dem Fall mit dem angeblich ertrunkenen Braumeister in Höfers Brauhaus geworden?«

Wieder zuckte Esser mit der Schulter. »Der ist abgeschlossen. Hat sich, wie ich ja vermutet hatte, als ein Unfall herausgestellt. Der Gerichtsmediziner hat an dem Braumeister keine Spuren von Fremdeinwirkung feststellen können.«

»Aha, also doch ein Unfall«, sagte Löhr scheinheilig, in einem Ton, als interessiere ihn die Angelegenheit nun nicht mehr weiter. Natürlich war das genaue Gegenteil der Fall. Nachdem ihm Don Ernesto über den Streit der beiden Höfer-Brüder erzählt hatte, war sein fast schon verschüttetes Interesse an der Geschichte neu entfacht. Vielleicht war es also keine bloße Marotte, kein kurzlebiges Selbstablenkungsmanöver gewesen, vielleicht hatte er doch gleich vom ersten Augenblick den richtigen Riecher gehabt. Also hatte er sich noch während des Urlaubs dazu entschlossen, der Geschichte noch einmal nachzugehen, auch wenn das – womit zu rechnen war – gegen Essers Willen geschehen würde.

»Woran arbeitest du eigentlich momentan?« Löhr wies auf die Akten, die Esser sich auf seinem Schreibtisch zurechtrückte.

Esser machte eine wegwerfende Handbewegung. »An dem Fall, den sie uns gerade weggenommen haben, der ans OK-Kommissariat geht.«

»Heißt das, wir haben im Moment gar keinen Fall?«

»Doch, aber eigentlich nur noch 'ne Kleinigkeit.« Esser klappte seine Akte auf. »Ich muss die Geschichte hier bloß noch abschließen und sie dann an die OK rüberreichen. – 'ne Schlägerei vor 'ner Disko, bei der ein Unbeteiligter durch einen von der Türsteher-Mafia ins Koma geschlagen wurde.«

»Da ich mich ja nicht damit auskenne, bedeutet das doch, dass ich sozusagen freihabe, oder?«

Esser grinste. »Hast du nicht mitgekriegt, dass Schuhmacher dich eben bei der Frühbesprechung für die Bereitschaft eingeteilt hat?«

Löhr wies auf seinen leeren Schreibtisch. »Ist aber bisher noch nichts reingekommen.«

Esser zuckte die Schulter. »Klar kannst du abhauen. Vorausgesetzt, du nimmst dein Handy mit und bist erreichbar.«

»Das trifft sich ja gut«, sagte Löhr flötend, so als hätte er einen plötzlichen Einfall. »Dann geh ich jetzt vielleicht mal ins Geschäftszimmer und guck mir die Höfer-Akte an – die liegt doch noch da, oder?« Er schob seinen Schreibtischstuhl hinter sich, stand auf und glättete sein weißes Jackett.

Eine steile Unmutsfalte erschien auf Essers Stirn. »Ich hab doch gesagt, der Fall ist abgeschlossen.«

»Ich weiß. Aber er interessiert mich doch noch ein bisschen – und da ich ja nichts Richtiges zu tun habe ...«

Esser glaubte Löhr kein Wort, dafür kannte er dessen Masche zu genau, sich, wenn er etwas plante, das Esser nicht in den Kram passte, bis zur Tölpelhaftigkeit ahnungslos zu stellen. »Du hast doch was ganz Bestimmtes vor!«, sagte er, jetzt mit ganz offensichtlichem Misstrauen.

»Nichts Bestimmtes!« Löhr faltete voller Unschuld die Hände. »Ich bin da nur zufällig an ein paar neue Informationen gekommen.«

Esser antwortete nicht gleich, dafür grub sich die Unmutsfalte auf seiner Stirn noch tiefer ein. Er atmete heftig und empört ein und lehnte sich in seinem Stuhl zurück. »Ich wusste es von Anfang an! Du lässt nicht locker! Du hast dir von vornherein in den Kopf gesetzt, dass es kein Unfall war, und da gehst du nicht von ab! – Du bist dermaßen was von stur!«

»Ich hab doch gesagt, ich hab neue Informationen!«

»Vielleicht solltest du dir mal die Information in deinem Schädel speichern«, sagte Esser und pochte sich dabei wütend gegen die eigene Stirn, »dass ich durchaus in der Lage bin, einen Fall selbst zu behandeln und auch zum Abschluss zu bringen!«

Natürlich war das der Punkt. Essers empfindliche Stelle. Und genau deswegen hatte Löhr so lange drum herumgeredet und sich verstellt. Löhr erinnerte sich an seine *serenità*, zupfte an seinem Hosenbein und schlug seinen sanftesten Ton an: »Aber Rudi! Wusstest du, dass dieser Brauereibesitzer, der Gerhard Höfer, einen Bruder hat? Einen Bruder, mit dem er bis aufs Messer verfeindet ist, der ihm das Erbe, die Brauerei nämlich, streitig machen will?«

»Und was soll das mit dem Unfall des Braumeisters zu tun haben?«

»Also du wusstest das nicht, dass es da einen Erbenstreit gibt?«

»Doch. Hab irgendwas davon mal in der Zeitung gelesen. Hat mich aber nicht weiter interessiert, weil ich da keinen Zusammenhang mit dem Unfall des Braumeisters sehe.«

»Keinen Zusammenhang, Rudi? Wenn es Streit um den Besitz an einer Brauerei gibt, dann könnte der Braumeister da doch eine Rolle spielen! Der ist doch schließlich der wichtigste Mann in so einer Brauerei! Vor allem einer mit der Erfahrung, die der May hatte! Das ist doch das wichtigste Kapital in so einem Betrieb!«

Zusätzlich zur Unmutsfalte auf der Stirn bildeten sich nun zwei Schluchten der Verachtung rechts und links neben Essers Mund. »Und deswegen soll der andere Bruder den Braumeister umbringen? Jetzt mach dich noch nicht lächerlich, Jakob!«

Löhr fühlte, wie die neue Gelassenheit in ihm strapaziert wurde. »Rudi, verstehst du denn nicht, dass man diese Geschichte jetzt noch mal unter dem Blickwinkel des Erbschaftsstreits betrachten muss? Es gab doch da am Tatort bestimmte Anhaltspunkte, Ungereimtheiten ...«

»Ich – *ich* – habe den Fall abgeschlossen, Jakob! Es ist alles geklärt. Es war ein Unfall.«

Zu diesem Zeitpunkt war es dann – zumindest fürs Erste – Schluss mit Löhrs *serenità*, weite Klamotten hin oder her. Er straffte sich und ging zur Tür, um im Geschäftszimmer die Akten des Falls Peter May zu holen. Den Türgriff bereits in der Hand, drehte er sich noch einmal zu Esser um und mobilisierte den letzten Rest von Milde – ja, und Gelassenheit. »Rudi! Sei mir nicht böse. Ich bin halt nur ein bisschen neugierig und will gucken, ob da vielleicht doch was dran ist an meiner Vermutung. Und außerdem hab ich ja hier im Moment nichts zu tun ...«

In dem Augenblick klingelte das Telefon auf Löhrs Schreibtisch.

»Von wegen nichts zu tun«, murmelte Esser hämisch, der vermutete, Löhr würde zu einem Bereitschaftsfall gerufen.

Aber es war kein Bereitschaftsfall, es war Löhrs Bruder Robert.

»Jakob! Wir müssen uns ganz dringend treffen! Bei der BAP ist es jetzt richtig am Brennen!«

***

Wie fast alles andere aus seiner Kölner »Vergangenheit« war auch die Geschichte, die Robert ihm über die BAP erzählt hatte, während Löhrs Urlaubs in einem tiefen Erinnerungsloch versunken. Nur sporadisch hatte er in den Stadt-Anzeiger geschaut, den Irmgard nach Vinci hatte nachschicken lassen, und wenn, dann hatte er nur halbherzig die Diskussionen verfolgt, die den vom Rat der Stadt geplanten Verkauf der zweiundvierzigtausend Wohnungen aus dem Eigentum der städtischen Wohnungsbaugesellschaft BAP begleiteten. Aus dieser sehr oberflächlichen Lektüre war als Einziges in seinem Gedächtnis haften geblieben, dass die Bewohner der BAP-Wohnungen im Laufe des Sommers eine Bürgerinitiative gegründet hatten, um sich gegen den Verkauf zu wehren. Denn sie befürchteten, dass sich die Mieten der Wohnungen, einmal in der Hand privater Investoren, nach dem Verkauf schlagartig erhöhen würden. Außerdem hatte er von unterschiedlichen Auffassungen zum Verkauf der BAP-Wohnungen innerhalb der Ratsfraktionen gelesen, dass es selbst in der herrschenden CDU keine eindeutige Mehrheit für den Verkauf gab und es deshalb zu erbitterten Kämpfen zwischen einzelnen Fraktionsmitgliedern gekommen war.

Doch obwohl ihm bewusst gewesen war, dass die berufliche Existenz seines Bruders vom Verkauf der BAP abhing, hatte ihn das Sommertheater im Rat im Einzelnen nicht weiter interessiert. Es erschien ihm als die tausendste Aufführung der immer gleichen Klüngel-Posse, in der sich die immer gleichen Protagonisten ein möglichst großes Stück vom allgemeinen Kuchen abzujagen trachteten, ein Schauspiel von inzwischen tödlicher Banalität.

Doch jetzt Robert!

»Jakob, wir müssen uns sehen!«

»Schon, ja, natürlich, gerne. – Aber ich weiß nicht, wie ich dir da helfen soll, Robert.«

»Ich hab dir doch auf dem Namenstag von der Mutter erzählt, dass da Gangster hinter dem Verkauf stecken.«

Löhr stöhnte. »Gangster vielleicht. Aber wahrscheinlich mit blütenreinen Westen. – Du weißt doch ganz genau, dass wir nur was machen können, wenn tatsächlich ein Verbrechen vorliegt, ein Kapitalverbrechen.«

»Kapitalverbrechen! Reicht das denn nicht, dass die mich jetzt rausmobben wollen?«

»Ach Robert!« Jetzt seufzte Löhr. »Ist es wirklich so ernst? Was meinst du denn überhaupt mit ›rausmobben‹?«

»Es geht um meinen Arbeitsplatz!«

»Da können sie dich doch nicht einfach so rausmobben! Du bist doch fest angestellt!«

»Von wegen! Ich hab immer nur befristete Verträge. Und der jetzige läuft am Jahresende aus, und ich hab den Eindruck, da dreht einer dran, dass der nicht wieder verlängert wird.«

»Aber das hat doch jetzt nichts mit dem Verkauf zu tun, oder?«

»Mensch, Jakob!« Roberts Stimme wurde flehend. »Wenn wir den Verkauf verhindert kriegen, dann hab ich vielleicht noch 'ne Chance!«

Löhr seufzte noch einmal, tiefer als beim ersten Mal, dann sagte er: »Na schön. Dann treffen wir uns heute Abend, und du erzählst mir alles.«

»Wo sollen wir uns treffen?«

Löhr zögerte mit der Antwort und überlegte. Vielleicht ließen sich ja, je nachdem, wie sich der Tag entwickelte, bei diesem Treffen gleich zwei Fliegen mit einer Klappe schlagen? Dann sagte er ins Telefon: »Gib mir mal deine Nummer im Büro. Ich ruf dich im Laufe des Tages zurück, und dann machen wir was aus. Im Moment hab ich noch keinen Überblick.«

Esser schaute misstrauisch von seinen Papieren vor sich auf. Löhr versuchte, diesen Blick zu ignorieren, notierte sich Roberts Nummer und hängte ein.

Das Studium der Akte über den Fall des ertrunkenen Braumeisters Peter May brachte Löhr keine neuen Erkenntnisse. Esser hatte – formal völlig korrekt – den Fall aufgrund des gerichtsmedizinischen Gutachtens abgeschlossen. Der Braumeister war hoch alkoholisiert gewesen. Zweieinhalb Promille hatte der Gerichtsmediziner in seinem Blut festgestellt. Aufgrund dessen und vor allem in Anbetracht der Tatsache, dass an der Leiche keinerlei Spuren äußerer Gewaltanwendung festzustellen waren, ließen sich die besonderen Umstände seines Todes – vor allem das fehlende Drosselgewinde am Wasserschlauch – als Zufälle und damit der ganze Fall als ein Unfall erklären.

Neben dem Bericht des Gerichtsmediziners enthielt die Akte noch Vernehmungsprotokolle Gerhard Höfers, der den toten Braumeister gefunden hatte, eine Skizze des Unfallorts und Essers abschließenden Bericht. Mehr nicht. Und vor allem keinen Hinweis auf den konkurrierenden Bruder des Brauereibesitzers.

Löhr zog das Telefonbuch aus der Schreibtischschublade, fand einen Eintrag unter dem Namen Hartmut Höfer, notierte Telefonnummer und Adresse und hatte schon die Hand am Telefon, da kam ihm der Gedanke, dass dieser direkte Weg doch vielleicht zu direkt sein könnte. Er steckte den Zettel mit der Telefonnummer ein, schlug noch einmal die Akte auf, notierte sich auf einem zweiten Zettel die Adresse des toten Braumeisters und stand dann auf.

»Brauchst du mich noch?«

Esser sah auf. Er war inzwischen dabei, seinen Abschlussbericht über den Türsteher-Fall in den Computer einzugeben. »Ich bestimmt nicht. Wieso? Willst du weg?«

Löhr zuckte die Schultern. »Mir 'n bisschen die Beine vertreten.«

»Im ›Brauhaus Höfer‹?«

»Gar keine schlechte Idee. Jetzt, wo du's sagst …«

»Du bist der größte Heuchler, dem ich je in meinem Leben begegnet bin, Jakob!«

Verächtlicher Ernst in Essers Miene. Löhr fühlte sich durchschaut und in gewisser Weise jetzt auch wie ein Verräter. Doch dann stahl sich ein immer breiter werdendes Grinsen um Essers Mundwinkel.

»Mach, was du willst, du Besserwisser. Wirst schon sehen, dass du auf dem Holzweg bist.«

***

Beim Blättern in der May-Akte war Löhr auf die Idee gekommen, dass der Braumeister, falls er tatsächlich ein Opfer des Bruderzwists gewesen war, über diesen Streit der Höfer-Brüder doch Bescheid gewusst haben musste. Die Sache war nur die, dass er May nicht mehr befragen konnte, weil dieser tot war. Allerdings war nicht auszuschließen, dass May jemand anderem über diesen Streit und die Rolle, die er selbst darin spielte, erzählt hatte, beispielsweise seiner Frau.

Löhr hatte der der Akte entnommen, dass May verheiratet gewesen war und mit seiner Frau in Ehrenfeld gelebt hatte, und sich die Adresse und Telefonnummer notiert.

Sobald er das Polizeipräsidium verlassen hatte, zog er sein Handy hervor und wählte die Nummer. Erst nach dem sechsten oder siebten Klingeln meldete sich eine krächzige Frauenstimme. Löhr stellte sich vor und fragte, ob er kurz vorbeikommen und ein paar Fragen über ihren verstorbenen Mann stellen dürfe. Die Frau zögerte, meinte, sie sei sehr beschäftigt, willigte dann schließlich ein, nachdem Löhr beteuert hatte, es seien nur noch ein paar Routinefragen wegen des Unfalls zu klären und es würde wirklich nicht lange dauern.

Die Wohnung der Mays lag im siebten Stock des so genannten Rüger-Hochhauses an der Inneren Kanalstraße. Löhr nahm den Aufzug. Richtig gute Zeiten hatte dieses Hochhaus wohl noch nie gesehen, nicht einmal unmittelbar nach seiner Fertigstellung Ende der sechziger Jahre. Von Anfang an war es eher eine Absteige für Großstadtnomaden und Gestrandete als ein Mietshaus gewesen, und in den siebziger Jahren gab es hier Feuerwehr- und Polizeieinsätze fast im Stundentakt. Dass es sich trotz mehrfacher Sanierungen nicht in ein Luxusdomizil verwandelt hatte, konnte man schon im Aufzug feststellen. Löhr musste sich die Nase zuhalten, so sehr stank es in der über und über mit Graffiti und zotigen Sprüchen beschmierten Kabine nach Erbrochenem und chlorhaltigem Putzmittel, mit dem man ohne allzu großen Erfolg versucht hatte, den Boden zu reinigen.

Die Wohnungstür der Mays öffnete sich nur einen Spalt breit, Löhr hörte, wie beim Öffnen innen die Kette eingehakt wurde. Die Frau dahinter konnte er, da die Flurbeleuchtung bis auf eine einzige Lampe ausgefallen war, kaum erkennen.

»Sind Sie der Mann von der Polizei?« Ihre Stimme klang noch krächziger als am Telefon, war eher ein Röcheln.

»Ja«, bestätigte Löhr. »Ich hab da noch ein paar Fragen …«

»Dann fragen Sie!« schnaufte die Frau.

»Hier? Vor der Tür?«

»Ich hab Ihnen doch gesagt, ich hab zu tun.«

»Aber wir können doch unmöglich hier auf dem Flur sprechen!«, sagte Löhr. »Das sind eher private Fragen, die niemanden was angehen …«

»Was denn für private Fragen?« Das Krächzen wurde eine Spur schriller.

»Bitte!«, sagte Löhr. »Es dauert wirklich nur ein paar Minuten.«

Auf der anderen Seite war zuerst ein Schnaufen, dann Stille, dann das Ausklinken der Kette zu hören, dann öffnete sich die Tür, aber nur so viel, dass Löhr sich gerade so hindurchzwängen und eintreten konnte. Sofort, nachdem er im Flur und der Frau gegenüber stand, drängte sie sich an ihm vorbei, zog die Tür zu und legte die Kette wieder vor.

Die Frau war unglaublich dick und hatte das aufgeschwemmte, fleckige Gesicht einer Trinkerin. Sie schob sich, nachdem sie ihn kurz aus farblosen kleinen Augen gemustert hatte, vor Löhr her durch den Flur.

»Dann kommen Sie mal mit. Und machen Sie es kurz. Sie sehen ja, ich hab hier alle Hände voll zu tun.«

Irmgard war eine große Verehrerin des Berliner Karikaturisten und Fotografen Heinrich Zille. Sie besaß zahlreiche Bücher und Mappen von ihm und über ihn, und Löhr hatte zwangsläufig den einen oder anderen Blick hineingeworfen und war dabei zu der Auffassung gelangt, dass Zille keineswegs, wie viele glauben, ein romantischer Verklärer des proletarischen »Milieus«, sondern vielmehr ein satirischer Ankläger der unwürdigen Lebensbedingungen der Arbeiter in den zwanziger Jahren gewesen war. Am meisten hatte ihn allerdings nicht eine Zeichnung oder eine Fotografie, sondern ein Satz Zilles beeindruckt, in dem es hieß, dass man mit einer Wohnung einen Menschen genauso töten könne wie mit einer Axt.

Als er von der dicken Frau durch den Flur und ins Wohnzimmer der Mays geführt wurde, erinnerte er sich an diesen Ausspruch Zilles. Eine Wohnung kann eine Waffe sein. Diese hier war es zweifellos. Es war nämlich keine Wohnung, sondern ein Einzimmerapartment von höchstens zwanzig Quadratmetern und von unvorstellbarer Enge.

Diese Enge verdankte sich nicht nur den miniaturartigen Ausmaßen des Raumes, der Küche, Schlafzimmer und Wohnraum in einem war, sondern hinzu kam, dass er so voll gestellt war mit Möbeln und Geräten, dass es einem die Luft zum Atmen nahm. Außerdem war es hier so unordentlich – es gab keinen Stuhl oder Sessel, auf dem nicht irgendwelche Küchengeräte, Bügeluntensilien, Zeitschriften oder überquellende Aschenbecher standen –, dass Löhr klar wurde, warum die Frau ihn zuerst nicht hereinlassen wollte und davon gesprochen hatte, sie habe alle Hände voll zu tun. Überdies bekam er eine Vorstellung davon, weshalb May ein so ausgiebiger Genießer seines eigenen Gebräus gewesen war und wahrscheinlich den größten Teil seiner freien Zeit im Brauhaus statt zu Hause unter der Chaos-Regie seiner Frau verbracht hatte.

Mit lässig-trägen Bewegungen räumte die Frau ein Lockenwickler-Set und einen Haufen verschmutzter Küchenhandtücher von einem verschlissenen Sessel. »Dann setzen Sie sich mal. Um was geht es denn genau?«

Sie selbst blieb stehen, zündete sich eine Zigarette an, wurde beim ersten Zug von einem Hustenanfall geschüttelt, ließ dabei aber Löhr, der angesichts des wenig vertrauenerweckenden Zustands des Sitzpolsters vorsichtig und voll Angst um seine schöne neue Toskana-Hose ihrer Aufforderung folgte, nicht aus den Augen.

»Tja, ›genau‹ ist so ein Wort«, sagte Löhr gedehnt und um ein bisschen Zeit zu gewinnen. »Wenn ich ›genau‹ wüsste, um was es geht, müsste ich Sie wahrscheinlich nicht belästigen. – Was mich interessiert, ist, wie es Ihrem Mann so ging in der letzten Zeit, vor seinem Unfall?«

»Wie soll es dem schon gegangen sein? So wie immer. Der hat gearbeitet, und wenn der in der Nacht nach Haus kam, war er regelmäßig so besoffen, dass er sich sofort ins Bett gelegt hat. Was soll ich dazu sagen?«

Löhr blickte sich im voll gestellten Raum um, konnte aber nirgendwo ein Bett entdecken.

»Aber Sie werden doch das eine oder andere Wort miteinander gesprochen haben, denke ich? Und da werden Sie vielleicht mitgekriegt haben, wie es ihm ging, ob er beispielsweise Stress hatte auf der Arbeit?«

Die Frau antwortete nicht sofort, musterte Löhr misstrauisch aus ihren kleinen Augen.

»Worauf wollen Sie raus? Das war doch ein Unfall, weswegen der ertrunken ist, oder?«

»Davon gehen wir aus«, sagte Löhr. »Aber wir müssen alle Eventualitäten ausschließen, wenn Sie verstehen, was ich meine?«

»Heißt das vielleicht Selbstmord?« Die Stimme der Frau klang jetzt wieder schrill und alarmiert. »Nein! Das kann ich mir absolut nicht vorstellen! Dem Peter, dem ging es doch gut, der hatte keine Probleme – ganz im Gegenteil!«

»Wieso ›ganz im Gegenteil‹? – Eben haben Sie gesagt, er hätte so viel getrunken, dass er abends nur noch ins Bett gehen konnte. Ich meine, das muss doch Gründe gehabt haben.«

Die Frau winkte mit der Hand, in der sie ihre Zigarette hielt, ab. Die Asche fiel dabei zu Boden, aber sie beachtete das gar nicht, sondern drückte die Zigarettenkippe beiläufig auf dem Untersetzer eines halb verdorrten Ficus aus. »Gesoffen hat der immer schon. Das hat damit gar nichts zu tun.«

»Womit denn?«

Statt zu antworten, zog sie eine neue Zigarette aus der Packung, seufzte, als sie sie ansteckte, brach erneut in einen Hustenanfall aus, der ihr Gesicht noch fleckiger und verschwollener machte, und sagte dann krächzend und mit höhnischem Unterton: »Der wollte hier ausziehen, der Drecksack! Deswegen ging es dem so gut.«

»Oha!«, machte Löhr. Dass May hier ausziehen wollte, stieß auf sein volles Verständnis, ebenso dass es offenbar Ehekonflikte waren, die ihn aus der Wohnung und der Nähe dieser Frau trieben. Aber das waren Dinge, die ihn eigentlich nicht in erster Linie interessierten. »Aber dass er ausziehen wollte, kann doch nicht der einzige Grund dafür gewesen sein, dass es ihm gut ging, oder?«

»Der sah seine Chance und wollte sie sich packen, um hier abzuhauen. So war das.« Verächtlich stieß sie den Rauch gegen den Ficus, dessen bräunliche Blätter sich demütig duckten.

»Welche Chance denn?«

»Beruflich! Der hatte 'nen neuen Job in Aussicht. Deswegen.«

»Wie? Er wollte seine Stelle als Braumeister bei Höfer aufgeben?«

»Ja! Weil der andere, der Bruder von dem Höfer, ihm eine neue Stelle angeboten hat.«

»Auch als Braumeister?«

»Als was denn sonst?« Die dicke Frau zog abfällig die Mundwinkel herunter. »Was anderes als brauen konnte der doch nicht. – Und saufen.«

»Und wo? In welcher Brauerei sollte er denn arbeiten? Soweit ich weiß, hat der Bruder von Gerhard Höfer doch gar keine Brauerei.«

»Eben doch! Im Oberbergischen. Bei Kürten. Deswegen wollte der doch ausziehen. – Von wegen Selbstmord!«, keuchte die Dicke. »Der war froh, 'nen Grund zu haben, hier abzuhauen.«

»Verstehe«, nickte Löhr verwirrt.

***

Der Mann im Beichtstuhl des »Brauhaus Höfer« – derselbe, dem Löhr bei seinem ersten dienstlichen Besuch hier begegnet war – schichtete gerade Türme aus gelochten Blech-Biermarken für die Köbesse vor sich auf und hatte immer noch die gleiche Sprechen-Sie-mich-um-Gottes-willen-nicht-an-Miene wie damals aufgesetzt. Löhr stellte sich neben ihn und wartete, dass er aufblickte. Es dauerte eine kleine Unendlichkeit und beanspruchte Löhrs Geduld erheblich, bis der Kassierer sich die Mühe gab, seinen Blick zu Löhr zu erheben. Es reichte allerdings bloß, um in Höhe der Bauchgegend zu gelangen, Löhrs Gesicht konnte er aus diesem Blickwinkel unmöglich erkennen.

»Ja?«, murmelte er und schob einen der Biermarken-Türme ein Stück zur Seite.

»Ist der Chef da?« Löhr musste sich angesichts der ostentativen Unhöflichkeit des anderen um eine einigermaßen freundliche Tonlage bemühen.

»Wer will das wissen?« Immer noch hob der Kassierer nicht seinen Blick.

Da war es zum zweiten Mal an diesem Vormittag vorbei mit Löhrs toskanischer *serenità*. Er knallte seine Dienstmarke neben die Marken-Türme, dass sie ins Wanken gerieten und einer von ihnen tatsächlich umkippte und die Marken zu Boden oder dem Sprechen-Sie-mich-um-Gottes-willen-nicht-an-Mann in den Schoß fielen. Langsam, merkwürdigerweise jedoch ohne ein Anzeichen des Schreckens oder des Zorns, sah er nun Löhr ins Gesicht.

»Ach, der Herr Kommissar. Warum haben Sie das nicht gleich gesagt?«

Löhr sparte sich einen Kommentar. »Also, wo ist er?«

»Im Brauhaus natürlich.«

»Natürlich«, äffte Löhr, der allmählich eine Ahnung davon bekam, dass seine neue Gelassenheit sich in Köln vielleicht doch nicht allzu lange würde halten können.

Als er den Hof der Brauerei betrat, sah er aus dem Brauhaus dicke Schwaden Dampf quellen. Offensichtlich wurde dort gebraut. Löhr schlenderte über den gepflasterten Hof aufs Brauhaus zu, strebte es aber nicht direkt an, sondern blickte sich auf dem Hof um. An den Ziegelwänden ringsum standen ausrangierte Braugeräte, rostige Schöpfkellen, löchrige Bottiche, oder es stapelten sich ebenfalls außer Dienst genommene, mittlerweile morsch gewordene Fässer. Das Ganze machte einen etwas verwahrlosten Eindruck. Zwischen den abgestellten Geräten und Fässern, aus den Ritzen der Pflastersteine wuchs Gras und sogar der eine oder andere kleine Strauch. Löhr schritt das Hofgeviert ein paar Mal ab, schob, den Blick zu Boden gerichtet, mit dem Fuß hier ein Grasbüschel, dort einen Strauch zur Seite. Dann sah er hinter einem Stapel alter Fässer etwas Metallisches im Gras blinken. Er ging darauf zu, bückte sich, zog ein Taschentuch hervor und hatte ein Gewinde in der Hand. Ein Drosselgewinde, das man auf einen Wasserschlauch aufsetzt. Im Taschentuch, sodass er das Metall nicht mit bloßen Händen berührte, drehte er das Gewinde auf und wieder zu; es war, soweit er das beurteilen konnte, nicht kaputt und deswegen weggeschmissen worden.

Er steckte es, eingewickelt ins Taschentuch, in seine Jackettasche und betrat, den ihm entgegenströmenden malzigen Dampf mit beiden Händen wegwedelnd, um etwas sehen zu können, das Brauhaus.

Der Dampf drang aus einem riesigen kupfernen Bottich, das heißt, er kam nicht direkt dort heraus, sondern entströmte einem noch kochenden, zähen Brei, der über eine breite, ebenfalls kupferne Rinne aus dem Bottich heraus und hinüber in das nächste Gewölbe floss. Löhr folgte der Rinne und sah, wie der Brei in einen anderen, fast ebenso großen Bottich floss. Höfer, der Brauereibesitzer, beförderte gemeinsam mit einem anderen Mann, offenbar einem Brauknecht, mit großen hölzernen Löffeln den Fluss des Breis; beide standen breitbeinig bei der Arbeit, umwabert von Dampfschwaden, trugen schwere Lederschürzen, und ihrer beider Stirn glänzte vor Schweiß. Höfer erkannte Löhr und machte ihm ein Zeichen zu warten.

Ganz offensichtlich hatte Höfer die Funktion und die Arbeit seines Braumeisters übernommen. Anscheinend war der Braumeister May nicht so schnell zu ersetzen gewesen.

Höfer legte den Holzlöffel zur Seite, streifte ein Paar schwarzer Gummihandschuhe ab, wischte sich mit der freien Hand den Schweiß von der Stirn und kam zu Löhr, der sich abseits des heißen Dampfes in eine Ecke des Gewölbes zurückgezogen hatte.

»Herr Kommissar! Was führt Sie hierher? Ihr Kollege sagte, der Fall wäre abgeschlossen?«

»Ist er auch«, sagte Löhr. »Zumindest so gut wie. Wir müssen bloß noch den Abschlussbericht schreiben. Da geht's nur noch um ein paar Winzigkeiten.«

Der Brauereibesitzer nickte und schaute seinem Brauknecht dabei zu, wie er den Rest des Breis in den Tank schaufelte. Löhr deutete darauf. »Was ist das eigentlich?«

»Sie meinen den Brei? Das ist die Maische – Malzschrot und Wasser. Die ist in der Maischpfanne da drüben bei unterschiedlichen Temperaturen erhitzt worden und muss sich jetzt im Läuterbottich da vorne setzen.«

»Setzen?«

»Ja – das heißt eher, sie muss gefiltert werden. Man nennt den Läuterbottich auch Maischefilter. Die löslichen Bestandteile werden da von den unlöslichen getrennt. Heraus kommt die Würze, und übrig bleibt der Treber.«

»Sie kennen sich richtig aus!«

»Ich bitte Sie! Das ist mein Beruf. Den lernt man, wenn man in eine Brauerei hineingeboren wird.«

»Aber doch nicht automatisch? Oder hat Ihr jüngerer Bruder, der Hartmut, auch Bierbrauer gelernt?«

Höfer schoss aus seinen melancholischen Augen einen Blitz ab, den Löhr dem traurigen Mann in der viel zu großen, schweren Lederschürze, die ihn zu Boden zu ziehen schien und ihn kleiner machte, als er tatsächlich war, nie und nimmer zugetraut hätte. »Wie kommen Sie denn auf den Hartmut?«

»Tja«, machte Löhr leichthin, »es spricht sich so einiges rum. Zum Beispiel, dass Ihr Bruder Ihnen die Brauerei streitig macht, dass es vielleicht bald kein Höfer-Kölsch mehr geben wird ...«

Schweigen. Schweigend kroch der Brauereibesitzer in seine Lederschürze, die immer größer wurde; der Mann darin schien zu schrumpfen, die Falten in seinem Gesicht schienen sich zu vervielfachen. Doch dann explodierte er. Ein Vulkanausbruch des Hasses: »Kein Höfer-Kölsch! Da verfault der Hartmut schon längst auf Melaten, da gibt et noch Höfer-Kölsch!«

Jetzt schwieg Löhr. Eine solche Eruption hatte er dem behäbig-traurigen Mann nicht zugetraut. Aber der hatte sich einen Augenblick später schon wieder unter Kontrolle, wuchs schnell mittels mehrmaligen kräftigen Luftholens wieder auf seine normale Größe und sagte dann mit fast ruhiger Stimme und von einer beschwichtigenden Handbewegung begleitet: »Das ist alles bloß Gerede, Herr Kommissar. Das wird alles viel zu hoch gekocht, was da zwischen mir und dem Hartmut läuft ...«

»Aber *was* läuft denn da?«

»Ach!« Höfer benutzte nun beide Hände zum Gestikulieren, vollzog dämpfende Bewegungen damit, als stopfe er etwas in eine Kiste. »Der Hartmut ist einer von denen, die sich ewig für zu kurz gekommen halten. Deswegen macht der mir im Moment ein bisschen Theater. Aber das läuft sich bald tot. Da wird nichts weiter draus.«

»Aber es gibt doch einen Streit ums Erbe, um die Brauerei hier? Oder bin ich da ganz falsch informiert?«

Höfer winkte ab. »Das wird viel zu hoch gehängt und damit kommt der auch niemals durch. Das versucht der Hartmut schon seit Jahren, das Testament anzufechten, aber da ist nicht dran zu rütteln. Genau so, wie es jetzt ist, hat unser Vater es gewollt. Und das ist auch gut so.«

»Und wie ist es jetzt? – Ich habe da keinen Überblick …«

»Dass ich die Brauerei habe und Hartmut das Haus in der Südstadt.«

»Das Haus in der Südstadt?«

»Das Haus an der Severinstorburg, das kennen Sie doch. Wo unten die Kneipe drin ist, in der er mein Bier ausschenkt.«

»Das immerhin darf er?«

»So steht's im Testament von unserem Vater. Unser Kölsch darf nur hier im Brauhaus und in anderen, von der Familie oder von vertrauenswürdigen Freunden der Familie betriebenen Gasthäusern ausgeschenkt werden. Keine Flaschenabfüllung, keine Massenware. Wie es sich eben für eine kölsche Hausbrauerei gehört.«

»Aber selbst Bier brauen darf Ihr Bruder nach dem Testament nicht?«

»Um Himmels willen, nein! Das hätte mir noch gefehlt. – Wie kommen Sie denn da drauf?«

»Also ist da auch nichts dran, dass Ihr Bruder Hartmut Ihnen Ihren Braumeister, den Peter May, abwerben wollte?«

Löhr sah, als er das sagte, dem Brauereibesitzer gerade ins Gesicht, wollte nichts von seiner Reaktion verpassen. Doch entweder war Höfer ein besserer Schauspieler, als Löhr erwartet hatte, oder aber die Geschichte mit der Abwerbung Mays war der alkoholisierten Phantasie von dessen Frau entsprungen. Es gab keine Reaktion in der Miene Höfers außer der eines abfälligen Grinsens. »Der Hartmut mir den Peter May abwerben? – Da hätte der sich auf den Kopf stellen können, das hätte der nie und nimmer geschafft.«

»Aber hat er's oder hat er's nicht versucht?«

Der Brauereibesitzer hob die Schultern. »Woher soll ich das wissen? Fragen Sie ihn doch selbst.«

Löhr nickte. Genau das hatte er jetzt auch vor. »Tja«, sagte er laut. »Dann scheinen das ja wohl mehr oder weniger alles Gerüchte zu sein?«

»So sehe ich das auch.«

»Dann war's das, Herr Höfer. Will Sie nicht länger von der Arbeit abhalten.« Löhr schüttelte die weiche, fast zierliche Hand des Brauereibesitzers und wandte sich zum Gehen.

Er war schon am Ausgang des Gewölbes, da rief Höfer ihm nach: »Und was wollten Sie eigentlich jetzt von mir wissen?«

Löhr blieb kurz stehen und drehte sich halb um. Einen Augenblick überlegte er, ob er das eben im Hof gefundene Drosselgewinde erwähnen sollte, kam aber zu dem Schluss, dass es dafür noch zu früh sei.

»Ach, nichts weiter«, winkte er ab. »Ich glaube, es ist alles geklärt.«

***

Natürlich war nichts geklärt, was den Fall des ertrunkenen Braumeisters anging. Zumal es nun ein seine Theorie, dass es sich dabei um einen Mord handelte, unterstützendes Indiz gab, das Drosselgewinde. Aber Indizien nützen wenig, wenn die Motivlage der Beteiligten nicht geklärt ist.

Während er über den Hildeboldplatz ging, kam Löhr auf den Gedanken, dass es noch eine dritte Möglichkeit geben konnte, weshalb Gerhard Höfer auf die Behauptung, sein Bruder habe ihm den Braumeister abwerben wollen, so gelassen reagiert hatte: Weder war er ein guter Schauspieler noch war an der Geschichte nichts dran. Die dritte Möglichkeit bestand nämlich darin, dass er einfach nichts von dem Abwerbeversuch seines Bruders gewusst hatte! Um das zu klären, gab es jetzt nur noch eine Möglichkeit. Er musste dem Bruder, Hartmut Höfer, auf den Zahn fühlen.

Nachdem er den Hildeboldplatz verlassen hatte und über den Klapperhof auf den Ring bog, überlegte er, wie er dieses Auf-den-Zahn-Fühlen wohl am geschicktesten anstellen könnte. Er zog den Zettel, auf dem er die Telefonnummer Hartmut Höfers notiert hatte, aus seiner Jackentasche. Aber den unmittelbar mit seinem Verdacht zu konfrontieren, erschien ihm wenig klug. Sobald der mitbekäme, dass Löhr in einem möglichen Mordfall ermittelte, würde er dichtmachen und alles leugnen, und Löhr hätte größte Mühe, Indizien für das Gegenteil seiner Behauptungen zusammenzutragen. Er musste indirekter vorgehen, zunächst sozusagen das Terrain erkunden.

Nachdenklich drehte er den Zettel in seiner Hand. Unter der

Nummer Höfers hatte er die Büronummer seines Bruders Robert aufgeschrieben. Um den musste er sich auch noch kümmern – und während er daran dachte, kam ihm eine Idee, wie er beide Aufgaben miteinander verbinden konnte.

Er zog sein Handy aus der Tasche und wählte die Nummer seines Bruders.

»Robert, ich bin's, Jakob. Was hältst du davon, wenn wir uns in deiner Mittagspause in dieser Kneipe an der Severinstorburg treffen? In der, wo es Höfer-Kölsch gibt?«

»›Höfers Severins Braustube‹?«

»Ja, genau die.«

»Sicher. Warum nicht? Wann?«

»Jetzt? Oder in 'ner Viertelstunde?«

»Ich kann erst um eins hier raus.«

»Dann eben um eins.«

Löhr ging den Hohenzollernring hinunter in Richtung Christophstraße, um dort in die U-Bahn einzusteigen. Er passierte die Diskotheken, vor denen nachts, soweit er das in der Frühbesprechung des KK11 mitbekommen hatte, die Schlachten der verfeindeten Türsteher-Banden stattfanden. Natürlich war jetzt, am Vormittag, nichts davon zu merken, die Diskotheken geschlossen, die Eingänge mit Stahltüren verrammelt, die Bürgersteige davor bis auf wenige Passanten menschenleer. Ging man spätabends hier entlang, war ein ganzes Heer von Vergnügungssuchenden unterwegs, formte sich vor jedem Lokaleingang zu gewaltigen, die Bürgersteige verstopfenden Trauben. Das, dachte Löhr, ist wohl bei jeder Amüsiermeile in jeder Großstadt auf der Welt so, dass sie ein Tag- und ein Nachtgesicht hat. Das Erstaunliche am Hohenzollernring, wo es die größte Diskothekendichte Kölns gab, war aber, dass er tagsüber gar kein Gesicht hatte, jedenfalls keines, das von einer lebendig zu nennenden Szene bestimmt war. Tagsüber – nicht einmal an Wochenenden – gab es hier einfach keine Attraktionen, die ein Publikum hätten anziehen können, keine exklusiven Geschäfte, sah mal einmal von den ebenso unbezahlbaren wie unbrauchbaren Ausstellungsstücken einiger Möbelhäuser ab, keine mondänen Lokale, außer man betrachtete ein chinesisches Schnellbüfett als mondän. Köln ist eben nicht mondän, dachte Löhr. Zumindest nicht mehr. Dabei waren die Ringe – und gerade der Hohenzollernring – doch einmal, noch vor dem letzten Krieg, Kölns mondänste Flaniermeile mit Dutzenden von teuren Geschäften und Lokalen gewesen. Warum gab es sie jetzt nicht mehr? Warum versanken die einst so glänzenden Kölner Ringe in provinzieller Erstarrung? Löhr fiel keine Antwort ein außer der Vermutung, dass das Verschwinden des Mondänen vielleicht damit zu tun haben könnte, dass alles, was einmal einen besonderen Glanz oder eine eigentümliche Atmosphäre besessen hatte, inzwischen im Brei kommerzialisierter Mittelmäßigkeit versunken war. Aus welchem anderen Grund wohl hießen die Fußballstadien jetzt »Arenen«, warum wohl waren aus Freibädern »Aqua-Parks« geworden, aus Weihnachtsmärkten »Winter-Festivals«, und weshalb wurde derjenige Kanzler, der am wenigsten »äh« sagt?

Am Chlodwigplatz stieg Löhr aus der Linie 6 und ging auf die Severinstorburg zu, der schräg gegenüber die »Höfers Severins Braustube« lag. Natürlich war er schon oft hier vorbeigegangen, hatte aber nie einen Grund gehabt, besonders auf das Gasthaus zu achten – zumal er es noch nie im Leben betreten hatte. Heute fiel ihm zum ersten Mal auf, dass der mit vergoldeten Lettern über die ganze Breite der Gründerzeit-Backsteinfront sich ziehende Schriftzug »Höfers Severins Braustube« in ebenjener Schriftart gehalten war wie der des »Brauhaus Höfer« auf dem Hildeboldplatz. Offensichtlich sollte dadurch eine Verbindung zur traditionsreichen Kölsch-Marke hergestellt und darauf hingewiesen werden, dass es hier dieses für Kölsch-Kenner exklusive Getränk gab. Sicher, eine geschickte Marketing-Strategie. Vielleicht aber auch mehr als das, ein Nacheifern des sich zu kurz gekommen fühlenden jüngeren Bruders? Er würde sehen.

Tatsächlich war die Inneneinrichtung von »Höfers Severins Braustube« bis in Details der des »Brauhaus Höfer« nachempfunden: die Wände holzvertäfelt, die Tische blank gescheuert, mit bunten Butzen verglaste Fenster, Köbesse mit blauen Schürzen und dicken roten Nasen – klassischer Höfer'scher Brauhausstil. Was allerdings fehlte, war der Beichtstuhl – dafür aber gab es eine

Theke aus massivem, allerdings ziemlich hellem Holz und mit blitzenden Messingleisten.

Löhr steuerte auf die Theke zu, an der ein paar Stammgäste ihre »Stößchen« leerten, jene fast um die Hälfte kleineren Kölschgläser als die herkömmlichen, die dem Trinker dadurch die Illusion erlauben, quasi abstinent zu sein. Dafür bezahlt er dann für ein »Stößchen« den gleichen Preis wie für ein normales Kölsch. Und hinter der Theke stand, wie Löhr es nicht unbedingt erwartet, aber erhofft hatte, der Wirt der Kneipe, Hartmut Höfer. Unverkennbar der Bruder des Brauereibesitzers. Etwas größer zwar als der, aber versehen mit der gleichen melancholisch-griesgrämigen Physiognomie wie der ältere. Nur dass Hartmuts Gesichtszüge noch weicher waren als die des Brauereibesitzers, fast kindlich – was nicht unbedingt etwas mit dem Alter zu tun haben musste.

Löhr bestellte ein Kölsch bei ihm, und nach dem ersten kleinen Schluck sagte er: »Lecker! So was gibt es in Köln nur einmal!«

Hartmut nickte bloß, trocknete sich an einem Küchenhandtuch die Hände ab und blickte über Löhr hinweg in den Gastraum.

»Obwohl!« Löhr machte eine weit ausholende Geste und legte den Tonfall eines geschwätzigen Thekenstehers auf. »Obwohl! Ich war kürzlich in der Toskana! Und jetzt raten Sie mal, was ich da getrunken habe!«

Der Wirt war ganz offensichtlich nicht an einem Gespräch mit dem fremden, etwas rundlichen, schwatzhaften Gast im weißen Jackett interessiert. Er antwortete nicht, zuckte bloß die Schulter und schaute Löhr mit einem bloß schwach höflichen Interesse an.

»Höfer-Kölsch!«, prustete Löhr, als habe er gerade einen tollen Witz erzählt.

»Ach ja?«, machte Hartmut mit kaum erhöhtem Interesse.

»Bei einem Verwandten von Ihnen!« Löhr plauderte, als nähme er an einer Blondinen-Talkshow teil. »Dem Ernst. – Ich meine, falls Sie überhaupt der Vetter vom Ernst sind?«

Hartmut gab durch ein knappes Nicken zu verstehen, dass Löhr richtig lag, ansonsten aber kein Signal eines weiter gehenden Interesses von sich.

»Sehen Sie!«, quasselte Löhr weiter. »Hab ich mir doch gedacht! Wussten Sie überhaupt, dass alle Ihren Vetter da unten ›Don Ernesto‹ nennen? So berühmt ist der da!«

»Ach ja?«, machte Hartmut wieder und ließ allein schon durch seinen Tonfall erkennen, dass er das Gespräch bloß aus Höflichkeit aufrechterhielt.

»Aber das Kölsch von Ihrem Vetter! So was von herrlich!«, fuhr Löhr fort. »Sie glauben ja gar nicht, wie gut das einem tun kann, wenn man da unten wochenlang nur Wein getrunken hat.«

Hartmut lächelte schwach und unverbindlich, was Löhr jetzt nun doch bewog, zum Punkt zu kommen. »Aber jetzt sagen Sie mal, Herr Höfer, stimmt das denn, was Ihr Vetter mir da unten erzählt hat – dass es da Schwierigkeiten von wegen der Brauerei gibt zwischen Ihnen und Ihrem Bruder? Der Don Ernesto, ich meine der Ernst, der meinte, dass es fraglich wäre, ob es das demnächst überhaupt noch gibt, das gute Höfer-Kölsch?«

Nun glomm in der Miene des Wirtes doch etwas wie Interesse oder Neugierde auf. Zumindest schoben sich seine Augenbrauen ein wenig nach oben, seine Augen dagegen blieben trübe und verhangen.

»Ja?«, fragte er müde. »Meint das der Ernst?«

»Genau das hat er gesagt! – Ist denn da was dran? Das wäre ja schrecklich, überhaupt nicht auszudenken, wenn es demnächst kein Höfer-Kölsch mehr geben würde! Was soll man denn dann trinken?«

»Machen Sie sich da mal keine Gedanken. Mein Kölsch wird es noch geben, da sind einige Leute schon lange unter der Erde.«

»Oha!«, machte Löhr und wollte, da er endlich eine Reaktion beim anderen erreicht hatte, gleich die nächste Frage hinterher schicken, da wurde das so mühsam begonnene Gespräch auch schon unterbrochen. Das Telefon hinter der Theke klingelte, Hartmut nahm den Hörer ab und drehte, nachdem er sich mürrisch gemeldet hatte, Löhr den Rücken zu.

»Ja, Schatz, ich bin schon auf dem Weg«, hörte Löhr ihn sagen. »Natürlich denk ich da dran. Ja, da geh ich auch noch vorbei. Ja, ich beeile mich. Ja, bis später ...«

Dass man mit vier Sätzen so viel Unterwürfigkeit demonstrieren konnte, hätte Löhr bis zu diesem Zeitpunkt nicht geglaubt. Kann so einer ein Kandidat für einen Mord oder Totschlag sein?, überlegte er, während er zusah, wie Hartmut Höfer, nachdem er den Hörer wieder aufgelegt hatte, sich eilig die lederne Tresenschürze auszog, die Tür zu einem Hinterzimmer öffnete, hineinrief, dass ihn jemand ablösen solle, dann eilig und ohne Löhr noch eines Blickes zu würdigen um die Theke herumging und die Kneipe verließ.

Andererseits, dachte er, während er bei der Bedienung, die aus dem Hinterzimmer aufgetaucht war, sein Kölsch bezahlte, andererseits steckt doch wohl einige Wut in diesem Mann. Sonst wäre ihm wohl kaum die Bemerkung herausgerutscht, »sein« Kölsch würde es noch geben, wenn »einige Leute schon lange unter der Erde« seien. Das konnte zum einen bedeuten, dass an der Geschichte mit der Abwerbung des Braumeisters doch etwas dran war und Hartmut tatsächlich versucht hatte, sein eigenes Kölsch zu brauen oder ihm gar dieser Versuch bereits gelungen war und er gar nicht mehr das Kölsch seines Bruders ausschenkte. Zum anderen konnte es bedeuten, dass er bereit wäre, diese »einigen Leute« unter die Erde zu bringen. Es wäre also voreilig, Hartmut von der Liste der Verdächtigen zu streichen. Hartmut Höfer wäre schließlich nicht der erste Schwächling, den Löhr des Totschlags überführen würde.

***

Er begab sich in den hinter der Theke gelegenen Gastraum und setzte sich an einen der zahlreichen leeren Tische. Für die Mittagszeit, zu der ein solches Lokal doch eigentlich gut gefüllt sein müsste, war hier erstaunlich wenig los. Löhr fuhr mit dem Fingernagel über die Platte des Tischs und an dessen Beinen entlang. Es schien tatsächlich echtes Holz zu sein. Ihm war, gleich schon beim Betreten des Lokals, der Verdacht gekommen, es könnte sich beim Mobiliar um Holzimitat, irgendetwas aus Kunststoff, handeln. Alles kam ihm hier ein bisschen nachgestellt, künstlich vor. Aber immerhin – es war tatsächlich Holz.

Ein kleiner Köbes mit Schmerbauch und gegeltem schwarzem

Haar und einem trotz zahlreicher Pickel verschmitzt-gemütlichen Gesicht kam an seinen Tisch.

»Kölsch, der Herr? Und wat darf et zum Essen sein?«

»Kölsch ja, aber essen tu ich später. Ich warte noch auf jemanden.«

»Kein Problem, der Herr.«

Zwei Sekunden später stellte der Köbes Löhr ein frisch gezapftes Kölsch auf den Tisch. Löhr nahm einen kleinen Schluck, prüfte das Kölsch mit Zunge und Gaumen und sagte dann: »Lecker! Aber sagen Sie mal: Ist das denn auch wirklich Höfer-Kölsch?«

Der Köbes schüttelte den Kopf. »Wat für 'ne Frage, der Herr. Sie haben doch dat Schild über der Tür gesehen.«

»Ja, schon«, sagte Löhr und nahm noch einen prüfenden Schluck. »Aber irgendwie schmeckt das heute anders als sonst, also gar nicht so richtig nach Höfer-Kölsch ...«

»Ein richtiges Kölsch schmeckt jeden Tag anders, Herr ...«, sagte der Köbes vage und setzte dabei ein hintersinniges Grinsen auf.

»Ja? Ist das so?«, tat Löhr erstaunt. »Aber doch nicht ein richtiges Höfer-Kölsch, oder?«

»Fragen, Fragen, nix als Fragen!« Immer noch grinsend verfiel der Köbes in einen Singsang. »Wie soll ich die alle beantworten, wenn et eso trocken ist ...«

Löhr verstand den Wink mit dem Zaunpfahl. »Also gut, noch 'n Kölsch und eins für Sie.«

Der Köbes verschwand und kehrte in noch kürzerer Zeit als zuvor mit zwei Kölsch zurück. Sie stießen an und tranken. Der Köbes blieb neben Löhr stehen, rückte ein Stück näher und beugte sich leicht zu Löhr hinunter.

»Also, wenn Sie es genau wissen wollen, Herr. Dat, wat Sie da gerade trinken, dat ist tatsächlich kein Höfer-Kölsch«, sagte er in leisem Verschwörerton und blickte sich dabei um.

»Wie? Tatsächlich! Hab ich also Recht gehabt!« Löhr, der nicht der allergrößte Kölschkenner war, spielte den Erstaunten, nahm noch einen Schluck, ließ das Bier kennerhaft langsam über Zunge und Gaumen laufen.

»Ist ein bisschen bitterer ...« Er sah den Köbes an. Der grinste noch breiter als zuvor.

»Ist aber jedenfalls auch 'n klasse Kölsch!«

»Ja schon«, antwortete Löhr. »Aber jetzt sagen Sie mal! Seit wann gibt es denn hier kein Höfer-Kölsch mehr? Und wieso?«

»Aber dat bleibt bitte unter uns, der Herr. Dat ist alles noch taufrisch, wenn Sie verstehen.«

»Verstehe«, nickte Löhr, obwohl er nicht so ganz verstand, warum der Köbes ausgerechnet ihm so scheinbar Vertrauliches mitteilen wollte.

»Ist nämlich erst seit vorgestern, dat wir hier kein Höfer-Kölsch mehr ausschenken dürfen ...«

»Dürfen?«

»Tja!« Mit einem melodramatischen Augenaufschlag leerte der Köbes sein Kölsch. »Die Brauerei hat et uns verboten. Per einstweiliger Verfügung, also quasi von Gerichts wegen.«

»Und warum?« Löhr war völlig entgeistert. Keinen Ton hatte Gerhard Höfer darüber gesagt, obwohl sie doch ziemlich ausführlich über das Thema gesprochen hatten.

»Dat ist en lange, lange Geschichte, Herr ...«, sagte der Köbes und drehte sein leeres Glas in der Hand.

Wieder verstand Löhr und bekam allmählich eine Ahnung davon, weshalb der Köbes so gesprächig war. »Dann holen Sie sich doch gerade noch ein Kölsch auf meinen Deckel.«

In Wimpernschlagschnelle war der Köbes wieder zurück, stieß erneut mit Löhr an. »Ich bin übrigens der Michael.«

»Erfreut«, nickte Löhr. »Löhr. – Also?«

»Also, wenn Sie mich fragen, ist dat unser Chef alles selber schuld. Aber wie gesagt: Dat bleibt unter uns. Ist nur meine Meinung.«

»Selbstverständlich«, murmelte Löhr. »Und weiter?«

»Der hat nämlich vor drei Wochen in dem Blättchen vom Kölschverband gegen die Brauerei gestänkert, da 'ne Geschichte ausgegraben, die hat dem Gerhard Höfer überhaupt nicht geschmeckt ...«

»Was denn für eine Geschichte?«

»Dat dat Brauwasser vom Höfer-Kölsch nicht mehr die Qualität wie früher hat und dass man überprüfen sollte, ob es noch den Vorschriften der Kölsch-Konvention von 1986 genügen täte.«

»Kölsch-Konvention?«

»Sagen Sie nur, Herr, Sie haben noch nie wat von der Kölsch-Konvention gehört?«

»Gehört schon«, sagte Löhr. »Aber nie so richtig verstanden, was das bedeutet.«

»Also dat weiß doch jeder, Herr! Unsere Kölsch-Konvention, die ist doch weltberühmt!«

Da war sie wieder, die kölsche Nabelschau. Was sich innerhalb der Stadtmauern abspielte und dort zu solcher Bedeutung gelangte, dass es einer Erwähnung im Boulevardblatt Express langte, war sofort »weltberühmt«!

»Trotzdem«, sagte Löhr laut, »ich habe keine Ahnung, was genau da drinsteht.«

»Mein Jott, Herr! Die Kölsch-Konvention ist von der EU-Kommission anerkannt! Genauso wie der Champagner. Dat sich Champagner nur nennen darf, wat auf bestimmte Art und Weise hergestellt ist und vor allem: wat aus nur einem ganz bestimmten Anbaugebiet kommt.«

Kölsch und Champagner! Weltberühmt! Löhr musste sich zusammennehmen, um nicht in Heiterkeit auszubrechen. Er räusperte sich.

»Aha. So ist das also. Und die Brauerei Höfer hat also dem Artikel in der Verbandszeitschrift nach gegen die Kölsch-Konvention verstoßen?«

»Genau! Weil sie dat Brauwasser nicht mehr aus dem Hausbrunnen – wat Vorschrift wäre – nimmt, sondern einfach aus der Leitung. Und dat ist verboten! Außerdem schmeckt et nit mehr.«

»Aber wieso nehmen die das Brauwasser nicht mehr aus ihrem Hausbrunnen?«

»Weil der versiegt ist, der Herr! – Noch zwei Kölsch?«

Löhr nickte und hatte keine Zeit, über das vom Köbes Gesagte nachzudenken, so schnell war der mit den beiden frischen Kölsch zurück. Sie stießen an.

»Versiegt«, nahm Löhr den Faden wieder auf.

»Versiegt«, sagte Michael, der Köbes, »weil der Gerling durch seinen Hochhausbau am Ring, der am Friesenplatz, Sie wissen schon, dem ganzen Viertel dat Grundwasser abgegraben hat. Wegen der Tiefgaragen. Sechs Stockwerke tief. Da ist kein Grundwasser mehr. Und also ist auch der Brunnen leer.«

»Hm«, machte Löhr. »Und was soll denn groß der Unterschied zwischen Grundwasser und Leitungswasser sein? Gibt es da überhaupt einen Unterschied? Ist das nicht alles dasselbe?«

Einen Augenblick sah der Köbes Löhr an wie jemanden, der gerade seine grenzenlose, unfassbare Dummheit offenbart hatte. Dann aber gewann das Mitleid in ihm die Oberhand, und im Ton aufrichtigen Bedauerns sagte er: »Herr, Ihr wisst ja wirklich ziemlich wenig. Dat Grundwasser, mit dem dat Höfer-Kölsch seit über hundert Jahren gebraut worden ist, dat kommt aus dem Oberbergischen – und da können Sie sich doch vorstellen, dat dat ein himmelweiter Unterschied ist zu dem Uferfiltrat aus dem Rhein oder dem Eifelwasser, wat wir hier linksrheinisch kriegen.«

»Aus dem Oberbergischen? Wie kommt denn Wasser aus dem Oberbergischen hier nach Köln?«

»O Herr!« Das Mitleid des Köbes mit Löhr war so groß, dass er vergaß, sein Kölsch zu trinken. »Natürlich unterirdisch! Da sind gewaltige unterirdische Ströme zugange, tief in der Erde, die laufen sogar unterm Rhein durch!«

»Hm«, machte Löhr wieder, es war das erste Mal, dass er sich klar machte, dass Bier zu mehr als neunzig Prozent aus Wasser bestand und eine gewisse Qualität des Wassers offenbar für die des Bieres zu bürgen hatte. »Und Ihr Chef, der Hartmut Höfer, hat das also in dem Verbandsblatt geschrieben, und daraufhin ...«

»Nee, nee, der hat dat nit selbst geschrieben! Der hat ‘nen Gutachter da drauf angesetzt. Der hat dat geschrieben.«

»Aber der Gerhard Höfer hat gewusst, dass sein Bruder dahinter steckt, und deshalb hat er ihm als Revanche sozusagen den Hahn zugedreht?«

»Genau so sieht et nun mal aus, Herr. – Aber et geht noch weiter: Der hat uns auch ‘ne Frist gesetzt, dat wir nit mehr mit der Marke Höfer-Kölsch werben dürfen und wir unser Lokal umbenennen müssen.«

»Nein!«

»Doch, Herr! Morgen läuft die Frist aus. Da muss dat Schild mit ›Höfers Severins Braustube‹ draußen runter.«

»Und stattdessen?«

»Wenn ich dat wüsste! Alles sagt der Chef mir ja auch nicht.«

Robert kam zur Tür herein, blickte sich um, erkannte Löhr und steuerte dessen Tisch an.

»Da ist meine Verabredung«, sagte Löhr. »Wirklich interessant, was Sie mir da erzählt haben.«

Köbes Michael grinste, zuckte mit den Schultern und signalisierte damit, dass das Ausplaudern von Betriebsgeheimnissen im Austausch gegen Kölsch zu seinen allerleichtesten Übungen zählte.

»Tag«, sagte Robert und setzte sich Löhr gegenüber.

»Drei Kölsch, die Herren?«, fragte Michael.

»Drei, wieso drei?«, sagte Robert.

Löhr winkte ab. »Ist schon in Ordnung.«

***

Löhr hätte gerne über das, was er soeben vom Köbes Michael erfahren hatte, nachgedacht und es seinem Fall, dem des ertrunkenen – oder ertränkten – Braumeisters, zugeordnet. Aber Robert ließ ihm keine Sekunde Zeit dazu.

»Gut, dass du da bist, Jakob!« Robert sprach gehetzt und blickte sich, während er die Wörter heraushaspelte, um, als sei er von feindlichen Agenten umgeben. »Es ist nämlich allerhöchste Eisenbahn. Du weißt, dass am Donnerstag schon die Ratsabstimmung über den Verkauf der BAP-Wohnungen ist, und bis dahin muss unbedingt ...«

»Moment, Robert!« Löhr nahm einen Schluck von dem Kölsch, das der Köbes Michael ihm frisch gebracht hatte und schmeckte auf der Zunge noch einmal nach. Der Eindruck verstärkte sich jetzt, dass es sich nie und nimmer um ein echtes Höfer-Kölsch handeln konnte. Trotzdem aber lecker, zumindest nicht uninteressant. »Mal langsam. Ich komm gerade aus dem Urlaub, weiß überhaupt nicht, was da bisher gelaufen ist.«

»Hast du das denn nicht in der Zeitung gelesen, dass die das jetzt schon bis zur Ratsabstimmung gebracht haben, dass die zweiundvierzigtausend Wohnungen verkauft werden sollen? Das weiß doch inzwischen jeder!«

»Ich aber nur im Groben«, antwortete Löhr. »Ich war, wie gesagt, im Urlaub.«

Robert seufzte angesichts der erschütternden Unwissenheit seines Bruders. »Also gut. Alles noch mal von vorne. Du weißt, dass es da eine amerikanische Aktiengesellschaft gibt, die als Käuferin der städtischen Anteile an der BAP auftritt. Das sind fast neunzig Prozent. Aber die wollen natürlich nicht die BAP als Ganzes, die wollen nur den Wohnungsbestand.«

»Eine *amerikanische* Gesellschaft? Das wusste ich noch nicht!«

»Ob die noch lange amerikanisch ist, das heißt in amerikanischem Besitz bleibt, das glaube ich nicht ...« Robert senkte seine Stimme zum düsteren Ton eines Verschwörungstheoretikers. Was Löhr, der sich ohnehin allein seinem Bruder Robert zuliebe ein laues Interesse für die Geschichte aufgezwungen hatte, jetzt dann doch wieder ziemlich abschreckte. Er produzierte bloß ein gedehntes »Hmm«. Aber Robert war bereits in Fahrt:

»Der Punkt ist nämlich folgender. Und den kannst du eben nicht im Stadt-Anzeiger nachlesen, das halten die Gauner natürlich schön unter der Decke. Das hab ich selbst rausgekriegt. Das wissen außer mir und den Nutznießern und Beteiligten nur ganz wenige in Köln ...« Robert flüsterte jetzt nur noch und zwang Löhr, sich nahe zu ihm herüberzubeugen. »Den Deal zwischen der amerikanischen Firma und der Stadt hat der Klenk, der Fraktionsvorsitzende der CDU, eingefädelt, und zwar über die Privatbank Roth & Löwenthal – falls die dir ein Begriff ist ...«

Löhr nickte. In der Tat war Roth & Löwenthal ihm ein Begriff. Die Privatbank hatte eine nicht unerhebliche Rolle in dem von ihm und seinem Kollegen Fischenich aufgedeckten Müllskandal gespielt – und schon damals hatte der allmächtige Fraktionsvorsitzende Klenk dort seine Finger mit im Spiel gehabt.

»Und wie hast du das alles rausgekriegt?«, fragte Löhr.

Robert winkte ab. »Es gibt doch diese Bürgerinitiative gegen den BAP-Verkauf. Und da macht ein Anwalt mit, der früher in der

Kanzlei von Klenk gearbeitet und sich mit Klenk überworfen hat. Der hat mir das gesteckt.«

»Verstehe«, murmelte Löhr.

»Also: Roth & Löwenthal haben einen Fonds aufgelegt«, fuhr Robert, weiter flüsternd, fort. »Der Fonds dient dazu, sich Anteile an der amerikanischen Gesellschaft zu sichern, falls der Verkauf der BAP-Wohnungen klappt. Verstehst du jetzt, was da abgeht, Jakob?«

Löhr schüttelte den Kopf. »Nicht die Bohne! Was heißt das: Fonds auflegen? Anteile sichern?« Unwillig trank er sein Kölsch aus. Nicht nur, dass die Sache ihn eigentlich nicht interessierte, jetzt wurde sie auch noch undurchschaubar! Bevor Robert etwas erwidern konnte, tauchte Michael, der Köbes, vor ihrem Tisch auf und präsentierte ihnen drei neue Kölsch, das hieß: zwei. Das für ihn selbst vorgesehene behielt er natürlich in der freien Hand. Robert schob nervös das vor ihm stehende Kölsch zurück.

»Nein, danke. Für mich kein Kölsch mehr. Ich bin sozusagen noch im Dienst. Bringen Sie mir bitte ein Wasser.«

Löhr beobachtete, wie sich für einen Augenblick eine leicht beleidigte Note in der Miene des Köbes ausbreitete, um sich dann aber sogleich in den Ausdruck tiefen Mitleids zu verwandeln.

»Sagten Sie Wasser, der Herr?«

»Ja! Ein Mineralwasser bitte!«, antwortete Robert gereizt.

Der Köbes beugte sich zu Robert hinunter und sagte mit fast bekümmerter Stimme: »Wissen Sie denn überhaupt, was mit dem Wasser los ist, Herr?«

Entgeistert sah Robert ihn an. »Was soll denn damit los sein?«

Michael näherte seinen Mund noch ein Stück Roberts Ohr. »Wasser, Herr! – Da ficken Fische drin!«

Roberts Mund öffnete sich, sein Kopf schwoll rot an, und für einen Augenblick sah er in Löhrs Augen tatsächlich aus wie ein erstickender – oder auch liebeskranker Goldfisch. Der Köbes trat kichernd einen Schritt von Robert weg und entfernte sich dann schnell ganz.

»War nur 'n Scherz, der Herr!«, rief er im Abgehen.

Löhr musste sich sein Grinsen verkneifen, denn Robert hatte die Bemerkung des Köbes offenbar ganz und gar nicht als einen

Scherz, sondern als eine bodenlose Frechheit empfunden. Entsprechend wütend starrte er dem Köbes nach. Löhr legte seinem Bruder beruhigend eine Hand auf den Arm.

»Lass mal, Robert. Der Michael ist schon in Ordnung. Hat vielleicht nur leicht einen in der Krone.«

»Am helllichten Tage! Und das als Kellner!«

»Köbes, nicht Kellner«, korrigierte ihn Löhr. »Köbesse dürfen das. – Aber jetzt erzähl mir mal bitte im Klartext, was das mit diesen Fonds und Beteiligungen und den BAP-Wohnungen auf sich hat.«

Robert brauchte einen Augenblick, um sich vom Schock des Köbes-Witzes zu erholen, atmete tief durch und sagte: »Klartext? Na bitte, dann Klartext: Die Schlüsselfigur ist natürlich der Klenk. Der hat wieder mal die ganze Sache angeleiert, den Stadtkämmerer darauf gebracht, dass man über den BAP-Verkauf das Stadtsäckel sanieren könnte. So was macht der Klenk aber nur dann, wenn er sich selbst und seinen Spezis was dabei in die Tasche wirtschaften kann.«

»Spezis? An wen denkst du?«

»Das ist ein kleiner Kreis gut betuchter Kölner Familien, die in jedem Geschäft drinstecken, wenn es auf Kosten der Allgemeinheit was zu verdienen gibt. Spekulationen mit städtischen Grundstücken und Gebäuden, Anteile an Gesellschaften, die mit öffentlichem Geld subventioniert und anschließend privat betrieben werden – zum Beispiel die Köln-Arena. Immer wieder dieselben Leute, denen Klenk die Türen aufstößt und die sich auf Kosten der Stadt bereichern. Die Familie Lefèbvre zum Beispiel, alter hugenottisch-kölscher Adel, kennst du doch.«

»Die Verlegerdynastie?«

»Genau die! Dann die Löwenthals selbst, die Bankeigentümer, weiter die von Bülows, haben überall ihre Finger in Kapitalgeschäften – und natürlich auch Klenk, der hat extra für solche Geschäfte eine Firma gegründet, an der er offiziell gar nicht beteiligt ist, um sich nach außen hin 'ne weiße Weste zu bewahren.«

»Meine Güte, Robert, du kennst dich ja richtig aus!«

»Muss ich doch, Jakob. Geht doch schließlich um meine Haut! Wenn die BAP verkauft wird, sitz ich auf der Straße.«

»Also gut. Und du meinst, der Klenk hätte den BAP-Verkauf angeleiert, um sich und diesen Familien den Profit daraus zuzuschustern?«

»So ist es. Die haben jetzt schon sämtliche Fondsanteile für die Beteiligung an der amerikanischen Käufergesellschaft. Wenn der Verkauf der BAP an die wie geplant über die Bühne geht, gehört denen praktisch die amerikanische Gesellschaft – und damit auch die zweiundvierzigtausend BAP-Wohnungen. Damit können die sich anschließend goldene Nasen verdienen.«

»Irgendwie sieht mir das wie Betrug aus ...«

»Hab ich das nicht von Anfang an gesagt, Jakob?«

»Und das weiß kein Mensch, was da gespielt wird?«

»Natürlich steht das nicht in der Zeitung. Da sorgt schon der Lefèbvre für. Aber wissen tun das schon einige. Sonst könnte ich es ja auch nicht wissen. Aber man kann nichts dagegen machen, die Geschäfte sind alle so gut getarnt – juristisch ist denen nicht beizukommen.«

»Juristisch ist denen nicht beizukommen! Aber *ich* soll da was machen können? Ausgerechnet ich? Wie stellst du dir das vor?«

»Wir müssen den Klenk packen. Der kann diese Geschäfte nur durchziehen wegen seiner politischen Ämter. Da müsste der zu kriegen sein. Wegen Amtsmissbrauch, Korruption, Bestechlichkeit im Amt und so weiter und so fort ...«

Robert sah Löhr erwartungsvoll an. Doch Löhr schüttelte den Kopf und lächelte resigniert. »Du hast doch selbst gesagt, der hat sich tausendfach abgesichert. Strohfirmen und so weiter. Wie soll das denn zu knacken sein?«

»Hast du nicht erzählt, du hast gute Kontakte zu deinen Kollegen in der Wirtschaftskriminalität?«

»Hab ich, ja. Und sogar einen Kollegen, der, vermute ich, richtig scharf darauf wäre, dem Klenk ein Bein zu stellen.«

»Na bitte!«

»Aber selbst wenn sich der auf die Spur setzt – hast du eine Ahnung, wie lange so was dauert, bis man überhaupt erst genügend Verdachtsmomente zusammengetragen hat, um eine richtige Untersuchung einzuleiten?«

»Verdachtsmomente! Die liegen doch auf der Hand, Jakob!«

»Für dich! Vielleicht für mich. – Aber für einen Staatsanwalt?«

Ein paar lange Augenblicke herrschte Schweigen. Löhr nahm einen weiteren Schluck Kölsch, Robert nippte, verbissen nachdenkend, an seinem Mineralwasser.

»Wann ist die Ratsabstimmung über den Verkauf der BAP-Wohnungen?«, fragte Löhr schließlich.

»Am Donnerstag«, antwortete Robert.

Löhr schüttelte den Kopf. »Heute ist Montag. Das ist nie und nimmer in zwei Tagen zu schaffen.«

Wieder Schweigen, ein sehr langes Schweigen. Löhr überlegte, wie er seinen Kollegen Fischenich von der Wirtschaftskriminalität auf die Geschichte heiß machen konnte, aber wenn er das überhaupt schaffte, dann könnte Fischenich tatsächlich nicht von jetzt auf gleich handeln. Mal ganz davon abgesehen, dass der bestimmt einen Haufen anderer Arbeit hatte.

»Ich wüsste vielleicht eine Möglichkeit ...« Robert räusperte sich.

»Und welche?«

»Klenk hat in der Fraktion 'ne Reihe von Gegnern, die ihm beim BAP-Verkauf am Donnerstag bei der Ratsabstimmung ein Bein stellen könnten. Leute, die das gleiche Interesse haben wie ich, dass die BAP nicht verkauft wird, weil sie nämlich im Aufsichtsrat von der BAP sitzen.« Robert sprach langsam, formte jedes einzelne Wort.

»Ratsmitglieder?«

»Ja, natürlich. Lammertz, Prinz und Schwamborn. Von denen bräuchten nur zwei am Donnerstag gegen den Verkauf zu stimmen, dann hätte die CDU keine Mehrheit mehr, und der Verkauf wär vom Tisch.«

»Aber das Problem ist ...?«

»Dass Klenk die unter Druck setzt. Der weiß zu viel über die.«

»Das heißt, er kann sie sozusagen dazu zwingen, im Rat für den Verkauf zu stimmen?«

»Das tut er bereits.«

»Und trotzdem siehst du eine Möglichkeit, die umzustimmen?«

Robert stützte das Kinn auf seine rechte Hand und legte einen

Finger quer über den Mund. »Doch«, murmelte er. »Es gibt da vielleicht eine Möglichkeit. Und bei genau der könntest du sogar helfen …«

»Da bin ich aber gespannt.« Das war natürlich eine Lüge. Löhr war keineswegs gespannt darauf, sich wieder einmal in lokalpolitische Angelegenheiten einzumischen. Im Gegenteil hatte ihn der Verlauf des bisherigen Gespräches erleichtert, je mehr sich dabei die Unmöglichkeit einer solchen Einmischung abgezeichnet hatte.

»Mindestens zwei von denen, Prinz und Schwamborn, haben Dreck am Stecken.«

»Und der Dritte – wie heißt er noch mal, Lammertz?«

»Bei dem liegt es etwas anders, der hat sich mit seinem Dreck sozusagen schon geoutet. – Aber Prinz und Schwamborn, die müssten zu packen sein, denen könnte man ein bisschen Feuer unterm Hintern machen.«

»Versteh ich dich richtig, Robert?« Ungläubig starrte Löhr seinen jüngeren Bruder an, den er bisher immer für einen durch und durch moralgefestigten Katholiken gehalten hatte.

»Ich glaube schon«, nickte der aufrechte Katholik Robert, inzwischen von seiner Idee so beflügelt, dass er leichten Herzens sämtliche Moral hätte über Bord gehen lassen. »Man kann diese Leute durchaus erpressen.«

***

Die sechs Kölsch, die Löhr dann doch im Laufe des Mittags zuerst mit Michael, dem Köbes, dann mit seinem Bruder Robert während des Mittagessens getrunken hatte, hatten ihn schwer und müde werden lassen. Er schaute auf die Uhr, als er aus »Höfers Severins Braustube« trat. Es war bald drei, und es würde sich kaum mehr lohnen, noch einmal zurück nach Kalk ins Büro zu fahren. Wenn dort etwas gewesen wäre, hätte er ohnehin einen Anruf auf seinem Handy bekommen. Außerdem schien die Sonne, kaum verhüllt durch ein paar hoch am Himmel vorübergleitende rundliche Schäfchenwolken, die allerdings zu verhindern schienen, dass es, wie noch im Juli, unerträglich heiß wurde unter der Inversionsglocke der Kölner Bucht. Ein Augusttag wie aus dem Bilderbuch.

Er beschloss, sich durch einen Spaziergang zu ernüchtern und zu erfrischen. Und er entschied, diesen Spaziergang vom Chlodwigplatz aus die Bonner Straße hinauf bis zum Großmarkt zu unternehmen.

Don Ernesto, der sich ungeachtet seines langen Aufenthalts in der Toskana immer noch gut in Köln auskannte, hatte ihm ein Lebensmittelgeschäft empfohlen, wo man den besten und frischesten Fisch in der ganzen Stadt bekommen könnte. »Ozeanic Meer« oder so ähnlich sollte der Name des Geschäftes lauten. Don Ernesto hatte ihm keine näheren Angaben geben können, als dass es »am Großmarkt« sein sollte. Löhr würde es schon finden. Also machte er sich auf den Weg.

Außer dem Tipp mit dem Fischgeschäft hatte ihm Don Ernesto nämlich mehrere Rezepte italienischer, nicht unbedingt nur toskanischer Rezepte gegeben, die Löhr sich sorgfältig aufgeschrieben hatte und die er im Laufe der Zeit ausprobieren wollte. Heute standen die gebratenen Seezungen auf seinem Programm – *Sogliole in saor* –, eine, wie Don Ernesto gesagt hatte, venezianische Spezialität, bei der die Seezungenfilets vor dem Braten eine Stunde in Ei und Milch mariniert, anschließend paniert und mit einer Sauce serviert werden, zu der unter anderem auch Pinienkerne und Rosinen gehörten.

Löhr freute sich auf das Kochen, verspürte jetzt schon Lust darauf, Lust, etwas mit den Händen zu tun, etwas, was Sorgfalt, Geschicklichkeit, Geduld, einen Plan und entsprechende Vorarbeiten brauchte. Und während er sich die Zubereitung der *Sogliole in saor* vorstellte, fiel ihm auf, dass seine neue Leidenschaft, das Kochen, doch eigentlich gar nicht so weit von seinem Beruf, von der Kriminalistik, entfernt war.

Er verließ den belebten Abschnitt der Bonner Straße und damit die eigentliche Südstadt, überquerte den Eifelwall und näherte sich der Vorstadtwüste, die hinter der Eisenbahnüberführung mit Ödflächen und plan- und lieblos hingewürfelten Neubauten die Bonner Straße säumte. Beim Stichwort »Kriminalistik« kam ihm das, was der Köbes über den Streit der beiden Höfer-Brüder erzählt hatte, wieder in den Sinn. Danach zeichnete sich jetzt eine mögliche Motivlage des jüngeren Bruders Hartmut immer klarer ab: Wenn er schon nicht an das Erbe – die Brauerei des Bruders – herankam, so wollte er sich doch wenigstens, sozusagen als Ersatz dafür, am Bruder Gerhard rächen, versuchen, die Brauerei in den Ruin zu treiben.

Möglich, dass an der geminderten Qualität des Höfer-Brauwassers etwas dran war – aber musste er das unbedingt im Kölsch-Brauer-Verbandsblatt publik machen? Hartmut waren also offenbar alle Mittel recht. *Alle* Mittel? Dann vielleicht auch das, den Ruin der Brauerei durch den Versuch der Abwerbung des Braumeisters zu befördern? Obwohl eine solche Tat eigentlich nicht zu dem Bild passte, das er sich von Hartmut machen konnte – auszuschließen war es nicht mehr.

Während sich die Wendung »alle Mittel« in seinem Geist von einem abstrakten Begriff zu sehr plastischen Vorstellungen über das, was im Einzelnen darunter zu verstehen sei, formte, fiel ihm dazu auch der unfassbare Vorschlag ein, den ihm sein Bruder Robert gemacht hatte, um die BAP-Affäre zu seinen Gunsten zu wenden. Erpressung! Meine Güte! Wie tief sinkt man, wenn man sich einmal auf die schiefe Bahn kölscher Kommunalpolitik begeben hat! Aber das war noch nicht ausgemacht, ob er sich wirklich darauf einlassen würde. Er hatte Robert noch nichts versprochen. Darüber musste er zuerst noch einmal schlafen. Und zwar gründlich.

So in Gedanken über gleich zwei kriminalistische Probleme vertieft und obendrein auch noch mit der Frage beschäftigt, was außer Pinienkernen und Rosinen sonst noch zur Sauce seiner *Sogliole in saor* gehörte, überquerte Löhr eine kleine gepflasterte Straße, die ihn, wäre er rechts in sie eingebogen, gleich zur Haupteinfahrt in den Großmarkt geführt hätte. Aber Löhr war so vertieft, dass er weder nach rechts noch nach links schaute. Das helle Kreischen von Fahrradbremsen und dann ein kräftiger Stoß eines Fahrradreifens gegen sein rechtes Knie brachten ihn in die Realität zurück.

Erschrocken schaute Löhr, der durch den Stoß ins Wanken geraten war und jetzt alle Mühe hatte, wieder ins Gleichgewicht zu kommen, dorthin, von wo der Stoß gekommen war. Er sah einen schnauzbärtigen und grauhaarigen Mann in etwa seinem Alter, der auf einem Fahrrad saß, an das hinten ein kleiner Beiwagen, über den Rand gefüllt mit Gemüse, montiert war. Eine Teil der Fracht – Wirsing-, Rot- und Weißkohlköpfe – war durch das Bremsmanöver nach vorne und über den Rand des Beiwagens gerutscht und kullerte jetzt übers Pflaster. Ein Rotkohlkopf genau vor Löhrs Füße.

»Entschuldigung«, stotterte Löhr, hielt sich dabei sein schmerzendes Knie und hob gleichzeitig den Kohlkopf auf. »Ich hab wohl nicht aufgepasst ...«

Der andere ging gar nicht auf seine Entschuldigung ein. Er stieg ab und sammelte die verstreuten anderen Kohlköpfe ein. »Meinste dann, du wörst allein op der Stross? Du kannst doch vielleicht ding Auge opmache!«

»Jetzt hören Sie mal!« Löhr vergaß über die Frechheit des anderen das schmerzende Knie, legte den Rotkohlkof in den Beiwagen und wurde energisch. »Sie haben doch wohl gesehen, dass ich hier über die Straße gehe! Haben Sie denn keine Klingel an Ihrem Fahrrad?«

»Klingel, Klingel! Wat kann ich dann noch klingele, wenn su en Schmierwoosch mir einfach für die Kess läuf!«

Auf der Stelle verpuffte Löhrs Empörung und machte einem bodenlosen Erstaunen Platz. Was hatte der Kerl gerade zu ihm gesagt? »Schmierwoosch«? Das konnte doch nicht wahr sein! Diesen Ausdruck hatte er noch nie im Leben gehört!

Das Merkwürdige war, dass er sich dadurch keineswegs beleidigt, sondern im Gegenteil fast geehrt, wie als Träger einer Auszeichnung fühlte. Ein ihm neues kölsches Schimpfwort – und ausgerechnet auf ihn selbst war es angewendet worden. Fast hätte er dem Grobian dafür gedankt. Doch der stieg, weitere, allerdings unverständliche Schimpfworte und Flüche vor sich hinbrabbelnd, wieder auf sein Fahrrad, trat in die Pedale und fuhr weiter.

Als er dem Radfahrer nachschaute, sah Löhr im Hintergrund ein großes blaues Schild, auf dem der Schriftzug »Okeanik Meer« von einer stilisierten Welle oder Woge umrahmt wurde. »Okeanik« statt »Ozeanic«? Wieso mit »k«? Diese und die Frage nach der Herkunft und Bedeutung des Schimpfwortes »Schmierwoosch« in seinen Gedanken bewegend, humpelte Löhr – das Knie tat vom Zusammenstoß immer noch weh – auf das Geschäft zu.

***

Warum üben tote Fische und vor allem eine große Ansammlung toter Fische eine so unwiderstehliche Faszination aus? Nie käme man auf den Gedanken, einem Haufen nebeneinander aufgebahrter toter Schweine, Schafe oder Kühe die gleiche Faszination abzugewinnen. Eher würde einen – beim Anblick der glasig gebrochenen Augen, der geöffneten Mäuler und der heraushängenden Zungen – Ekel befallen und einem den Appetit auf das tote Fleisch verderben. Warum ist das nicht auch bei Fischen so? Vielleicht hängt das damit zusammen, überlegte Löhr, während er ehrfürchtig an Dutzenden von auf Bergen von Eis liegenden Knurrhähnen, Seehechten, Schwertfischen, Makrelen, Sepias und Lachsen vorbeiging, dass tote Fische gar nicht so tot aussehen. Die Augen erscheinen nicht so gebrochen und stumpf wie die von Säugetieren, die Netzhaut nur ein kleines bisschen milchig, ansonsten schauen sie dich an, als lebten sie noch, ihre Schuppen schimmern, als wären sie gerade aus dem Wasser gezogen worden und könnten gleich dorthin zurückspringen.

Auf dem Fischmarkt in Livorno, wohin die Jungs ihn und Irmgard vor noch nicht einmal einer Woche mit hingenommen hatten, war er ähnlich fasziniert gewesen. Da hatte ihn aber eher die unvorstellbar große Menge der toten Fische überwältigt, wie sie in Türmen und Bergen dort auf dem Eis lagen und ihre silbernen und purpurnen Schuppen unter der Sonne glänzten und schimmerten, als wären es lauter Schätze, als wäre der ganze Fischmarkt ein Hort funkelnder Juwelen.

Doch auch das Fischkühlhaus von »Okeanik-Meer« war nicht gerade klein, und Löhr hatte einige Mühe, das, was er suchte, zu finden: die Seezungenfilets. Ein Verkäufer mit einem unverkennbar griechischen Akzent half ihm schließlich bei der Suche. Dabei erfuhr Löhr, warum sich das Geschäft »Okeanik« – mit »k« geschrieben – nannte: Es hatte griechische Eigentümer, und vor allem griechische, aber auch italienische und spanische Gastronomiebetriebe versorgten sich hier.

Löhr versuchte, die schönsten Seezungenfilets auszusuchen, allerdings erschienen sie ihm recht groß. In Don Ernestos Rezept war von »kleinen Seezungenfilets« die Rede gewesen – sie sollten jedoch in »bissengroße« Stücke geschnitten werden, bevor sie mariniert wurden. Da machte die Größe der Filets doch eigentlich nichts aus. Oder doch? Waren kleinere Fische und entsprechend kleinere Filets vielleicht feiner, besser, leckerer?

Löhr wunderte sich ein wenig über sich selbst. Dass er sich mit solchen Fragen einmal beschäftigen und vor allem, dass sie von solcher Wichtigkeit für ihn sein könnten, das hätte er sich vor drei Wochen nicht im Traum vorstellen können. Sein Urlaub und die Begegnung mit Don Ernesto schienen doch einiges in seinem Leben verändert zu haben. Zuerst die große *serenità* und nun dieses detailversessene, liebevolle Interesse für Dinge wie die Qualität eines Fischfilets.

Dieses neue Interesse Löhrs erwies sich allerdings als noch steigerungsfähig, als er die Fischabteilung des »Okeanik Meer« verließ und in den angrenzenden Lagerräumen auf Lebensmittelschätze von einer Auswahl stieß, die er sich als sporadischer Besucher gewöhnlicher deutscher Supermärkte nicht in seiner kühnsten Phantasie hätte vorstellen können. Getrüffelte Wild-, Fisch- und Krustentier-Terrinen, Käsesorten in schier unermesslicher Auswahl und Größe, vom riesigen Parmesan-Laib bis zur winzigen Ziegenkäse-Rolle, bunte eingelegte *Antipasti* in Hülle und Fülle, ausgefallenste frische *Pasta*-Sorten, italienischer Espresso, Spirituosen, Weine – Löhr war zuerst verwirrt, dann, als er die Fülle einigermaßen überschauen konnte, überwältigt und begann, wie im Rausch und ohne auf die Preise zu achten, alles, was ihm als Vor- oder Nachspeise für sein abendliches Fischgericht passend zu sein schien, neben die Seezungenfilets in seinen Einkaufswagen zu packen. Als er schließlich an der Kasse deutlich über hundert Euro für seine Einkäufe bezahlen musste, stutzte er kurz. Seine neue Leidenschaft schien doch ein wenig aufwendiger als die alte, nämlich die, kölsche Ausdrücke zu sammeln. Die kostete gar nichts außer einem Paar aufgesperrter Ohren. Andererseits aber, dachte er, als er die Lebensmittel sorgfältig und liebevoll in Tüten verstaute, andererseits: Was liegt für einen Mann, der so gerne isst wie du, näher, als dass er sich endlich auch einmal gründlich mit der Herstellung des Essens beschäftigt?

***

Es war zehn Uhr am nächsten Morgen, als er das Präsidium betrat. Zweieinhalb Stunden nach Dienstbeginn. Er hatte es beim besten Willen nicht früher geschafft, war lediglich in der Lage gewesen, Esser anzurufen und zu bitten, ihn bei der Frühbesprechung zu entschuldigen. Danach hatte er sich noch einmal hinlegen müssen.

Bis neun Uhr am vergangenen Abend hatte er in der Küche gestanden und an seiner *Sogliole in saor* gearbeitet, dabei fast eine Flasche *Verdicchio dei Castelli di Jesi*, einen wunderbar frischen Weißwein aus der Gegend von Ancona, vertilgt und alle Mühe gehabt, eine überaus neugierige Irmgard aus der Küche fern zu halten, um sie erst bei Tisch mit seinem kulinarischen Kunstwerk überraschen zu können.

Diese Überraschung war ihm allerdings gründlich misslungen. Er hatte feststellen müssen, dass Fisch sich in der Pfanne ziemlich anders verhält als Fleisch. Sein »Kunstwerk« bestand am Ende aus auseinander fallenden, teils vertrockneten, teils verkohlten Seezungenfilets, die er samt und sonders in der Mülltonne entsorgen musste. Es kostete ihn einige Überwindung, Irmgard seine Schande zu beichten, doch die reagierte gelassen und auch ein wenig erleichtert. Sie meinte, es hätte sie nicht nur gewundert, sondern auch ein bisschen mit Neid erfüllt, wenn über Nacht aus jemandem, der noch nie einen Kochlöffel in der Hand gehabt hätte, ein Sternekoch geworden wäre. Löhrs Zerknirschung wich erst mit der zweiten Flasche *Verdicchio*, die sie darauf in der Küche aufmachten und aus Löhrs sonstigen Einkäufen im »Okeanik Meer« ein Notessen zusammenstellten, das allerdings angesichts der Köstlichkeiten, die schließlich auf dem Tisch standen, seinem Namen nicht gerecht wurde, zumal aus diesem »Notessen« dann doch noch eine lange und überaus turbulente gemeinsame Nacht wurde. Erst um vier Uhr in der Frühe – das erste Licht sickerte bereits durch die Jalousien des Schlafzimmers – waren er und Irmgard erschöpft in Schlaf gefallen, und Löhrs vorletzter Gedanke vor dem Einschlafen war, wie wahr es doch ist, dass die Liebe durch den Magen geht, und sein letzter Gedanke war der, dass eine auf dieser Weisheit gründende Lebensführung durchaus noch ausbaufähig sei.

Im Präsidium ging er als Erstes hinunter in den Keller zum Erkennungsdienst und übergab das Drosselgewinde, das er gestern im Hof des Höfer-Brauhauses gefunden hatte, Ortlieb, einem Erkennungsdienstler, mit dem er schon oft zusammengearbeitet hatte. Ortlieb machte sich über die unprofessionelle »Verpackung« des Fundstücks – Löhrs Taschentuch – lustig.

»Ja Mensch, ich lauf doch nicht ständig mit 'nem Satz Plastikhandschuhen und Tüten in der Gegend herum!«

»Würd auch nicht zu Ihrem neuen Outfit passen«, grinste Ortlieb mit Blick auf Löhrs weißes Jackett.

Löhr, der sich inzwischen sowohl an das Jackett als auch an die Anspielungen darauf gewöhnt hatte, grinste zurück. »Meinen Sie, mit dem Taschentuch hätte ich was verwischt?«

Ortlieb zuckte die Schulter. »Besser, als wenn Sie mit bloßen Fingern draufgetatscht hätten. – Suchen Sie was Bestimmtes?«

»Nein«, entgegnete Löhr. »Gucken Sie einfach, dass Sie da so viele Fingerabdrücke wie möglich abgepinselt kriegen. Die brauchen Sie nicht in der Kartei abzugleichen – da werden Sie ohnehin kaum was finden.«

»Und was soll ich sonst damit machen?«

»Einfach aufbewahren. Irgendwann werde ich sie vielleicht brauchen.«

Als er anschließend den menschenleeren Flur des KK11 entlangging und alle Kollegen hinter ihren geschlossenen Bürotüren seit Stunden emsig bei der Arbeit wusste, kam in ihm noch nicht einmal der Anflug eines schlechten Gewissens auf. Vor seinem Urlaub hätte er sich wegen seines Zu-spät-Kommens doch den einen oder anderen Vorwurf gemacht – aber jetzt? Die neue mediterrane Gelassenheit schien sich, sah er einmal von dem einen oder anderen kleinen Rückfall in die alte Ungeduld ab, auch am zweiten Tag ihrer Anwendung im Kölner Alltag als ziemlich belastbar zu erweisen.

Fast beschwingt öffnete er die Bürotür und erstarrte dann doch ein wenig, als er Esser an seinem Schreibtisch sah, wie er sich förmlich durch einen riesigen Berg alter Akten fraß, so in Beschlag genommen von seiner Arbeit, dass er darüber ins Schwitzen geraten war und sich – was sonst nicht seine Angewohnheit war – das Jackett ausgezogen und es nachlässig über einen Besuchersessel geworfen hatte.

»Rudi!«, sagte Löhr, fast ein wenig erschrocken. »Ist irgendwas am Brennen?«

Jetzt erst sah Esser auf und Löhr an. Es dauerte ein paar Augenblicke, bis die vom offenbar sehr intensiven Aktenstudium herrührende Anspannung aus seiner Miene wich und einem breiten Grinsen Platz machte.

»Kommst fast drei Stunden zu spät und fragst, ob was am Brennen ist? Natürlich ist was am Brennen! Wir haben heut Morgen 'nen neuen Fall gekriegt.«

»Neu?« Löhr zog sich einen Stuhl heran und setzte sich zu Esser an den Schreibtisch. »So viel alte Akten und ein neuer Fall?«

»Ein neuer alter Fall.« Esser lehnte sich in seinen Schreibtischsessel zurück, räkelte sich und verschränkte dabei die Arme. Er schien keineswegs böse auf Löhr zu sein wegen dessen Zu-spät-Kommen, sondern eher amüsiert über die Lässigkeit seines Kollegen. »Siehst übrigens prima aus!«

Löhr fuhr sich mit der Hand übers Gesicht. »Ist gestern spät geworden. Entschuldige bitte.«

»Nein, nein. Ich mein das ernst.« Esser grinste noch breiter. »Siehst wirklich Jahre jünger aus nach deinem Urlaub – und dann noch das weiße Jackett!«

Löhr ignorierte Essers Ironie und deutete auf den Aktenberg vor ihm. »Was denn für ein ›neuer alter Fall‹?«

»Erinnerst du dich noch an unseren Schmittchen-Fall vor zwölf Jahren?«

»Schmittchen?«

»Die tote Frau am Minoritenkloster!«

»Ach!« Jetzt erinnerte sich Löhr. Passanten hatten damals in der Parkanlage am Minoritenkloster eine tote Frau gefunden, die, bevor sie erwürgt wurde, brutal vergewaltigt worden war. Esser und er hatten den Fall übernommen und recht schnell herausbekommen, dass die Frau den Abend vor ihrem Tod in einer Kneipe namens »Schmittchen« in der Ehrenstraße, ein paar Schritte vom Fundort ihrer Leiche entfernt, verbracht hatte. Sie hatte dort bis vier Uhr morgens getrunken, sich dann allein auf den Weg zu ihrem Auto gemacht. Er und Esser hatten es damals für wahrscheinlich gehalten, dass sich der Täter unter den Gästen im »Schmittchen« befunden haben musste, und da sie ihre Recherche auf diesen Personenkreis konzentriert hatten, bekam der Fall bei ihnen den Namen »Schmittchen«. Doch es stellte sich heraus, dass keiner der Gäste als Täter in Frage kam. Es konnte nicht anders als so gewesen sein, dass der Täter ihr auf dem Weg zu ihrem Auto zufällig begegnet war. Solche Zufallstäter waren so gut wie nicht zu ermitteln, es sei denn, die Spuren, die sie hinterließen, waren mit anderen Spuren einer vorhergehenden Tat abzugleichen. Das war damals nicht der Fall gewesen. Die Faser- und Spermaspuren, die der Erkennungsdienst an der Leiche sichergestellt hatte, passten zu keinem anderen Fall. Der Mord an der Frau blieb unaufgeklärt.

»Und da hat sich jetzt was getan?«, fragte Löhr.

»So ist es.« Esser zog einen dünnen Ordner aus den Akten auf seinem Schreibtisch und reichte ihn Löhr. »Ein Vergewaltigungsfall in Münster. Die DNA-Analyse des Spermas ist identisch mit der Probe aus unserem Fall.«

»Und der Täter?«

»Sitzt in U-Haft in Münster.«

»Wow!«, sagte Löhr. »Wer hätte das gedacht, dass wir unseren Schmittchen-Fall noch mal aufgeklärt kriegen!«

»Ja. Ist 'ne feine Sache, das mit der DNA. Freu mich schon drauf, dass wir den Drecksack endlich in die Mangel nehmen können.«

»Ist das denn schon so weit?« Löhr war trotz der Freude über den endlich aufgeklärten Mord jetzt doch ein wenig erschrocken. Er hatte ganz andere Pläne für den Tag, als zu einer Vernehmung nach Münster zu fahren.

Esser durchschaute Löhrs Erschrecken und grinste wieder. »Du siehst ganz danach aus, als hättest du was anderes vor …?«

»Ich?« Löhr hob in scheinheiliger Abwehr die Hand.

»Was tut sich denn so in deinem Braumeister-Fall?« Etwas Hinterhältiges klang jetzt in Essers weiterhin freundlichem Tonfall mit.

»Weiß ich noch nicht. Ist ja auch egal. Wir haben ja jetzt 'nen neuen Fall.« Löhr wies auf den Ordner in seiner Hand. »Und Dienst ist eben Dienst.«

»Oh!«, machte Esser mit gespieltem Erstaunen. »Und das aus dem Mund eines sonnengebräunten Touristen, der mal eben auf Besuch in seiner alten Dienststelle vorbeischaut.«

»Hör auf mit dem Quatsch«, sagte Löhr, ein wenig jetzt doch vom schlechten Gewissen geplagt, dass er Esser den Morgen über allein die Arbeit hatte machen lassen. »Jetzt mach schon! Was liegt an im Schmittchen-Fall?«

»Nichts weiter«, sagte Esser und nahm Löhr den Ordner ab. Sein Grinsen wurde wieder gutmütig. »Wir brauchen nur 'ne Synopse von unserem Schmittchen-Fall anzulegen, unser Material zusammenzustellen und dann beim Staatsanwalt abzuliefern.«

»Keine Vernehmung oder so?«

»Der Staatsanwalt muss zuerst 'ne neue Klage basteln. Das dauert bestimmt die Woche. Danach erst wird unser Mann von Münster hierher verlegt, und dann können wir ihn uns im Klingelpütz auf den Stuhl setzen.«

»Ach so.«

Esser quittierte die Erleichterung, die aus Löhrs »Ach so« geklungen hatte, mit einem erneuten, diesmal aber nicht hinterhältigen, sondern eher kameradschaftlich-schelmischen Grinsen. »Da liegst du richtig, Jakob. Das bisschen schaff ich schon selber.« Er deutete auf seine Akten. »Bin auch fast schon durch. – Du kannst dich also ganz beruhigt weiter um deinen Braumeister und das Höfer-Kölsch kümmern.«

»Wenn's nur das wäre!«, seufzte Löhr, stand auf, ging zu seinem Schreibtisch, nahm sich das Telefon und wählte die Nummer seines Kollegen Fischenich von der Wirtschaftskriminalität.

***

»Sagt Ihnen der Name Lammertz etwas? Friedhelm Lammertz?«

Fischenich antwortete nicht gleich, sah Löhr einen Augenblick lang undurchdringlich an, dann stahl sich ein dünnes Lächeln um seinen Mund, er stand auf, trat an den Aktenschrank hinter seinem Schreibtisch, zog einen Aktenordner heraus und zeigte ihn Löhr.

»Das ist ein Fall von Ihnen?«, staunte Löhr. »Dann hatte er ja doch Recht, dass ich damit bei Ihnen richtig bin.« Robert hatte ihm, als er ihm seinen Plan in Bezug auf Lammertz, Prinz und Schwamborn erklärte, nichts Konkretes zum Fall des CDU-Ratsmitglieds Lammertz erzählt, ihm nur gesagt, wenn er jemandem von der Wirtschaftskriminalität gegenüber den Namen bloß erwähnte, wüsste der sofort Bescheid.

»Wer hatte Recht?« Fischenich nahm den Aktenordner mit zu seinem Schreibtisch und setzte sich.

Löhr winkte ab. »Nicht so wichtig. Aber wieso ist der Lammertz ein Fall bei Ihnen?«

Jetzt war es an Fischenich, abzuwinken. »Nichts Großes. Wir müssen da zwar ermitteln, aber aller Voraussicht nach wird da nichts draus.«

»Weswegen ermitteln?«

»Lesen Sie eigentlich keine Zeitung?« Fischenich grinste. »Noch nie was von der ›Pinkelaffäre‹ gehört?«

Löhr schüttelte den Kopf.

»Anfang des Jahres, kurz vor Karneval. Da stand im März die erste Ratsabstimmung über den Verkauf der BAP an.«

»Der dann verschoben worden ist«, nickte Löhr.

»Eben wegen der ›Pinkelaffäre‹ ...«, ergänzte Fischenich.

»So langsam dämmert's wieder«, murmelte Löhr. »Irgendein Bestechungsversuch, oder?«

»Während der Herrensitzung der ›Großen Kölner‹ – auf dem Klo. Der Lammertz steht da am Pinkelbecken, und der Pofalla stellt sich neben ihn, zieht auch sein Ding raus und macht dem Lammertz dann beim Pinkeln ein unsittliches Angebot.« Fischenich kicherte.

»Aber nicht in der Art, sondern wegen der Abstimmung über den BAP-Verkauf!« Jetzt erinnerte Löhr sich wieder. »Und zwar hat der Pofalla dem Lammertz Geld angeboten, wenn er in der Ratsabstimmung gegen den Verkauf stimmt, richtig?«

»Genau. Weil der Pofalla eben nicht nur der Bauer im Dreigestirn der letzten Session war, sondern als Bauunternehmer von der BAP immer reichlich mit Aufträgen eingedeckt wird. Und die Goldene Kuh wollte der sich natürlich nicht wegschlachten lassen.«

»Und weswegen kommen Sie in dem Fall nicht weiter?«, fragte Löhr.

»Das hab ich nicht gesagt, dass wir da nicht weiterkommen. Ich hab nur gesagt, dass da nichts draus wird. Das war damals 'ne formale Selbstanzeige von Lammertz. Wir mussten darauf den Pofalla einvernehmen, und der hat den Bestechungsversuch natürlich geleugnet. Und da es auf dem Klo vom Gürzenich seinerzeit keine Zeugen gab ...« Fischenich hob die Schultern.

»Steht Aussage gegen Aussage«, sagte Löhr. Er zog den Zettel, den sein Bruder Robert ihm am Tag zuvor in der »Höfers Severins Braustube« gegeben hatte, aus der Jackentasche und reichte ihn Fischenich. Es standen die Namen zweier CDU-Ratsmitglieder samt Telefonnummern und Adressen darauf.

»Sagen Ihnen die Namen was?«

Fischenich las und schüttelte den Kopf. »Ratsmitglieder, so viel ich weiß. Aber sonst ...?«

Löhr zögerte, bevor er weitersprach. Er fühlte sich nicht sehr wohl bei dem, was er vorhatte und was er nun im Begriff stand, in die Wege zu leiten. Aber hatte er eine andere Wahl? Robert war schließlich sein Bruder.

Löhr räusperte sich. »Was würde Ihnen die Information bringen, dass die beiden Herren da auf dem Zettel bei Pofalla auf der Gehaltsliste stehen? – Auf einer inoffiziellen Gehaltsliste, versteht sich.«

Fischenich antwortete nicht gleich, überlegte. Schließlich sagte er: »Also ein beweisbarer Bestechungsversuch?«

Löhr hob die Schulter. »Eher vielleicht nicht. Im Gegensatz zu Lammertz verlangt der von den beiden ja keine konkrete Handlung oder Nicht-Handlung. Er hat lediglich Beraterverträge mit denen geschlossen …«

»Tun die denn auch was dafür? Ich meine, erbringen sie irgendwelche Leistungen dafür, dass sie bei Pofalla auf der Lohnliste stehen?«

»Ich würd jetzt – ohne Genaueres zu wissen – mal davon ausgehen, dass die was tun«, entgegnete Löhr. »Die werden ja wohl auch von den diversen Politikerstürzen in ihrer Bundespartei gehört haben. Aber mit Bestimmtheit kann ich das nicht sagen.«

»Hm«, machte Fischenich. Er schien zu überlegen, ob er Löhrs Information verwenden konnte oder sogar müsste.

»Und wenn doch nicht? Wenn sie nur Geld kriegten, ohne etwas dafür zu tun?«, hakte Löhr nach.

»Dann wäre es in dem Fall, in dem sie eine konkrete Amtshandlung zugunsten von Pofalla vornähmen, wohl Bestechung.« Fischenich schwieg ein paar Augenblicke, dachte nach. Dann fuhr er zögernd und nachdenklich fort: »Andererseits – andererseits *sind* sie ja keine Amtsträger. Als Mitglied eines Stadtrates oder eines sonstigen Parlamentes bekleidet man ja kein Amt. Und nur der Inhaber eines Amtes kann bestochen werden und sich damit strafbar machen.«

»Sehen Sie!« Löhr lächelte. »So ähnlich habe ich mir das auch gedacht.«

Fischenich sah ihn erstaunt an. »Dann weiß ich nicht, auf was Sie damit hinauswollen, Löhr.« Er hob Roberts Zettel in die Höhe.

»So genau weiß ich das auch noch nicht, Herr Kollege«, antwortete Löhr. »Eigentlich wollte ich mir von Ihnen nur meine Vermutung bestätigen lassen, dass die beiden in dem Fall, dass ihre Beraterverträge publik werden, straffrei ausgehen.«

Fischenich nickte. »Vermutlich würden sie das, stimmt.«

»Aber für Sie – jetzt mal im Zusammenhang mit dem Lammertz-Fall –, für Sie ist das doch bestimmt ein wichtiger Hinweis, denke ich mir. Ich meine, dass der Pofalla jetzt auch noch die beiden anderen Ratsmitglieder für sich einzuspannen versucht, das müsste doch wieder ein bisschen Leben in Ihre Ermittlungen bringen, oder?«

Fischenich antwortete nicht sofort. Er fixierte Löhr, schien sowohl über dessen Frage wie auch über dessen Motive nachzudenken.

»Tjaa ...«, machte er schließlich gedehnt. »Wenn ich Hinweise darauf erhalte, dass ein Unternehmer mit solchen Methoden versucht, politische Entscheidungen zu beeinflussen, dann müssten diese Hinweise wohl in meine Ermittlungen einfließen.«

Löhr versuchte, seine Genugtuung nicht allzu deutlich zu zeigen.

»Aber was mich noch interessiert, Löhr«, fuhr Fischenich fort, »ist, welches Interesse *Sie* da jetzt ...?«

»Ach!«, winkte Löhr ab, während er aufstand und sich sein weißes Jackett gerade zupfte. »Nicht weiter der Rede wert. Hab's nur als meine kollegiale und staatsbürgerliche Pflicht angesehen, Ihnen die Information zukommen zu lassen.«

»Ich glaube Ihnen kein Wort, Löhr«, grinste Fischenich.

»Gut«, sagte Löhr. »Ich verrat es Ihnen, wenn die Sache gelaufen ist. Wenn Sie Ihre Ermittlungen aufgenommen haben. – Wann würde das etwa sein?«

Fischenich schüttelte amüsiert den Kopf. »Wenn's Ihnen so am Herzen liegt, Herr Kollege – am besten gleich? Sofort? Heute?«

»Ja, ja«, machte Löhr leichthin. »Das würde schon passen.«

***

Da er es ein bisschen eilig hatte – Michael, der Köbes, hatte davon gesprochen, die Demontage der Kneipenreklame über der »Höfers Severins Braustube« solle um die Mittagszeit stattfinden –, nahm Löhr heute den kürzeren Weg und ging vom Präsidium zur nächstgelegenen U-Bahn-Station, der an der Kalker Post.

Rund um den Platz der Kalker Post hatten in den letzten Jahren neue Imbissbuden aufgemacht, in denen man Döner, Hamburger und Pizza kaufen konnte. »To go«. Zum Mitnehmen. Wovon reichlich Gebrauch gemacht wurde. Niemand mehr schien seine Pizza in der Pizzeria zu essen, sondern nur noch auf der

Straße. Entsprechend vielen Menschen begegnete Löhr auf dem Weg zum U-Bahn-Schacht, die beim Gehen ihre Gesichter in Döner-Tüten vergruben oder in ihre Hamburger bissen. Kurz vor der Rolltreppe stieß er auf einen jungen Mann, der gerade einen großen Happen von seiner Salami-Pizza abgebissen hatte, und Löhr war genötigt, mit anzusehen, wie sich dabei die Lippen des Mannes vom Tomatenbelag rot färbten und wie der geschmolzene Käse dicke, lange Fäden zwischen dem Mund und dem restlichen Pizzastück zog und wie der Mann sie mit einer grotesken Verschiebung des Unterkiefers einzufangen suchte. Angeekelt wandte sich Löhr ab, sprang mehr die Rolltreppe hinab, als dass er ging, und grübelte während der U-Bahn-Fahrt darüber nach, woher wohl diese Mode, auf der Straße zu essen, kommen mochte – und vor allem darüber, warum ihn das so anekelte.

Möglicherweise liegt das daran, überlegte Löhr, dass das menschliche Gesicht die Eigenart hat, sich beim Beißen, Kauen und Schlucken irgendwie so zu deformieren, dass von der Ebenmäßigkeit selbst der ebenmäßigsten Gesichtszüge kaum mehr etwas übrig bleibt. Ins Groteske sogar, wie eben beim Pizzakauer, kann sich ein Gesicht verzerren, wenn der Essende sich unbeobachtet fühlt.

Aber wahrscheinlich – Löhr seufzte innerlich –, wahrscheinlich bin ich der Einzige, der sich über so was aufregt. Und vielleicht liegt das auch bloß daran, dass ich in Italien auf den letzten Rest von Kultur, zumindest von Esskultur gestoßen bin. Aber andererseits: Hast du nicht auch schon mal, von einem plötzlichen Heißhunger übermannt, ein Teilchen oder Brötchen auf der Straße gegessen?

Er war keine Sekunde zu früh am Chlodwigplatz. Schon während er aus der Bahn ausstieg, sah er neben der Severinstorburg einen kleinen Menschenauflauf. Die Demontage der Reklameschilder über der »Höfers Severins Braustube« war in vollem Gange. Handwerker hatten große Klappleitern aufgestellt und schraubten die vergoldeten Lettern ab. Als er näher kam, sah er, dass das Menschenknäuel vor der Kneipe sich vor allem aus Männern, wahrscheinlich den Stammgästen und den Köbessen – darunter auch Michael – zusammensetzte, die meisten mit einem Kölschglas in der Hand. Sie beobachteten die Handwerker bei ihrer Arbeit und kommentierten sie mit abfälligen Bemerkungen. Zik, der Fotograf des Express, war auch dabei und richtete sein Objektiv so aus, dass er sowohl das Abmontieren der Reklame wie auch die Gesichter der murrenden Stammgäste aufs Bild bekam. Ein anderer Express-Reporter interviewte die Gäste, schrieb deren Antworten in seinen Notizblock. Augenscheinlich war die Reklame-Demontage vom jüngeren Höfer-Bruder Hartmut zu einem Medienereignis inszeniert worden, um die Ungerechtigkeit, die ihm hier widerfuhr, öffentlich zu machen und seinen Bruder Gerhard als Kleingeist und Querulanten bloßzustellen.

Löhr mischte sich nicht in die Menschentraube um die Kneipe, sondern stellte sich in einen nahe gelegenen Hauseingang, um den weiteren Verlauf der Aktion unbemerkt zu beobachten. Und kaum stand er im Hauseingang, stellte sich auch schon heraus, dass er richtig mit seiner Vermutung gelegen hatte, hier vielleicht eine Schlüsselszene des Höfer'schen Bruderstreits erleben zu können.

In einer Nische der Severinstorburg entdeckte er nämlich Gerhard Höfer, den Brauereibesitzer. Er hatte sich in dieser Nische versteckt und verfolgte von da aus das Spektakel vor »Höfers Severins Braustube«. Und zwar tat er das mit augenfälliger Schadenfreude. Ein breites Grinsen zog sich um seine ansonsten immer traurig heruntergezogenen Mundwinkel. Löhr konnte ihm dabei zusehen, wie er sich innerlich die Hände rieb angesichts des gelungenen Coups gegen seinen Bruder. Löhr ging auf, dass er sich wohl ein wenig im Brauereibesitzer getäuscht hatte. Ein Mensch, der sich derart an seiner Schadenfreude delektiert, überlegte er, kann sich sicher nicht so tief in seine Melancholie vergraben haben, dass er nicht auch zu anderen Untaten fähig wäre. Schließlich ging ja auch die der Reklame-Demontage vorausgehende gerichtliche Anordnung auf sein Konto.

Plötzlich kam Bewegung in die Menschentraube vor der Braustube. Gerhard Höfer war augenscheinlich in seinem Versteck entdeckt worden, denn Hartmut Höfer löste sich aus der Gruppe, überquerte mit langen Schritten die Straße und steuerte geradewegs auf Gerhard zu. Der sah sich ertappt, zögerte einen Augenblick, ob er die Flucht ergreifen konnte, tat schon einen Schritt rückwärts, da aber war Hartmut schon bei ihm, stellte sich breitbeinig so vor ihn, dass Gerhard nicht mehr aus seiner Nische entweichen konnte, und schrie ihn aus Leibeskräften an. So laut, dass es Löhr auf der anderen Straßenseite hören konnte.

»Du traust dich och noch her, du Drecksknüsel?«

»Ich kann stonn, wo ich will. Oder jehürt die Pooz he dir?«

»Hät dir dat noch nit jereich, mir der Name zu verbeede, mootste dir dat Spill do drüve och noch anluure, du nackigen Raafalles?«

»Raafalles! Dat musst jerad du sagen, du widderlichen Schmeerlapp! Wo du ding Ahl erömtratsche löss, mieh Bier dät ›chemisch‹ schmecke! Dat hät noch e Nohspill, da kannste eine drop loosse!«

»Dat kann ich dir demnächst sogar schriftlich jevve, dat ding bedressene Bröh chemisch schmeck! Do sitzt jerade ene Lebensmittelchemiker dran, an dem Gutachten! Do werste dich noch ömluure!«

Darauf blieb Gerhard Höfer erst mal das Wort im Munde stecken. Mit hochrotem Kopf und hervorquellenden Augen starrte er seinen Bruder an.

Gerhard trat einen Schritt zurück, fand aber seine Sprache wieder. Zitternd deutete sein Zeigefinger auf den anderen. »Wenn du dat mähst, wenn du dich dat riskierst, dann …«

»Und ob ich mich dat riskiere! Dat kannste üvvermorje en der Zeitung lese, du fahlen Judas!«

»Mach et!«, stieß Gerhard hervor. »Macht et! Dann mach ich dich esu klein, do pass dir keine Hoot mih, do kannste dir ding Zupp do drövve in der Annostross bei der Penner avholle!«

Damit drehte sich Gerhard um und ging mit weit ausholenden Schritten davon, verschwand unter der Torburg in Richtung Severinstraße. Hartmut tat ihm einen Schritt hinterher, hielt dann in der Bewegung inne, blieb stehen und starrte seinem Bruder nach.

Auch Löhr war gleichsam in einen Zustand der Erstarrung verfallen. Zuerst einmal wegen des deftigen Kölschs der Auseinandersetzung. Ein so mit kraftvollen und treffenden Schimpfworten gespicktes Kölsch hatte er lange nicht mehr gehört. Dann aber hatte ihn das Verhalten des Brauereibesitzers Gerhard schockiert. Solche Aggressivität hatte er nicht von diesem verschlafenen melancholischen Mann erwartet. Vor allem aber hatte Löhr in nicht geringes Erstaunen versetzt, welche abgrundtiefe Dimension der Hass der Brüder aufeinander zu haben schien. Das war zwar nach der von ihm in Erfahrung gebrachten Geschichte zu ahnen gewesen, aber dass sie sich derart verbissen und unversöhnlich gegenseitig an die Gurgel – und das war in diesem Fall ja nichts Geringeres als ihre jeweilige Existenz – gingen, das hatte er nicht vermutet. Aber genau das gab seinem alten Verdacht jetzt neuen Auftrieb: Wenn sich zwei so hassen und aus ihrem Hass dem anderen mit allen Mitteln schaden wollen, dann gehen sie auch über Leichen!

***

Hartmut war aus seiner Erstarrung erwacht. Er blickte zu seinen Stammgästen und Köbessen hinüber, die seinen Streit mit Gerhard ebenso gespannt verfolgt hatten wie Löhr, doch er schien keine Lust zu haben, rüberzugehen und mit ihnen zu palavern. Stattdessen ging er in die entgegengesetzte Richtung, überquerte den Platz um die Severinstorburg und bog dann in den Kartäuserwall ein.

Löhr zögerte keinen Augenblick, ihm zu folgen. Er musste mehr über diesen Mann herausfinden, musste noch einmal mit ihm sprechen, und zwar jetzt offiziell. Schließlich war er, nach all dem, was er bisher wusste, sein Hauptverdächtiger.

Zuerst war Hartmut einigermaßen gemächlich gegangen, sodass Löhr ihm anstrengungslos folgen und sich dabei seine Gedanken machen konnte. Jetzt aber beschleunigte er seinen Schritt. Es schien, als sei er vom Schock der Begegnung mit seinem Bruder erholt und habe einen plötzlichen Entschluss gefasst. Mit raschen Schritten bog er in die Kartäusergasse ein. Löhr hatte Mühe, Schritt zu halten. Doch dann war seine Verfolgung auch schon zu Ende. Hartmut blieb neben einem dunkelroten, etwas älteren Jaguar stehen, bückte sich, stieg ein und ließ den Wagen aus der Parklücke schießen, als starte er zu einem Rennen.

Hilflos musste Löhr zuschauen, wie der Wagen um die nächste Ecke bog und verschwand. Was hätte er tun sollen? Hartmut aufhalten? Ihm weiter folgen? Keine Chance. Ein paar Augenblicke überlegte er noch, dann fiel ihm der Zettel mit der Telefonnummer des Kneipenbesitzers ein, die er sich aus dem Telefonbuch abgeschrieben hatte. Er hatte darauf auch die Adresse des Kneipiers notiert. Er wohnte tatsächlich hier, in der Kartäusergasse.

Was wäre, dachte Löhr, wenn Hartmuts Frau zu Hause wäre und er zuerst mit ihr spräche? Schließlich war sie mit im Spiel der feindlichen Brüder. Und zwar offenbar ziemlich heftig. Warum sonst hatte Gerhard im Streitgespräch mit seinem Bruder erwähnt, dass dessen »Ahl« das Gerücht in die Welt gesetzt habe, sein, nämlich Gerhards Kölsch schmecke »chemisch«?

In einer Zeitschrift hatte Löhr einmal gelesen, es gäbe in den so genannten höheren Gesellschaftsschichten eigentlich nur zwei Typen von Frauen: die »Röntgenbilder« und die »Sahnetörtchen«. Die »Röntgenbilder« sind die Ehefrauen der reichen Männer, bereits in die Jahre gekommen und dem Schlankheitswahn verfallen. Deshalb sehen sie so aus wie Röntgenbilder. Die anderen sind deutlich jünger, noch nicht in der Mühle der Abmagerungskuren und entsprechend runder und deshalb die Geliebten der reichen Männer. – Es war schwer auszumachen, zu welchem Typ Yvonne Höfer – so hatte sie sich ihm vorgestellt – gehörte. Ein Röntgenbild war sie eindeutig nicht, dafür hatte sie entschieden zu viel Masse. Ein Sahnetörtchen war sie aber auch nicht, denn sie war keineswegs das, was man in Köln als »lecker« zu bezeichnen pflegt. Dafür war sie eindeutig nicht hübsch genug. Vielmehr glich sie einem Pferd, zumindest tat das ihre Physiognomie. Allerdings, und das bemerkte Löhr auf den ersten Blick, einem sehr klugen Pferd mit wachen, flinken Augen. Was sie aber eindeutig als Mitglied der »höheren Gesellschaftsschichten« erkennbar machte, zumindest aber ihr Bestreben verdeutlichte, dazuzugehören, war das Gold, das sie kiloweise an Hals, Handgelenken und Fingern trug.

»Folgen Sie mir, Herr Kommissar«, sagte Yvonne Höfer, um

eine vornehme Ausdrucksweise bemüht, und machte dazu eine vom sanften Klimpern des Goldes um ihr Handgelenk begleitete einladende Geste. Sie ging vor Löhr durch den Flur auf eine breite gläserne Doppeltür zu.

Löhr hatte sich korrekt vorgestellt und so getan, als wolle er Hartmut Höfer im Zuge seiner Ermittlungen wegen des angeblich leider immer noch nicht vollständig abgeschlossenen Braumeister-Falls sprechen. Da Hartmut natürlich nicht zu Hause war, hatte Löhr gebeten, ein paar Fragen an sie, die Gattin, richten zu dürfen – vielleicht habe sich die Angelegenheit damit ja schon erledigt.

Der ausladende Salon, in den ihn die Höfer-Gattin führte, war das innenarchitektonische Pendant zu ihrem Schmuck, sozusagen ein in Stuck gegossenes, überdimensionales Amulett. Alles, was man mit Stuck machen konnte, vom mäandernden Relief bis zur wulstigen Rosette, war hier auch gemacht worden; überall, wo Stuck Platz hätte haben können – an den Decken, an den Fenstern und über den Türen –, war auch Stuck. Und das in einem Haus, das lange nach der Zeit gebaut worden war, in der man überhaupt noch Stuck verwandt hatte. Am den gesamten Raum beherrschenden, überdimensionalen Kamin hatte sich der Stuck-Fimmel der Höfers offenbar mit einem Hörner-Tick des Stuckateurs vermischt und in eine nahezu absurde Dimension entladen: An den Seiten wechselten sich gipserne Einhörner mit ebenfalls behörnten Faunen ab, und der Kaminsims war mit kunstvoll ineinander geschlungenen Narwalleibern unterfüttert. Dem Höfer'schen Stuck- hatte sich auch noch ein Weiß-Wahn zugesellt – es gab keinen einzigen Einrichtungsgegenstand im Raum, der nicht weiß gewesen wäre. Man glaubte, in die Eispalast-Kulisse eines größenwahnsinnigen Operetten-Ausstatters zu treten.

Löhr musste zuerst einmal tief einatmen, um in diesem Tempel eines völlig enthemmten Neureichen-Kitschs Luft zu bekommen.

»Nehmen Sie doch Platz, Herr Kommissar«, sagte Yvonne Höfer und drückte Löhr gleichzeitig in einen vor dem Kamin postierten Sessel mit weißem Seidenbezug. Jetzt schon erschöpft, obwohl es im Raum angenehm kühl war, sank Löhr ins Polster. Yvonne nahm ihm gegenüber Platz und lächelte ihn so süß, wie es eine Pferdephysiognomie eben zulässt, an. »Dann schießen Sie mal los! Ich bin gespannt!«

»Tja, wie gesagt«, sagte Löhr gedehnt, um Zeit für eine vorsichtige Formulierung zu finden, »ist der Fall Peter May noch nicht ganz abgeschlossen.«

»Der ärme Käl«, sagte Frau Höfer und zuckte dabei die Schultern.

Löhr konnte nicht genau ausmachen, ob es sich dabei um ein bedauerndes oder um ein gleichgültiges Schulterzucken handelte. Doch dann fuhr sie mit einiger Schärfe fort: »Ävver lebendig macht dat den auch nit wieder, wenn Sie da weiter rumstochern.«

Löhr hatte sie also nicht ganz falsch eingeschätzt. Haare auf den Zähnen zumindest hatte sie. Und ihren Mann wohl fest im Griff, denn es konnte wohl nur sie gewesen sein, auf die Hartmut bei seinem Telefonat gestern in seiner Kneipe wie ein Schoßhündchen reagiert hatte.

»Nun, von Rumstochern kann da keine Rede sein«, sagte Löhr bestimmt. Er wollte endlich zur Sache kommen und seinem Verdacht gegen Hartmut nachgehen. »Immerhin ermitteln wir in einem möglichen Mordfall.«

»Mordfall! Jetzt machen Sie aber mal 'nen Punkt, Herr Kommissar! Der ärme Käl ist im Vollrausch versoffen! Wer hätte dem dann auch überhaupt an et Fell gewollt?«

»Das genau ist die Frage, der wir nachgehen«, sagte Löhr. »Und in dem Zusammenhang interessiert es uns, ob, und wenn ja, warum Ihr Mann oder Sie oder Sie beide zusammen versucht haben, Ihrem Schwager Gerhard den Braumeister Peter May abzuwerben.«

Ein, zwei Sekunden lang Schweigen. Yvonne Höfer schob, erkennbar erstaunt, langsam die Augenbrauen hoch. Dann aber explodierte sie.

»Ja und? – Wat soll denn schon dabei gewesen sein? Wir brauchten im Frühjahr unbedingt 'nen ordentlichen Braumeister. Das war für uns eine Notlage. Da lag et doch nahe, dass wir den Peter fragen!«

»Notlage?«

»Ja, natürlich!« Jetzt drehte die Kneipiers-Gattin und Eispalast-Besitzerin voll auf. »Als der afgeleckte Pellendresser von Gerhard uns domit gedroht hät, der Hahn zozudriehe und uns si Kölsch nit mieh liefere wollt!«

Genau der gleiche Tonfall und Sprachschatz wie eben bei Gerhard und Hartmut. Löhr war entzückt. Er musste sich zurücknehmen, um seine Begeisterung nicht zu zeigen und sachlich zu bleiben. Er räusperte sich. »Das hat er dann vor zwei Tagen wohl auch wahr gemacht. – Und das war also der Grund für Ihren Abwerbungsversuch?«

»Abwerbungsversuch!« Yvonne wedelte verächtlich mit dem halben Dutzend Goldringen an ihrem rechten Handgelenk. »Dat war ein freundliches Gespräch und weiter nix! Wir *brauchten* doch unbedingt 'nen Kölsch-Fachmann! Der Braumeister in der Brauerei im Bergischen, die wir gefunden hatten, um da unser Kölsch brauen zu lassen, der verstand doch nix von der obergärigen Brauweise. Nur deswegen sind wir auf den Peter gekommen.«

»Und? Hat er angenommen oder abgelehnt?«, fragte Löhr. Aus dem, was Mays Witwe ihm erzählt hatte, war nicht ganz klar zu entnehmen gewesen, ob er auf das Angebot der südstädtischen Höfers auch tatsächlich eingegangen war.

»Er hat es sich überlegt. Aber am Ende wollte er doch nicht. Hat ihm aber kein Mensch für übel genommen. Konnte man ja auch verstehen. Der war zwanzig Jahre bei dem Gerhard – und dann ins Bergische umziehen! Für den war dat doch, wenn der auf die andere Rheinseite fuhr, dat er dachte, er bräuchte dafür en Visum!«

»Hm«, machte Löhr. »Da haben Sie also nicht weiter nachgebohrt, nachdem der Peter May Ihnen abgesagt hat?«

»Ach wat! Wir haben doch am Ende 'nen anderen gefunden. Den von Mühlen-Kölsch! Ein guter Mann. Der macht jetzt für uns ein tolles Kölsch! Sollten Sie mal probieren!«

»Hab ich schon«, sagte Löhr. »Ist wirklich nicht schlecht.«

Ein stolzes Lächeln huschte über das Gesicht von Yvonne Höfer. »Na sehen Sie!«

»Trotzdem«, sagte Löhr, »trotzdem interessiert mich in dem Zusammenhang der Hintergrund des Streits zwischen Ihrem Mann und Gerhard Höfer. Der hat ja mittlerweile eine Gestalt angenommen, dass man tatsächlich an Mord und Totschlag denken muss!«

»Da sagen Sie wat!« Yvonne versetze ihr Pferdehaupt in ein zuerst energisches, dann langsamer und nachdenklich werdendes Nicken.

»Ein Streit, der von Ihnen, wenn ich das bemerken darf«, fügte Löhr mit einem leicht maliziösen Lächeln hinzu, »ja nicht unerheblich befeuert wird. Oder gehe ich da zu weit? Ich meine, schließlich stammt doch, wie man hört, von Ihnen das Gerücht, das Höfer-Kölsch schmecke ›chemisch‹ ...«

»Tut et doch auch!« Yvonne Höfer schnellte aus ihrem Sessel hoch, stellte sich vor Löhr und sah mit empört aufgerissenen Augen auf ihn herab. »Von wegen Gerücht! Haben Sie die Pissbrühe letzte Zeit schon mal probiert! Die ist doch voll Chlor aus dem Leitungswasser, da braucht der doch 'nen Waffenschein für, um dat unter die Leute bringen zu können!«

»Dafür, dass es Brüder sind, kämpfen die beiden ja mit ganz schön harten Bandagen gegeneinander«, sagte Löhr.

Yvonne starrte ihn an, dann ließ sie sich, ebenso plötzlich wie sie daraus aufgesprungen war, wieder in ihren Sessel sinken. Ihre Stimmung war mit einem Schlag umgekippt.

»Wenn Sie wüssten, Herr Kommissar«, seufzte sie, »wat der arme Hartmut unter dem Biest von Gerhard sein Lebtag zu leiden hatte – wenn Sie dat wüssten, da würd es Sie wundern, dat der den bisher noch nicht umgebracht hat, mit bloßen Händen erwürgt hat!«

Löhr sah die Frau an und schwieg. Das, was sie ihm jetzt mitteilen würde, war wichtiger für ihn, als mehr kleine schmutzige Details aus dem Brüderkrieg zu erfahren. Jetzt interessierten ihn die tieferen Ursachen.

»Der Alte, der alte Höfer«, begann Yvonne mit düsterer Stimme, »der Alte, der ist alles schuld.«

Sie schluckte, holte Luft und damit Anlauf, um weitererzählen zu können. Löhr hörte aufmerksam zu.

»Der Hartmut, der war nix als Dreck für den! Der hat den nit mit der Fott angeluurt! Seinen Zweitältesten! Immer behandelt, als wär der nit von ihm, als wär der vom Briefträger oder vom Klüttenmann. Hat den noch nit emal auf 'ne ordentliche Schule geschickt. Nur der Gerhard, der Gerhard, der Gerhard. Dem wurd et zu Haus von vorne und hinten reingeblasen!«

Sie musste eine kleine Pause machen, um erneut Luft zu holen, fuhr dann aber in unvermindertem Tempo in ihrer Anklage fort:

»Und dat, genau dat, dat hat dieser Schmeerlapp von Gerhard von vornherein ausgenutzt, dat er wusste, dat der Alte immer auf seiner Seite gegen den Hartmut stand. – Wat glauben Sie, wat der Hartmut mir alles erzählt hat, wie der dreckelige Jroßmächer von Gerhard der ärme Kerl kujoniert hät!«

Löhr verstand. Er nickte, warf einen kurzen Blick auf die weiße Stuckpracht um sich und musste an die Höfer'sche »Severins Braustube« denken, die bis ins Detail dem Stammhaus am Hildeboldplatz nachgebaut war.

»Der hat dem nit dat Schwarze unterm Fingernagel gegönnt!«, fuhr Yvonne fort. »Hat den immer noch kleiner gemacht, als er sowieso schon war!«

»Jetzt ist er aber mindestens einen halben Kopf größer als Gerhard«, warf Löhr lächelnd ein. Das war als ein Scherz gemeint, um die Frau ein wenig aufzumuntern. Doch das stachelte sie nur noch mehr an in ihrer Tirade:

»Dat sieht doch bloß so aus! Natürlich ist der körperlich ein Stück größer als der fiesen Filou von Gerhard! – Aber wat glauben Sie, Herr Kommissar, wie et in dem innen drinnen aussehen würde, wenn der mich nicht getroffen hätte!«

Löhr hob die Augenbrauen. Es eröffnete sich ihm gerade ein neuer Aspekt der Geschichte, einer, auf den er bisher noch nicht hatte kommen können.

»Der hätte sich doch ewig, wirklich ewig unter dem Gerhard geduckt! Und der Gerhard hätte den bis ans Ende aller Zeiten so klein gehalten wie en – wie ene Mitesser, irgend 'ne Bazille. Und der Hartmut hätte dat alles auch mitgemacht.«

»Bis Sie gekommen sind«, sagte Löhr ahnungsvoll.

»Genau! Bis der Hartmut durch mich mitgekriegt hat, dat

mehr in ihm steckt, als ewig seinem älteren Bruder hingerherzukruffe. – Bis ich dem beigebracht hab, wat ihm eigentlich zusteht und dat er sich endlich mal dranbegeben muss, um dat, wat ihm zusteht, nämlich sein Erbe, zu kämpfen!«

In Löhrs Jackentasche vibrierte etwas. Dann klingelte es. Es war sein Handy.

***

Der Anrufer war Fischenich gewesen. Erleichtert war Löhr aus dem weißseidenen Sessel aufgestanden, zur Seite getreten, hatte Fischenich gesagt, er rufe gleich zurück, dann hatte er sich, Eile vorgebend, von Yvonne Höfer verabschiedet.

Über das, was er von ihr erfahren hatte, würde er weiter nachdenken und beide Höfers im Auge behalten müssen. Jetzt aber galt es zuerst einmal, sich um Robert zu kümmern. Es war Dienstagnachmittag, und am Donnerstag, in nur anderthalb Tagen, fand die Ratssitzung statt, die für dessen Existenz von entscheidender Bedeutung war. Löhr tippte die Nummer Fischenichs ins Handy.

»Was immer Sie auch vorhaben, lieber Kollege« – Löhr konnte deutliche Ironie in der Stimme des anderen erkennen –, »es ist jetzt alles wunschgemäß in die Wege geleitet.«

Löhr wusste, worauf diese Ironie anspielte. Fischenich konnte kaum entgangen sein, dass es bei der Geschichte mehr oder weniger um eine Privatangelegenheit Löhrs ging. Doch das war ihm jetzt egal, und er reagierte nicht auf den ironischen Ton des anderen. »Das heißt«, sagte er, »Sie haben bei der Staatsanwaltschaft förmliche Ermittlungsverfahren gegen die beiden Ratsmitglieder eingeleitet?«

»Wegen Verdachts der Bestechlichkeit im Amt, so ist es.«

»Ich danke Ihnen, Fischenich. Sie haben was gut bei mir.«

»Nichts zu danken, Löhr. Ich hab nur meine Pflicht getan.«

Löhr störte sich nicht weiter an Fischenichs triefender Ironie, er beendete das Gespräch, steckte das Handy wieder ein und zog, während er den Kartäuserwall zurück zum Chlodwigplatz ging, den Zettel aus der Tasche, auf dem ihm Robert die Namen der beiden Ratsmitglieder sowie deren Telefonnummern notiert hatte.

Paul Prinz und Christian Schwamborn, Mitglieder der CDU-Ratsfraktion. Beide Namen sagten Löhr nichts. Hinterbänkler. Also war es egal, wen von beiden er anrief. Er tippte die Handynummer von Prinz ein. Der meldete sich nach dem zweiten Klingeln.

»Löhr, Kriminalpolizei Köln. Spreche ich mit Paul Prinz?«

»Kriminalpolizei? Um was geht es denn?«

»Gegen Sie ist heute Morgen bei der Kölner Staatsanwaltschaft ein Ermittlungsverfahren eingeleitet worden, Herr Prinz.«

Löhr sprach nicht weiter, wartete die Reaktion des anderen ab. Es war ein höhnisch-heiseres, bellendes Lachen.

»Ein Ermittlungsverfahren? Gegen mich? Das müsste ich wissen!«

»Jetzt wissen Sie es«, sagte Löhr.

»Das ist doch unmöglich!« Die Stimme des anderen überschlug sich. »Um was soll's denn da bitte gehen?«

»Um den Verdacht der Bestechlichkeit und der Vorteilnahme. Möglicherweise auch noch um Unterschlagung und Steuerhinterziehung ...« Wieder ließ Löhr den letzten Satz in der Schwebe. Besser gleich am Anfang die größtmögliche Drohkulisse aufbauen.

»Nein!« Es hatte gewirkt. Die Stimme am anderen Ende der Leitung war brüchig und dünn geworden. »Nein! Das kann ich mir einfach nicht vorstellen.«

»Aber so ist es, Herr Prinz. Es ist natürlich Ihr Recht, sich dazu nicht zu äußern. Aber es wäre vielleicht hilfreich, wenn wir uns in der Angelegenheit kurz mal unterhalten könnten. Inoffiziell. Unter vier Augen ...«

Prinz schwieg. Löhr mochte sich nicht im Einzelnen vorstellen, was dem Mann jetzt alles durch den Kopf ging. Doch! Er mochte es sich vorstellen. Denn das war gut so, gut für sein Vorhaben. Je eingeschüchterter, verwirrter und schuldbewusster der andere, umso besser.

»Vielleicht«, Löhr stimmte seine Tonlage ins Vertrauliche, »vielleicht könnte man da im Vorfeld das eine oder andere regeln, bevor die Staatsanwalt ihre Ermittlungen aufnimmt.«

Prinz zögerte nicht lange. Als korruptionserprobter Lokalpolitiker, der auch die leiseste Andeutung einer Möglichkeit der Mauschelei aus dem Wind lesen konnte, hatte er den Wink mit dem Zaunpfahl verstanden.

»Ja, natürlich. Da wäre ich mit einverstanden, Herr, Herr ...?«

»Löhr«, sagte Löhr. »Hauptkommissar Löhr. – Morgen früh im Fraktionsbüro, Herr Prinz?«

»In der Fraktion?« Jetzt wieder ein leichtes Beben in der Stimme. »Nein, das geht morgen früh nicht. Da ... da wird renoviert.«

»Sind Sie denn morgen irgendwo in der Nähe vom Rathaus?«

»Ja, ja, natürlich. Um zwölf Uhr ist Fraktionssitzung, die Probeabstimmung für Donnerstag ...«

»Dann treffen wir uns doch um elf – sagen wir mal im ›Ledererstübchen‹ am Wallraffplatz? Ist das für Sie ein Begriff?«

Löhr war nach Beendigung des Telefonats am Chlodwigplatz angekommen und stand im Begriff, in die Straßenbahn einzusteigen, da brach eine ungeheure Welle schlechten Gewissens über ihn herein, übermannte ihn sozusagen und machte ihn für Minuten unfähig, irgendetwas anderes zu tun, als sich mit ebendiesem seinem schlechten Gewissen zu beschäftigen. Er blieb einfach auf dem Straßenbahn-Perron stehen, ließ zwei Bahnen vorbeiziehen, ohne Anstalten zu machen, einzusteigen.

Was er da eben mit dem Telefongespräch begonnen hatte, das war, ganz klar, ein Erpressungsversuch. Damit war er auf dem allerniedrigsten Niveau gemeiner Kriminalität angelangt, stand auf einer Stufe mit den hinterhältigsten Verbrechern, hatte einen Grad moralischer Verworfenheit erreicht, die ihn in jeder Gesellschaft dieser Welt ein für alle Mal zu Abschaum machte. Schlimmer noch: Er war im Begriff, sich mit jenen auf eine Stufe zu stellen, die er am allermeisten verachtete, mehr noch als den nichtswürdigsten Verbrecher: Kölner Kommunalpolitiker. Er hatte sich in den Sumpf jenes selbstsüchtig verschlagenen Gebens und Nehmens, Taktierens und eben: raffinierten und bauernschlauen Nötigens und Erpressens begeben, welcher den eigentlichen Nährgrund, das spezifische Biotop dieser Spezies ausmachte. Er war ganz, ganz unten angelangt.

Löhr sah auf eine kleine Gruppe Jugendlicher in Muscle-

Shirts, die sich Zigaretten rauchend vorm Schaufenster eines Warenhauses lümmelte, andere jugendliche Passanten abschätzig musternd. Wahrscheinlich eine Bande von Kleinkriminellen auf der Suche nach dem nächsten Opfer, das sie »abgreifen«, ihm das Handy oder einen MP3-Player »abziehen« konnte. Eine Welle von Scham diesen kleinen Gangstern gegenüber überkam ihn. Lieber wäre er einer von ihnen gewesen als dieses verkommene Subjekt, als das er sich gerade fühlte.

Löhr krümmte sich unter seiner Scham, senkte den Blick zu Boden und suchte verzweifelt nach irgendetwas, was ihn von diesem bedrückenden Gefühl ablenken und zumindest vorübergehend befreien konnte. Er fand nichts als eine ausgetretene Zigarettenkippe zu seinen Füßen. Er schnippte sie mit dem rechten Fuß vom Perron auf die Fahrbahn und sah dabei den Lieferwagen einer Firma für italienische Delikatessen vorüberfahren. Das brachte ihn dann tatsächlich auf andere Gedanken. Er sah auf die Uhr: Es lohnte sich nicht, noch einmal ins Büro zu fahren. Da gab es ohnehin nichts für ihn zu tun. Esser hatte den Schmittchen-Fall offensichtlich im Griff. Also konnte er sich jetzt schon in die Vorbereitungen für das Irmgard versprochene Abendessen stürzen. Er musste sich um den Hasen kümmern.

***

Der Hase ist ein geheimnisvolles Tier. Nachdem ihm Don Ernesto diese wundervolle *Pappardelle alla lepre* bereitet hatte, hatte Löhr sich mit Wildgerichten beschäftigt. In Irmgards Bibliothek war er auf ein entsprechendes Kochbuch gestoßen – und auch auf einen alten Band von »Brehms Tierleben«, den sich Irmgard wegen der schönen Lithographien zugelegt hatte, in dem Löhr aber als Erstes das Kapitel über den Feldhasen verschlang.

Von allen Wildsorten schmeckt der Hase immer noch am »wildesten«, am meisten nach Wild, während das Fleisch von Reh, Hirsch und selbst vom Wildschwein immer zahmer und belangloser wird. Nach seinen Studien führte Löhr das darauf zurück, dass der Hase seinem Ruf und harmlosen Aussehen zum Trotz tatsächlich das wildeste aller heimischen Wildtiere ist. Er gilt als absolut unzähmbar, geht in Gefangenschaft nach wenigen Tagen ein. Nur ganz junge Hasen kann man leidlich zähmen. Obwohl er äußerst sesshaft ist, sich also nur ungern von dem Ort entfernt, an dem er geboren wurde, ist der Hase ein unabhängiges, freies Geschöpf, ein autonomes Wesen, ein notorischer Einzelgänger, oft sogar boshaft und unfriedlich.

Der ausgeprägte Eigensinn des Hasen, sein unbedingter Wille zu Eigenständigkeit, den Löhr sich als ein aus der Furcht vor jeder gefühlsduseligen Geselligkeit geborenes knorrig-selbstbewusstes Eigenbrötlertum vorstellte, hatte ihm den Hasen, nachdem er in »Brehms Tierleben« geblättert hatte, zum absoluten Lieblingstier werden lassen. Es gab sogar manchmal Situationen, da fühlte er sich dem Hasen durchaus verwandt. Was ihn aber keineswegs davon abhielt, sich ausführlich mit der Bereitung seines Fleisches zu beschäftigen. So war er auf das merkwürdigste Rezept gestoßen, das ihm in seiner jungen Laufbahn als Gelegenheitskoch je untergekommen war: den Hasenpfeffer.

Wahrscheinlich hatte er irgendwann schon einmal bei einem Restaurantbesuch mit Irmgard einen Hasenpfeffer gegessen. Ihm war jedenfalls nicht aufgefallen, dass es sich dabei um etwas Besonderes gehandelt hatte. Als er jedoch am Montagabend in der Gourmet-Zeitschrift, die Irmgard gleich nach ihrem gemeinsamen Toskana-Urlaub besorgt hatte, dieses Rezept in die Hände bekommen hatte, war ihm klar geworden, dass er damals entweder die Exklusivität dieses Gerichts nicht zu würdigen gewusst hatte – oder dass es sich nicht um einen richtigen Hasenpfeffer gehandelt haben konnte.

Das Hasenpfeffer-Rezept, das er hatte, ging nämlich so: Man braucht dazu sechs im Gelenk abgeschnittene Vorderläufe, drei Hasenlebern, sechs Lungen, sechsmal die Niere und – jetzt kam es! – eine halbe Tasse Hasenblut. Dazu zwei Dutzend kleine Zwiebeln, zweihundertfünfzig Gramm mageren Speck und vier zerdrückte Knoblauchzehen. Die Speckstreifen kocht man fünf Minuten in Wasser und lässt sie dann abtropfen. Die Vorderläufe werden gesalzen und gepfeffert, in Mehl gedreht und mit dem Speck, den Zwiebeln und dem Knoblauch in Butter gebräunt, dann mit einer halben Flasche Burgunder und einem Viertelliter

Kalbsbrühe gelöscht. Anschließend fügt man einen Zweig Rosmarin und Thymian, ein halbes Lorbeerblatt, zwei Nelken, einen Schuss Weinessig und einen Esslöffel Johannisbeergelee hinzu und lässt das Ganze bei geringer Hitze anderthalb Stunden lang kochen. Währenddessen brät man die Innereien kurz an, passiert sie und rührt sie gegen Schluss der Garzeit – mit dem Hasenblut! – in den Topf ein.

Löhr war klar, dass es jetzt, mitten im Sommer, keine frischen Hasen geben konnte und er, wenn überhaupt, nur einen tiefgefrorenen Hasen bekommen würde. Ihm war ebenso klar, dass zwischen einem frischen Hasen und seinem frostigen Kadaver der gleiche Unterschied bestand wie zwischen einem deutschen Beefsteak, wie es seine Mutter zuzubereiten pflegte, und einem Hamburger von McDonald's. Überdies war ihm auch bewusst, dass es, wenn es keinen frischen Hasen gab, auch keine Haseninnereien, geschweige die sagenhafte Tasse Hasenblut geben würde. Trotzdem war er jetzt auf einmal so wild auf die Zubereitung des Hasenpfeffers, dass nichts ihn aufhalten konnte – am wenigsten ein schlechtes Gewissen wegen ein paar Kölner Kommunalpolitikern. Aufrichtiger allerdings wäre gewesen – auch das war Löhr bewusst –, die Sache so zu sehen, dass er mit seinem plötzlichen kulinarischen Bedürfnis unter seinem schlechten Gewissen sozusagen wegzutauchen versuchte. Aber das war ihm jetzt auch egal. Hauptsache, er machte das Unmögliche wahr und ihm gelang mitten im Sommer ein Hasenpfeffer.

***

So kann es unmöglich weitergehen mit deiner südländischen Gelassenheit und deinen kulinarischen und sonstigen Exzessen, war Löhrs erster Gedanke gewesen, als er am nächsten Morgen um acht aufwachte, zu einem Zeitpunkt, wo er längst in der Frühbesprechung des KK11 hätte sitzen sollen.

Der zweite Gedanke aber, nachdem er Esser angerufen und sich hatte entschuldigen lassen, war: Warum eigentlich nicht? Warum sollte es nicht so weitergehen? Es klappt doch alles. Esser ist froh, weil ich ihm nicht auf den Keks gehe und ihn in Ruhe seinen

Schmittchen-Fall abwickeln lasse. Irmgard dreht sich zufrieden im Bett, weil der Hasenpfeffer gegen jede Erwartung doch noch einigermaßen gelungen war, auch ohne Hasenblut, dafür aber mit Geflügelinnereien. Und weil der Hase offenbar doch die aphrodisische Wirkung hatte, die die alten Römer schon diesem Tier zuschrieben. Jedenfalls war es nach dem Essen wieder mal eine lange Nacht geworden, und als Löhr kurz nach acht zum Duschen und Rasieren ins Bad schritt, war sein dritter Gedanke: Ist das nicht ein wunderbares Leben?

Als er aber kurz vor elf auf den Wallraffplatz trat, hätte er die Frage schon nicht mehr mit einem uneingeschränkten »Ja« beantworten mögen. Einmal davon abgesehen, dass ihm allmählich doch wieder Zweifel kamen, ob »Gelassenheit« die richtige Grundeinstellung für einen Kriminalisten sei, hatte ihn wieder das schlechte Gewissen wegen seines jetzt im »Ledererstübchen« anstehenden Vorhabens eingeholt.

Aber, dachte er, blieb stehen, atmete tief durch und hätte sich jetzt am liebsten, ganz gegen seine Gewohnheit, schon am hellichten Tag eine Zigarre angezündet, aber heiligt nicht in manchen Fällen der Zweck die Mittel? Galt es nicht, durch diese vergleichsweise kleine Schandtat ein viel größeres, moralisch viel verwerflicheres Unternehmen zu stoppen und zu vereiteln? Zweiundvierzigtausend Wohnungen! Zweiundvierzigtausend Familien, die zu günstigen Mietpreisen wohnten und denen ebendiese Wohnungen und damit die Sicherheit ihrer Existenz durch einen verbrecherischen Coup gleichsam gestohlen werden würden! Geraubt von einer Clique habgieriger Reicher, denen kein Geschäft zu schäbig war, sich daran noch mehr zu bereichern. Geraubt von einem ebenso habgierigen, dazu durchtriebenen und machtversessenen Fraktionsvorsitzenden – Klenk, der glaubte, in dieser Stadt nach eigenem Gutdünken die Fäden ziehen zu können, als wäre er hier der Kaiser.

Dagegen war das, was er da im Begriff stand zu tun, ja nur so etwas wie eine Notlüge, eine sozusagen lässliche Sünde, die im Grunde niemanden schädigte, noch nicht einmal die beiden Betroffenen – die Ratsherren Prinz und Schwamborn – selbst. Das

Einzige, was er tat, war, sie ein wenig in Schrecken zu versetzen, ihnen ein bisschen Angst einzujagen, damit sie das taten, was im Grunde das Richtige, Ehrenwerte, das viele andere Menschen Rettende sein würde.

Nun gut. Würde das gelingen, was er vorhatte, gerieten die Finanzen der Stadt in eine noch größere Schieflage als die, in der sie sich ohnehin schon befanden. Angeblich brauchte die Stadt das Geld aus dem Verkauf der BAP. Aber zu diesem lächerlichen Preis? Das wäre doch nur ein weiterer Tropfen auf den heißen Stein der städtischen Finanznot. Die Stadt sollte froh sein, dass er sie vor dieser verhängnisvollen Fehlentscheidung bewahrte. Sie sollte sich sowieso mal etwas Besseres einfallen lassen, um an Geld zu kommen. Schaudernd dachte Löhr an den lächerlichen Versuch des Stadtkämmerers, die Vergnügungssteuer konsequenter einzutreiben. Wie ein Stoßtrupp von Kassierern gebildet worden war, der beim Versuch, den Nutten der Stadt Geld abzunehmen, so kläglich gescheitert war, dass sich sämtliche Zuhälter und Puffmütter heute noch krumm und schief lachten. Und er dachte an einen weiteren, noch schändlicheren Schildbürgerstreich, der den Stadtoberen gelungen war, um an Geld zu kommen: Als sie sich von dem Schmuddelsender RTL erpressen ließen, ihm ein Filetstück städtischen Vermögens, das Deutzer Messegebäude, zu überlassen.

Nein! Erpressung hin, Erpressung her. Er wusste das Recht des Klügeren, des weiter Schauenden, auf seiner Seite, mithin das Recht einer sozusagen höheren Moral. Und schließlich und endlich ging es hier ja nicht nur um das Wohl der Stadt und darum, sie vor einer verwerflichen und schädlichen Handlung zu bewahren, schließlich und endlich ging es ja auch auch um seinen Bruder Robert und dessen Familie, Löhrs Patenkind Gabriel eingeschlossen. Und wenn es um die Familie geht, dachte Löhr, nun endlich ganz erleichtert, darf der Zweck tatsächlich schon einmal die Mittel heiligen.

»Sie glauben also, Sie hätten etwas gegen mich in der Hand?«

»Das glaube ich nicht, Herr Prinz, sondern das ist ein objektiver Tatbestand. Wenn Sie möchten, kann ich Ihnen das Aktenzeichen des gegen Sie anhängigen Ermittlungsverfahrens geben.«

»Tatsächlich? Können Sie das?« Der andere machte eine Pause, grinste hämisch und fuhr dann fort: »Sie sind doch bloß ein einfacher Bulle aus der Mordkommission! Sie haben doch nicht die Bohne mit Wirtschaftsstrafsachen zu tun!«

Prinz war also nicht faul gewesen und hatte Erkundigungen eingeholt. Löhr hatte den Stadtrat ganz offensichtlich unterschätzt. Dabei entsprach der Mann seinem Äußeren und seinem Habitus nach exakt der Vorstellung, die man sich von einem halbseidenen und bestenfalls bauernschlauen Lokalpolitiker macht. Allerdings sah er noch nicht einmal besonders schlau aus, eher einfältig. Und wie, als wüsste er um diesen Mangel an Ausstrahlung, trug er einen auffälligen gelben Blazer, der nicht nur am Revers, sondern auch an den Jackenärmeln mit einer stattlichen Anzahl polierter Messingknöpfe ausgestattet war. Außerdem begleitete er jedes Wort, das er sprach, mit ausführlichen Bewegungen seiner Hände, wobei er sie in gespreizten, offenbar auf eine anmutige Wirkung abzielenden Bewegungen spielen, tanzen, kleine Kapriolen aufführen ließ, so als wäre jeder einzelne Finger eine Primaballerina.

»Also, raus mit der Sprache, Herr Hauptkommissar Löhr.« Prinz spitzte bei dem Wort »Hauptkommissar« spöttisch die Lippen. »Um was geht es hier? Was wollen Sie von mir?«

Löhr antwortete nicht sofort. Er musste zuerst einmal schlucken, den Schock, durchschaut worden zu sein, verdauen. Schließlich sagte er: »Nachher bei der Probeabstimmung in Ihrer Fraktion, worum geht's da?«

»Das wissen Sie genauso gut wie ich. Natürlich um den Verkauf der BAP.«

»Und warum veranstaltet der Fraktionsvorsitzende eine Probeabstimmung?«

»Stellen Sie mir doch nicht dauernd Fragen, die Sie selbst beantworten können!«

Prinz nahm einen langen Schluck aus seinem Wasserglas und gab der vorübergehenden Kellnerin einen Wink, ihm ein weiteres Wasser zu bringen. Offenbar war er nicht auf einen schnellen Abbruch des Gespräches aus, wollte das Terrain weiter erkunden.

»Weil Klenk weiß, dass es bei der Ratsabstimmung am Donnerstag Wackelkandidaten in seiner Fraktion gibt, den einen oder anderen, der nicht für den Verkauf der BAP stimmen könnte«, beantwortete Löhr seine eigene Frage. »Und Sie sind einer dieser Wackelkandidaten!«

»Was Sie nicht alles wissen, Herr Kommissar!« Prinz setzte ein lauerndes Grinsen auf und flocht seine Finger ineinander.

»Und Klenk«, fuhr Löhr fort, »will nachher in der Probeabstimmung sicherstellen, dass die – sagen wir mal – erzieherischen Maßnahmen, die er bisher gegen diese Wackelkandidaten getroffen hat, ihre Wirkung nicht verfehlt haben …«

Prinz antwortete nicht, da die Kellnerin gerade sein Wasser servierte. Dabei sah sie Löhr fragend an, ob er nicht auch noch ein Wasser haben wolle, doch Löhr schüttelte den Kopf.

»Korrigieren Sie mich, wenn ich da falsch liege, Herr Prinz.«

Prinz antwortete immer noch nicht, fixierte Löhr bloß mit seinem abwartenden Blick. Löhr seufzte mit gekünstelter Resignation. »Nun gut. Spielen wir mit offenen Karten. Offenbar haben die ›erzieherischen Maßnahmen‹ des großen Fraktionsvorsitzenden Klenk bei Ihnen ihre Wirkung nicht verfehlt. Obwohl Sie überhaupt kein Interesse daran haben, haben Sie Schiss, gegen den Verkauf der BAP zu stimmen, weil Klenk meint, er hätte Sie und Schwamborn in der Hand, da Sie beide beim Bauunternehmer Pofalla auf der Lohnliste stehen. Und er droht damit, dass Ihnen die gleiche peinliche Geschichte wie Lammertz passiert, dass Sie öffentlich die Hosen runterlassen und vor den Ehrenrat müssen …«

»Reden Sie ruhig weiter!« Prinz grinste und spielte mit seinen Fingern.

»Der Punkt, über den ich mit Ihnen sprechen wollte«, fuhr Löhr fort, »ist, dass jetzt, wo ganz offiziell ein Ermittlungsverfahren gegen Sie eingeleitet ist, eben wegen Ihrer nicht angemeldeten Bezüge von Pofalla, Klenk die entscheidende Waffe gegen Sie und Schwamborn aus der Hand genommen ist …«

»Was wollen Sie von mir?« Das Grinsen war aus Prinz' Gesicht verschwunden, er zischte, betonte aber jedes Wort.

Löhr hob in gespielter Unschuld die Schultern. »Gar nichts. Ihnen nur einen Rat geben …«

Prinz sah ihn ausdruckslos an und füllte, ohne hinzuschauen, sein inzwischen geleertes Wasserglas aus der neuen Flasche auf.

»Ich meine«, fuhr Löhr fort, »dieses Ermittlungsverfahren, das steht jetzt nun mal, aber das ist andererseits ja auch nicht in Stein gemeißelt. Da gäbe es bestimmt den einen oder anderen Weg ...«

Weiter kam er nicht. Denn Prinz war abrupt aufgestanden und schüttete Löhr beim Aufstehen sein volles Wasserglas ins Gesicht. Noch bevor Löhr die Hand hob, um sich die Augen auszuwischen, ging Prinz hinaus. Wie durch einen Regenschleier hindurch sah Löhr das kurze Aufblitzen des Tageslichtes durch den Türspalt.

***

Vorbei die *serenità*. Schall und Rauch der Traum vom Leben als Flaneur, als interessierter Spaziergänger und Beobachter des absurden Weltspektakels ringsum, als anspruchsvoller Genießer guten Essens, fideler Hobbykoch, glutvoller Liebhaber und was es noch anderes an Illusionen nach seiner Rückkehr aus der Toskana gegeben haben mochte. Hart, schmerz- und vor allem schamvoll war der Aufschlag in der Wirklichkeit gewesen.

Mit kurzen, stampfenden Schritten und geballter Wut betrat Löhr um die Mittagszeit das Polizeipräsidium. Wut auf sich, Wut auf seinen Bruder, Wut auf die Kölner Lokalpolitik, in die der ihn verwickelt hatte, dann wieder Wut auf sich, weil er sich wieder einmal darauf eingelassen hatte, Wut auf die dämliche Kellnerin im »Ledererstübchen«, weil sie ihn, den begossenen und düpierten Pudel, mit Papierservietten abzutrocknen versuchte, noch mehr Wut auf sich selbst, weil ihn da bereits seine Gelassenheit verlassen, er der Kellnerin die Servietten aus der Hand gerissen und geschrien hatte, er sei kein Kleinkind, er wisse sich schon selbst zu helfen. Wut schließlich auf Esser – die allerdings aus noch unerfindlichen Gründen, denn der war ja an allem der Unschuldigste, aber Löhr würde schon einen Grund finden, und sei es den, dass es ihn nun ausgerechnet zu ihm, Esser, hintrieb, um seine Wut an ihm auszulassen.

Aber Esser hatte Glück. Oder, das wurde Löhr klar, als er die Tür zum leeren Büro aufriss: Er selbst hatte Glück, sich nicht noch einmal zu blamieren. Ein bisschen hatte es schon geholfen, die Bürotür aufzureißen. Jetzt, als er Essers verwaisten Arbeitsplatz sah, verpuffte seine Wut ein wenig. Er blieb, noch unschlüssig, was er als Nächstes tun sollte, im leeren Büro stehen. Dann kam er zu dem Schluss, dass er die peinliche BAP-Geschichte vorläufig am besten dadurch verdrängen konnte, indem er sich auf seinen eigentlichen Fall, den Fall May, konzentrierte. Seitdem er das Drosselgewinde gefunden hatte, war für ihn klar, dass es sich dabei nicht um einen Unfall handelte. Ebenso klar war aber auch, dass es noch ein ganzes Stück Arbeit war, den Täter zu finden. Er ging zu seinem Schreibtisch, setzte sich und schlug noch einmal die May-Akte auf.

Eine Akte ist so etwas wie eine Rechenaufgabe, eine Gleichung mit einer oder zwei Unbekannten. Jedoch wird eine Gleichung umso komplizierter, je mehr Zahlen sie enthält. Bei einer Akte verhält es sich genau umgekehrt. Je weniger sie enthält, umso schwerer wird es, aus dem Fall schlau zu werden. Und die May-Akte enthielt so gut wie gar nichts, war so dünn wie das Hausaufgabenheft eines schlechten Schülers. Nicht dass Löhr Esser für einen schlechten Kriminalisten hielt. Es war nur so gewesen, dass er, als er den Fall übernahm, nicht die nötigen Hintergrundinformationen hatte und so sehr schnell auf die ja ansonsten schlüssige Unfall-Theorie gekommen war. Deswegen auch war die Akte so dünn. Bei einem Unfall entfallen all die aufwendigen Recherchen, die man bei Totschlag und Mord anstellen und dokumentieren muss: ED-Untersuchungen, der Aufbau von Indizienketten, Zeugenbefragungen. Zeugenbefragungen! Löhr blätterte die Akte noch einmal durch. Es gab, abgesehen von der Aussage Gerhard Höfers, der den Toten gefunden hatte, keine einzige Zeugenaussage in der Akte!

Löhr klappte die Akte wieder zu, stand auf, verließ das Büro und ging, ein bisschen weniger stampfend als zuvor, zum Geschäftszimmer. Nur Engstfeld war da, hatte – wie immer in seiner Mittagspause – die Füße auf seinen Schreibtisch gelegt, kaute an einer Pizza und blätterte mit fettigen Fingern im Express. Er riss die Augen auf, als sehe er ein weißes Kaninchen, als Löhr eintrat.

»Jakob?«, tat er scheinheilig erstaunt. »Ich dachte, du wärst noch im Urlaub?«

»Mach keinen Quatsch«, giftete Löhr. »Du weißt genau, dass ich seit Montag wieder im Dienst bin!«

»Echt?«, grinste Engstfeld und wischte sich einen Flecken Tomatenpampe vom Kinn. »Das hab ich ja überhaupt noch nicht mitgekriegt!«

Löhr war jetzt tatsächlich schon so weit heruntergekühlt, dass er den Seitenhieb auf seine häufigen Dienst-Absenzen einfach übergehen und fragen konnte: »Hast du 'ne Ahnung, wo Esser ist?«

»Esser?«, fragte Engstfeld gedehnt zurück und betrachtete dabei die Tomatenpampe auf seiner Fingerspitze.

»Ja, Esser.« Löhr musste sich zwingen, geduldig zu bleiben, denn er wusste, dass Engstfeld selbst auf das kleinste Anzeichen von Ungeduld mit potenzierter Ignoranz zu reagieren pflegte.

»Sieh mal«, sagte Engstfeld und zeigte Löhr den Fetzen Tomatenpampe auf seinem Zeigefinger. »Rot!«

»Ja. Rot«, antwortete Löhr und streckte sich ein wenig dabei. So ganz konnte er seine Ungeduld jetzt doch nicht verbergen.

»Fällt mir was Lustiges zu ein, zu Rot«, sagte Engstfeld.

Löhr sank wieder ein wenig in sich zusammen. Er wusste, jetzt kam ein Engstfeld-Witz. Und er wusste, dass er den über sich ergehen lassen musste, wenn er von Engstfeld erfahren wollte, wo Esser zu finden sei.

»Sitzt ein Punk in der Straßenbahn«, begann Engstfeld. »So 'n richtiger Punk, verstehste? Irokesenschnitt und dat Haarbüschel obendrauf knallrot gefärbt. Dem Punk gegenüber sitzt 'n alter Kerl, der glotzt den Punk die ganze Zeit an. Bis es dem Punk irgendwann mal zu viel wird und er den Alten fragt: ›Hey Alter! Wat glotzt du denn die ganze Zeit? Haste nie 'n Fehler gemacht in deiner Jugend?‹ ›Doch‹, sagt der Alte. ›Hab ich. Ich hab Hühner gepoppt. Und deshalb überleg ich mir die ganze Zeit, ob du nicht vielleicht 'n Sohn von mir sein könntest ...«

Engstfeld prustete und schob sich während des Prustens ein weiteres Stück Pizza in den Mund. Auch Löhr musste lachen, obwohl er sich vorgenommen hatte, diesmal nur sehr dezent auf Engstfelds Witz zu reagieren.

»Sehr gut!«, lobte er. »Aber wenn du mir jetzt verraten könntest, wo Esser ist?«

»In der Kantine natürlich«, antwortete Engstfeld und senkte den Blick wieder auf seinen Express. Löhr war fast schon zur Tür des Geschäftszimmers hinaus, da rief Engstfeld ihm nach: »War doch gut, ne? Ob du 'n Sohn von mir sein könntest ...«

Glücklicherweise saß Esser in der Kantine allein an einem Tisch, und glücklicherweise hatte er das Essen bereits beendet und war schon bei seinem Kaffee. Löhrs Wut war zwar während des Ganges vom KK11 hinunter zur Kantine so abgekühlt, dass er sich wieder im Griff hatte und an etwas anderes denken konnte als an den peinlichen Vorfall mit Prinz, aber sein Magen war immer noch empfindlich gestört. Die Geschichte im »Ledererstübchen« hatte ihm für den Rest des Tages jeglichen Appetit verdorben, und nach dem Anblick des mit offenem Mund kauenden Engstfeld hätte er es nicht noch einmal ertragen, jemand anderem beim Essen zuzusehen.

»He!«, tat auch Esser scheinheilig – aber eher scheinheilig erfreut als scheinheilig erstaunt. »Du kennst tatsächlich noch den Weg ins Präsidium?«

Löhr ließ die Frage unbeantwortet, setzte sich und fragte: »Und? Was macht der Schmittchen-Fall?«

»Ist erst mal vom Tisch«, antwortete Esser. »Wenn du willst, können wir heut Nachmittag spazieren gehen.«

»Das trifft sich. Wollte auch gleich Feierabend machen.«

»Da hast du sicher Recht.« Ein leichter, aber unverkennbarer Hohn färbte Essers Grinsen. »Wo du heute doch bestimmt schon geschuftet hast wie ein Tier ...«

Löhr brauchte nicht zu antworten, denn das Handy in seiner Jackentasche klingelte. Hat doch auch ein die eine oder andere gute Seite, so ein Handy, dachte er, während er aufstand und ein paar Schritte von Essers Tisch wegging, kann einen schon einmal aus der einen oder anderen unangenehmen Situation befreien.

Es war Robert. »Und? Wie ist es gelaufen?«

»Sag ich dir später. Können wir uns am späten Nachmittag oder frühen Abend sehen? Wir müssen noch was rausfinden.«

»Was denn noch rausfinden?« Roberts Stimme wurde zittrig. »Hat es doch nicht geklappt? Jetzt sag schon!«

»Später, hab ich gesagt. Also so gegen sieben in deinem Büro?«

»In meinem Büro? – Na gut. Dann bleib ich so lange da.«

»Bist du dann alleine? Sind die anderen dann schon weg?«

»Ja sicher. Um halb fünf ist bei uns Feierabend. Noch sind wir ja so was wie 'n städtischer Betrieb.«

»Bis um sieben dann.« Löhr drückte das Gespräch weg und ging zurück zu Esser. Er setzte sich nicht mehr, sondern stellte sich herausfordernd vor ihn.

»Also was ist jetzt? Gehn wir 'n bisschen spazieren?«

»Sicher. Aber wie ich dich kenne, hast du bestimmt ein Ziel ...«

»Über die Hohenzollernbrücke auf die andere Rheinseite und von da dann die Friesenstraße runter und dann ...«

»Nein! Aber nicht noch mal in ›Höfers Brauhaus‹!«

***

Als sie die Treppe zum Fußgängerweg über die Hohenzollernbrücke hochstiegen, sahen sie einen jungen Mann mit einer Kletterausrüstung, wie er versuchte, den Sockel eines der Reiterstandbilder, die die Brückenaufgänge flankierten, hochzuklettern. Mit bloßen Händen tastete er die Ritzen in den grob behauenen Granitblöcken ab, krallte sich an kleinen Vorsprüngen fest, suchte einen Halt für seine Füße und zog und schob sich langsam, Zentimeter für Zentimeter, nach oben.

Wie viele Passanten blieben auch Löhr und Esser stehen und beobachteten die Kletterei.

»Toll!«, sagte Esser.

»Toll? Was ist denn daran toll? Sind wir jetzt etwa in den Alpen hier?«

»Mensch! Mach das doch mal nach! Mit bloßen Händen! Das ist 'ne Steilwand! Bestimmt sieben Meter Höhe!«

»Na und? Muss der deswegen hier 'ne Zirkusnummer aufführen? Demnächst klettern sie noch an den Domtürmen hoch!«

»Du hast ja eine Laune!« Esser schüttelte den Kopf.

»Da hab ich auch Gründe für«, murmelte Löhr und war froh, dass Esser das entweder überhört hatte oder nicht darauf eingehen wollte. Tatsächlich hatte nicht so sehr der Anblick der Kletterei Löhrs Unmut erregt, sondern aus irgendeinem Grund hatte der Kletterer ihn an die Prinz-Geschichte erinnert. Vielleicht als er sich vorstellte, dass der Mann abstürzen konnte. So schmerzhaft abstürzen wie er heute Morgen im »Ledererstübchen«.

Als sie in der Kantine saßen, war Löhr klar gewesen, dass Esser auf das Braumeister-Thema zunächst reagieren würde wie der Teufel auf das Weihwasser. Doch dann war es ihm gelungen, nachdem er ihm seine bisherigen Recherchen ausgebreitet und nachdem er ihn auf einen entscheidenden Mangel in seiner Akte aufmerksam gemacht hatte, ihn doch noch dafür zu erwärmen.

»Ist dir schon mal aufgefallen«, hatte er Esser gefragt, »dass es überhaupt keine Zeugenaussagen in der Akte gibt außer der von Gerhard Höfer?«

»Es gab keine anderen Zeugen!«, hatte Esser darauf geantwortet.

»Aha! Und woher wissen wir das so genau? Haben die Kollegen von der Bereitschaft am Sonntag oder haben wir beide am Montag denn überhaupt nach Zeugen gefragt?«

Daraufhin war Esser verstummt und hatte, ein wenig kleinlaut, den Kopf gesenkt. Das war dann der Augenblick gewesen, wo er sich bereit erklärt hatte, Löhr auf seinem Spaziergang zum Brauhaus Höfer zu begleiten.

Als sie am Hildeboldplatz angekommen waren und das Brauhaus Höfer betraten, war dort der Mittagsbetrieb im Abklingen. Die Köbesse trugen Teller mit Resten von rheinischem Sauerbraten und Eisbein auf Sauerkraut zum Küchenaufzug neben dem Ausschank.

Sie setzten sich an einen gerade frei gewordenen Tisch direkt neben dem Beichtstuhl, in dem wieder der Kassierer mit der Sprechen-Sie-mich-um-Gottes-willen-nicht-an-Miene saß, den sie von ihrem letzten gemeinsamen Besuch im Brauhaus bereits kannten. Er war das eigentliche Objekt ihres heutigen Kommens.

Löhr hatte nämlich beim Studium der May-Akte noch einmal sorgfältig das Protokoll der Kollegen von der Bereitschaft gelesen, die am 26. Juli den Fall aufgenommen hatten. Nach diesem Protokoll hatte Gerhard Höfer den ertrunkenen Braumeister gegen zwölf Uhr mittags gefunden und sofort Notarzt und Polizei benachrichtigt. Nach dem Gutachten des Gerichtsmediziners konnte Peter May, der Braumeister, höchstens eine Stunde, bevor Höfer ihn fand, ertrunken sein. Todeszeitpunkt also ungefähr elf Uhr. Sonntagmorgens – und der 26. Juli war ein Sonntag gewesen – öffnete das Brauhaus Höfer traditionsgemäß um zwölf Uhr mit einem von einer Dixieland-Band begleiteten Frühschoppen, das war stadtbekannt, und das wusste auch Löhr. Um elf Uhr morgens musste also außer Gerhard Höfer und Peter May bereits jemand im Brauhaus gewesen sein, um die Vorbereitungen für diesen Frühschoppen zu treffen. Möglicherweise schon der eine oder andere Köbes, möglicherweise schon der eine oder andere Koch oder eine Küchenhilfe – auf jeden Fall aber der Oberkassierer, denn ohne den lief offenbar nichts im Brauhaus Höfer. Sicher, das eigentliche Arbeitsgebiet des Oberkassierers war nicht das Brauhaus, sondern der Schankraum. Aber Löhr war bei seinem letzten Besuch hier aufgefallen, dass einige Angestellte der Schankstube durch den Hintereingang des Brauhauses, also über den Hof und am Brauhaus vorbei, zur Arbeit gingen. Also warum nicht auch der Kassierer?

Sie warteten ab, bis einer der Köbesse ihnen ihr Kölsch gebracht hatte, stießen an, tranken jeder einen Schluck, dann stand Esser auf und ging zum Oberkassierer, während Löhr sitzen blieb und die beiden beobachtete.

»Würden Sie sich bitte einen Augenblick da drüben zu mir und meinem Kollegen setzen? Wir hätten da im Todesfall von Peter May noch ein paar Fragen an Sie.«

Erst bei Essers zweitem Satz hob der Kassierer seinen Blick – wobei er natürlich seine Sprechen-Sie-mich-bitte-nicht-an-Miene beibehielt.

»Ich dachte, da wäre alles geklärt?«

»Ist es nicht. Sonst würden wir Sie ja nicht sprechen wollen.«

»Sehn Sie nicht, dass ich zu tun habe?«

Der Mann wandte den Blick von Esser ab und sich wieder seiner Tätigkeit zu, als hätte Esser sich in Luft aufgelöst, stapelte weiter seine Marken zu kleinen Türmchen. Esser verfuhr anders als Löhr vor zwei Tagen, der den unfreundlichen Patron mit einem kräftigen Schlag aufs Pult aufgeweckt hatte. Esser beugte sich zu ihm hinunter und flüsterte – allerdings so laut, dass Löhr es hören konnte:

»Möchten Sie lieber jetzt gleich mit aufs Revier kommen? Ich habe eine Vorladung für Sie in der Tasche.«

Der Kassierer hielt im Stapeln inne, schien, ohne Esser dabei anzusehen, zu überlegen, was er jetzt tun solle. Nach einer halben Ewigkeit – Löhr hätte an Essers Stelle schon längst die Geduld verloren – erhob er sich schließlich, rief einem der vorübereilenden Köbesse zu: »Mach du ens hier!« und ging dann vor Esser her zu ihrem Tisch, setzte sich schwerfällig. Den Blick hielt er weiter gesenkt, schaute weder Löhr noch Esser, der sich ihm gegenüber hinsetzte, an.

»Name, Geburtsdatum, Anschrift«, bellte Löhr, dem klar war, dass er diesem Ausbund an maulfauler Unfreundlichkeit nur auf Augenhöhe begegnen und ihn so zum Reden bringen konnte.

Jetzt blickte der Kassierer tatsächlich auf und Löhr an, als habe der ihm ein unsittliches Angebot gemacht.

»Wird's bald?« Auch Esser bellte jetzt, war wahrscheinlich zum gleichen Schluss wie Löhr gekommen.

»Also ich heiße Müller, Hermann-Josef Müller. Geboren bin ich …«.

»Das reicht«, unterbrach ihn Esser. »Sie können uns nachher Ihren Personalausweis geben.«

»Erinnern Sie sich an Sonntag, den 26. Juli?«, fragte Löhr.

Bedächtig, mit einiger Verzögerung, nickte der Kassierer. »Der Tag, an dem der Peter May gestorben ist.«

»Hatten Sie an diesem Tag hier Dienst?«

Müller nickte, wieder mit einiger Verzögerung.

»Waren Sie an diesem Sonntagmorgen der Erste, der hier im Gastraum zu tun hatte?«

»Ich bin immer der Erste.«

»Wie kommen Sie für gewöhnlich hier herein? Vorne durch die Eingangstür zum Schankraum oder hinten über den Hof?«

»Immer über den Hof, weil ich ja aus der Richtung komme.«

»Also auch an diesem Sonntag?«

»Immer.«

»Und um welche Zeit sind Sie am Sonntag, dem 26. Juli, gekommen?«

»Sonntags immer um halb elf.«

»Auch an diesem Sonntag?«

»Immer.«

»Als Sie an diesem Sonntag über den Hof und am Brauhaus oder Sudhaus vorbeigingen, ist Ihnen da etwas aufgefallen, sind Sie jemandem begegnet?«

»Begegnet nicht.«

»Aber Ihnen ist etwas aufgefallen?«

Müller schwieg, starrte durch Löhr, der ihm die Fragen gestellt hatte, hindurch. Seine Miene wechselte von bockiger Verstocktheit in seinen gewohnten Sprechen-Sie-mich-nicht-an-Ausdruck.

»Also?«, sagte Esser scharf.

»Muss ich da drauf antworten?« In Müllers Stimme lag Streitlust und Verachtung.

»Ja, müssen Sie«, sagte Esser. »Sie sind hier nicht als Verdächtiger vernommen, der hätte das Recht zu schweigen. Sie sind als Zeuge vernommen, da müssen Sie reden.«

Der Kassierer hob den Blick zur Decke – und schwieg.

Löhr und Esser warteten eine halbe Minute. Als Müller immer noch keine Anstalten machte, den Mund zu öffnen, fragte Löhr: »Haben Sie eine Zahnbürste dabei?«

Der Kassierer sah ihn an.

»Dann können wir jetzt aufs Revier und Sie da in Polizeigewahrsam nehmen, bis Sie sprechen. Zumindest aber achtundvierzig Stunden lang.« Das stimmte zwar nicht, tat aber die erhoffte Wirkung.

»Ich hab Stimmen gehört«, kam es zwischen zusammengepressten Lippen heraus.

»Wessen Stimmen?«, fragte Löhr.

»Die vom Peter May.«

»Sie sagten Stim-*men*!«

Schweigen.

»Die von Gerhard Höfer?«

Nicken.

»Und was sagten die Stimmen? Konnten Sie etwas verstehen?«

Schweigen. Diesmal warteten Löhr und Esser fast eine Minute. Aber Müller schwieg immer noch, starrte dabei gegen die schwarz verräucherte Decke des Brauhauses.

»Also gut«, seufzte Esser schließlich und erhob sich von seinem Platz. »Fahren wir ins Präsidium.«

Der Kassierer räusperte sich. Esser aber blieb stehen, setzte sich nicht wieder hin.

»Gestritten haben die«, presste der Kassierer heraus.

»Über was?«

»Über was?« Widerwillig verzog Müller den Mund. »Natürlich da drüber, dat der Blödmann von May beim Hartmut unterschrieben hat.«

***

Noch strahlte die Augustsonne aus einem hellblauen und wolkenlosen Himmel über den Kölner Ringen. Doch die Menschen auf den Bürgersteigen bewegten sich langsam, fast träge. Das Wetter stand im Begriff, umzuschlagen. Die Luft war im Laufe des Nachmittags schwer und dick, aus der mittäglichen Hitze eine schweißtreibende Schwüle geworden. Zwischen den Häuserzeilen konnte man im Westen eine dunkle Wolkenfront aufziehen sehen. Mit einigem Glück würde es am frühen Abend ein Gewitter geben, und mit noch etwas mehr Glück würde das Gewitter ein bisschen Abkühlung bringen. Eher war aber zu erwarten, dass die Gewitterwolken zwar aufziehen, sich jedoch nicht entladen, sondern die Feuchtigkeit der aufgestauten warmen Luft unter sich bloß erhöhen und noch unerträglicher machen würden.

Löhr und Esser waren die Ringe zum Rudolfplatz hinuntergegangen, um dort in die Straßenbahn einzusteigen. Zuerst hatten sie geschwiegen. Bis zum Friesenplatz. Dann hatte Esser mit belegter Stimme gesagt: »Du hattest Recht, Jakob. Sieht jetzt ziemlich danach aus, dass es doch kein Unfall war. – Das Drosselgewinde, der Streit zwischen Gerhard Höfer und May kurz vor Höfers Tod, dann die Aussage von der Witwe Mays und die von Yvonne Höfer, von denen du mir erzählt hast. – Das sieht alles danach aus, dass Gerhard Höfer da gelogen hat.«

Löhr hatte darauf nur genickt. Er verspürte keinen Grund für eine besserwisserische Genugtuung Esser gegenüber. Es war bloß Zufall gewesen, dass er vom Streit der beiden Brüder erfahren und dass sich ihm dann der Fall des ertrunkenen Braumeisters vor diesem Hintergrund zum Nachfassen angeboten hatte. Vor allem aber spürte er keinen Grund zur Genugtuung deshalb, weil seine am Vormittag im »Ledererstübchen« erlittene Schmach eine solche wie auch jede andere euphorische Stimmung ganz und gar ausschloss.

»Schade nur«, sagte Esser, »dass wir ihn uns erst morgen vorknöpfen können.«

»Aber da freu ich mich schon drauf«, antwortete Löhr. »So 'ne zünftige Kneipeneinweihung, das erlebt man doch nicht alle Tage!«

Da war nämlich noch etwas gewesen, was sie vom störrischen Kassierer Müller erfahren hatten: dass Gerhard Höfer verreist war – zu einem Hopfenlieferanten im Fränkischen – und erst am nächsten Morgen wieder in Köln sein würde. Und zwar, das war für Löhr eine absolute Neuigkeit, zur Einweihung einer neuen, von ihm persönlich betriebenen Höfer-Kneipe an der Severinstorburg. Unmittelbar gegenüber der vormaligen »Höfers Severins Braustube« seines Bruders Hartmut. Gerhard hatte es also noch nicht gereicht, Hartmut per Gerichtsbeschluss den Namen – und damit auch eine gewisse Reputation – von dessen Kneipe wegnehmen zu lassen. Er machte ihm jetzt auch mit dem Namen seiner eingeführten Biermarke unmittelbare Konkurrenz. Rache für den abgeworbenen Braumeister über dessen Tod hinaus. Kampf bis aufs Messer. Krieg.

Als sie an der Straßenbahnhaltestelle am Rudolfplatz angekommen waren, verabredeten sich Löhr und Esser für den nächsten Morgen zur Kneipeneinweihung in der Südstadt, wo sie sich Gerhard Höfer vornehmen wollten. Dann stieg Esser in die Straßenbahn Richtung Kalk. Löhr wollte das Stück bis zum Heumarkt, wo sich die Büros der BAP – und auch das seines Bruders Robert – befanden, zu Fuß laufen.

Er brauchte ein bisschen Zeit und Ruhe. Musste spazieren gehen und dabei nachdenken, wie es weitergehen sollte.

Dass er sich mit dem Höfer-Fall beschäftigen konnte, vor allem dass er dessen Lösung ein entscheidendes Stück näher gekommen war, hatte ihn von der Schmach des Vormittags abgelenkt und ihm geholfen, den Schock zu verdauen. Mit dem Trocknen seines Hemdes und seines weißen Jacketts hatten sich auch die Wunden, die ihm die peinliche Niederlage beigebracht hatte, langsam geschlossen. Er konnte wieder klar und vernünftig über Prinz und die BAP-Geschichte nachdenken. Und war es zunächst nur aus Wut und Trotz, so wurde ihm jetzt allmählich auch durchs nüchterne Überlegen klar, dass er diese Geschichte nicht auf sich beruhen oder ihr ihren vorhersehbaren Lauf lassen würde, dass er sich einmischen und an den Rädern, an die er kommen konnte, drehen würde.

Einerseits bedauerte er, dass er Esser bei diesen Überlegungen nicht zum Gesprächspartner haben konnte. Aber es wäre unmöglich gewesen, Esser ins Vertrauen zu ziehen und als Mitwisser um die kommunalpolitischen Verwicklungen seines Bruders zu belasten. Andererseits wäre Esser dafür auch nicht der ideale Gesprächspartner gewesen. Der hatte vor allem, was nach Politik roch, und besonders vor allem, was nach Macht roch, einen Heidenrespekt, um nicht zu sagen, die typische Furcht des Beamtenuntertanen.

Eine Furcht, die Löhr fremd war. Er hatte vor der Macht keine Angst, erst recht dann nicht, wenn er mit ihrem Missbrauch konfrontiert wurde. Und das hier war ein typisches, ein Paradebeispiel. Einem Normalbürger ist nicht zu verübeln, wenn er mit manchmal unlauteren Mitteln sein eigenes Bestes verfolgt, auch wenn dies oft unappetitliche Züge tragen mag. Aber ein Abgeordneter, ein Mandatsträger, der ist vom Volk gewählt, damit er dessen Interessen vertritt, und das so ausschließlich, dass es sich von selbst verbietet, seine Interessen als Privatperson weiterzuverfolgen. Schließlich wird er in den allermeisten Fällen ja auch überdurchschnittlich bezahlt. Ein Mandat schließt alle »Nebenverdienste« aus. Basta. Wenn er bei einem Unternehmen, zumal einem an politischen Entscheidungen interessierten Unternehmen auf der Gehaltsliste steht, dann ist das Bestechung, setzt zumindest die Grundhaltung der Bestechlichkeit voraus. Da mochten die Thierses in Berlin noch so rumeiern, es war und blieb Korruption, auch wenn es die strafrechtlichen Schlupflöcher gab, die Fischenich ihm aufgezeigt hatte.

Natürlich kannte Prinz diese Schlupflöcher, deswegen fühlte er sich vor Staatsanwaltschaft und Polizei so sicher, hatte nur Schiss vorm allmächtigen Klenk, denn wenn er es sich mit dem verbockte, war ihm für den Fall, dass er seine Einnahmequelle über die BAP verlor, vielleicht der Weg zu weiteren Pfründen verschlossen. Also würde er morgen seinem Vorsitzenden zu Willen sein und mit der übrigen Fraktion für den Verkauf der BAP stimmen.

Aber da würde er, Löhr, noch davor sein. Es war ihm jetzt eigentlich gar nicht mehr so wichtig, den Verkauf der BAP zu verhindern. Wenn ja, dann war das eine vor allem für seinen Bruder erfreuliche Nebenwirkung. Es ging Löhr – Erpressung hin, Erpressung her – jetzt nur noch darum, etwas gegen Prinz und wenn möglich auch gegen Schwamborn in die Hand zu bekommen. Schließlich galt es, sich für die Dusche heute Morgen im »Ledererstübchen« zu revanchieren.

***

Die Büros der BAP lagen gleich gegenüber der Kirche St. Maria im Kapitol, am Lichthof. Seit der Renovierung der romanischen Kirche und der Neugestaltung des Platzes herrschte hier eine irgendwie verzauberte Atmosphäre. Der Lichthof war zu einer Oase der Stille mitten in der Großstadt geworden, wohin selbst der Verkehrslärm der nur ein paar Meter entfernten Cäcilienstraße kaum zu dringen schien.

Die Büros der BAP stellten das genaue Gegenteil der klosterähnlich kargen Schönheit des Platzes dar, auf den ihre Fenster hinausgingen. Hier herrschte noch der billige Charme der sechziger

Jahre. Stumpfe, ochsenblutrote Linoleumböden, ursprünglich weiß lackierte, jetzt gelbe Bürotüren mit Milchglasscheiben, eine einzige Trostlosigkeit.

Der einzige Mensch, dem Löhr auf seinem Gang über den Flur begegnete, war eine Putzfrau, die ihren Staubsauger gerade von einem ins nächste Büro schob. Als er am Ende des Flurs angekommen war, stellte er fest, dass er sich in der Etage geirrt haben musste. Jedenfalls war hier nicht das Büro mit der Zimmernummer 307, von dem sein Bruder an der Gegensprechanlage gesprochen hatte. Er ging zurück, betrat den Raum, in dem die Putzfrau eben verschwunden war, und fragte sie nach der Nummer 307. Er sei ein Stockwerk zu hoch, antwortete die Frau, müsse noch mal runter.

Als Löhr endlich Roberts Büro betrat, sprang der vom Fenster, an dem er gestanden und nach draußen geschaut hatte, förmlich auf ihn zu.

»Und? Wieso hat es nicht geklappt? Wie ist es überhaupt gelaufen? Was hat der Prinz gesagt?«

»Jetzt setz dich erst mal hin und mach mal ruhig. Wenn man so hektisch ist, kann man nicht vernünftig denken. Und das müssen wir jetzt, beide.«

Nachdem er es geschafft hatte, dass Robert sich auf einen klapprigen Besucherstuhl gesetzt und sich zumindest äußerlich beruhigt hatte, erzählte Löhr ihm von seiner Begegnung mit Prinz. Dass der sich auf nichts eingelassen, gleich seine Absicht durchschaut habe, weil er wusste, dass er von einem Ermittlungsverfahren nichts zu befürchten hatte. Den Vorfall mit dem Wasserglas erwähnte er nicht.

Robert wurde fahl. »Dann ist es jetzt gelaufen. Dann wird also morgen der Verkauf der BAP beschlossen ...«

»Nichts ist gelaufen«, sagte Löhr, zog sich den zweiten, ebenfalls sperrmüllreifen Besucherstuhl heran und setzte sich dicht zu Robert. »Wir machen weiter. Wir haben noch den ganzen Abend, und, wenn es sein muss, die ganze Nacht Zeit.«

»Was sollen wir denn *noch* machen?« Robert verfiel ins Jammern.

»Ich hab dir gesagt, du sollst alles, was du über Prinz und

Schwamborn sonst noch in Erfahrung bringen kannst, zusammentragen. Die müssen noch andere Schwachpunkte haben, wo wir sie mit kriegen können.«

»Wie soll ich das denn machen? Ich hab nichts! Das Einzige, was ich über die rausgekriegt habe, hab ich dir gesagt. Dass die bei Pofalla auf der Gehaltsliste stehen.«

»Und was ist mit deinem Anwalt aus der Bürgerinitiative, der dir bisher alle Informationen gesteckt hat?«

Robert zuckte die Schultern. »Ich hab versucht, ihn anzurufen. Aber der ist nicht zu erreichen, geht nur der Anrufbeantworter oder die Mailbox dran.«

Löhr war enttäuscht, ließ es sich jedoch nicht anmerken, um seinen Bruder nicht noch mehr zu entmutigen.

»Also gut. Dann müssen wir jetzt eben mal nachdenken«, sagte er bedächtig. »Du bist an diese Informationen über Prinz und Schwamborn gekommen, weil sie bei euch in der Firma im Aufsichtsrat sind, richtig?«

»Ja.«

»Und wie genau bist du an die Informationen gekommen?«

»Gerüchteküche. Ist doch normal in so 'nem Betrieb.«

»Gerüchteküche«, murmelte Löhr. Dann schwieg er und hinderte dabei Robert am Aufstehen von seinem Stuhl. Wenn der jetzt anfinge, hier herumzutigern, konnte er nicht nachdenken.

»Wo bei euch hier könnten irgendwelche Daten über die Aufsichtsratsmitglieder abgelegt oder gespeichert sein?«, fragte er schließlich.

»Wenn überhaupt, beim Geschäftsführer.«

»Gut«, sagte Löhr und stand auf. »Dann gehen wir jetzt mal in dessen Büro und schauen nach.«

»Bist du wahnsinnig, Jakob? Das können wir nicht machen! Wir können doch nicht einfach dem Köhler sein Büro durchwühlen!« Robert war aufgesprungen und stellte sich vor Löhr, der bereits Anstalten machte, zur Tür zu gehen.

»Wieso nicht? Ist doch kein Mensch mehr hier im Laden. – Oder ist dieser Köhler der Typ, der abends noch mal in seinem Büro auftaucht?«

»Nein, das nicht. Aber ... aber das geht nicht, Jakob!«

»Und wieso soll das nicht gehen?«

»Weil das Hausfriedensbruch ist oder was weiß ich! Auf jeden Fall kriminell, Mensch. Das kann ich hier nicht bringen!«

»Aha!« Löhr lächelte. »So 'ne Kleinigkeit wie Erpressung, das kannst du aber bringen, oder wie?«

»Mensch, Jakob! Ich komm in Teufels Küche!«

»Da bist du schneller drin, als du denkst, wenn morgen deine BAP verscherbelt wird.«

Das schließlich leuchtete Robert nun doch ein, und mit einem tiefen Seufzer, wie ihn nur die Brust eines hervorbringen kann, der sich seiner Sündhaftigkeit bewusst ist, machte er Löhr den Weg frei. Doch als der bereits im Flur war, fiel Robert ein: »Mensch! Ich hab doch gar keine Schlüssel für die Büros da oben!«

Löhr blieb stehen. Die Türen zum Büro des Geschäftsführers aufzubrechen, das war kein einfaches unbefugtes Eindringen mehr, das kam schon dem Straftatbestand eines Einbruchs nahe. Ob das zu riskieren war, trotz der guten Sache? – Dann aber fiel ihm die Putzfrau im oberen Stockwerk ein.

»Da oben ist eine Putzfrau«, sagte er zu Robert. »Die hat bestimmt 'nen Generalschlüssel. Wenn du ihr sagst, du hättest deinen zu Hause gelassen, müsstest aber dringend noch 'n paar Unterlagen zusammensuchen …?«

»Mensch, Jakob!«, sagte Robert wieder.

Löhr konnte an der Miene seines Bruders ablesen, wie es denen geht, die sich für gute Menschen halten, sich aber im Dickicht böser Sachzwänge so verheddert haben, dass sie schließlich an die Notwendigkeit dieser Sachzwänge glauben, so als seien die nicht bloß Naturgesetze, sondern nun das Gute schlechthin: Ein erleuchtetes Lächeln ging durch sein Gesicht, vergleichbar dem Lächeln linker Politiker, wenn sie Sozialkürzungen als die definitive Befreiung der Menschheit verkaufen.

Das Büro des Geschäftsführers der BAP war ein schmuckloser, vor allem aber, sah man einmal von einer sehr professionell aussehenden Dartscheibe an der Wand hinter dem Schreibtisch ab, ein sehr kahler Raum. Nirgendwo Aktenordner, in denen man hätte suchen können. Dafür aber ein Computer auf der Mitte seines Schreibtischs.

»Kennst du dich mit so was aus?«, fragte Löhr.

»Es geht so«, antwortete Robert. »Wir haben in unserer Abteilung jetzt auch seit zwei Jahren Computer – aber das machen eigentlich die jüngeren Kollegen …«

Das machte ihm den Bruder zwar sympathisch, brachte sie aber jetzt nicht besonders weiter. »Wo könnten wir sonst noch suchen?«, fragte er.

»Vielleicht in der Personalabteilung?«, schlug Robert vor. »Die haben noch die schönen alten Aktenordner …«

Löhr überlegte, schüttelte dann den Kopf. »Prinz und Schwamborn sind im Aufsichtsrat der Firma, das heißt, die sind keine Angestellten der Firma.«

»Hm. Stimmt«, murmelte Robert.

»Eigentlich sind wir hier falsch«, überlegte Löhr etwas ratlos. »Wenn wir noch mehr Dreck am Stecken unserer beiden Kandidaten finden wollen, dann wären wir jetzt besser im Büro von Pofalla.«

»Sind wir aber nicht«, sagte Robert. Auf einmal hatte er eine merkwürdige Entschlossenheit in der Stimme. Nachdem er die Grenze zum Verbotenen überschritten hatte, schien er Gefallen daran zu finden. »Aber andererseits macht Pofalla mit der BAP Geschäfte, Geschäfte, die von Prinz und Schwamborn irgendwie gefördert werden müssen, sonst ständen die ja nicht bei Pofalla auf der Gehaltsliste.«

»Schön«, sagte Löhr. »Und wo finden wir was über diese Geschäfte?«

»In der Buchhaltung natürlich«, sagte Robert.

Der Zauberschlüssel der Putzfrau öffnete ihnen auch die Tür zu den Büros der BAP-Buchhaltung. Zu beider Freude war der vom eigentlichen Buchhaltungsbüro abgehende Aktenraum voll gestellt mit sehr ordentlich nach Sachgebieten und dann alphabetisch sortierten Aktenordnern. Es war jetzt halb acht, draußen war es noch hell, sie brauchten noch kein Licht und konnten unbemerkt und ungestört arbeiten. Allenfalls würde irgendwann einmal die Putzfrau erscheinen und ihren Schlüssel zurückhaben wollen. Da sie aber jetzt im unteren Stockwerk arbeitete und Robert ihr seinen Schlüssel, der dort überall passte, gegeben hatte, konnte das dauern. Sie hatten Zeit.

Zuerst gingen sie die Rubrik der ausgeführten Bauaufträge und dort die der Firma Pofalla durch. Angebote, Kalkulationen, Rechnungen, Belege, Nachkalkulationen, Abrechnungen, Zahlungsbelege. Nichts Auffälliges, alles schien in Ordnung. Dann, nachdem sie eine halbe Stunde lang vergeblich Aktenordner um Aktenordner durchforstet hatten, kam Robert auf die Idee, dass es hier, im Stadium der Ausführung von Bauarbeiten, auch kaum Manipulationsspielraum geben könne. Wenn, dann könne der sich eigentlich nur im Vorfeld, bei den Angeboten bieten, dass zum Beispiel Pofalla vor der Ausschreibung eines bestimmten Bauauftrages unter der Hand schon den Zuschlag erhalten habe. Das wäre eigentlich der ideale Zeitpunkt für eine Einmischung der Vorstandsmitglieder Prinz und Schwamborn. Also machten sie sich daran, die Ausschreibungen und Angebote zu sichten. – Und wurden tatsächlich fündig. Obwohl Pofallas Angebote deutlich höher waren als die seiner Mitkonkurrenten, bekam er in achtzig Prozent der erteilten Bauaufträge den Zuschlag. Robert notierte sich die Summen der einzelnen Angebote, ging mit ihnen zurück zu den Aktenordnern mit den Endabrechnungen, und sie stellten fest, dass zwischen den ursprünglichen Angeboten Pofallas und den Summen, die er am Ende eines Auftrags tatsächlich in Rechnung stellte, immer eine Differenz in Höhe einer runden Summe lag – bei kleineren Aufträgen fünftausend, bei größeren zehntausend Euro.

»Ist das üblich bei euch im Gewerbe, dass die Endrechnung so viel über dem letzten Angebot liegt?«, fragte Löhr.

Robert schüttelte den Kopf. »Schon lange nicht mehr. Sogar irgendwelche außergewöhnlichen äußeren Umstände, die einen Auftrag teurer werden lassen könnten, Wetter, Unwetter und so weiter – liegt alles im Risiko des Unternehmers. Steht auch so in den Verträgen drin. Auch in denen mit Pofalla.«

»Aber so eine Differenz muss doch auffallen!«, sagte Löhr. »Vor allem, wenn es sich immer um die gleiche Summe handelt. Bei jedem größeren Auftrag exakt zehntausend Euro!«

Robert hob die Schultern.

»Habt ihr denn keine Wirtschaftsprüfer hier, die so was kontrollieren?«

Robert lachte. »Sicher. Einen. Der ist hier so was wie fest angestellt, isst mit dem Geschäftsführer bei uns in der Kantine ...«

»Verstehe«, sagte Löhr. »Trotzdem kann der das nicht einfach so durchgehen lassen. Die Differenzbeträge müssen irgendwie anders verbucht werden.«

Er sah sich im Aktenraum um. Sein Blick blieb an einer Staffel von Aktenordnern mit der Aufschrift »Spenden« hängen.

»Spenden!«, sagte Löhr. »Spenden?«, wiederholte er darauf und sah mit gerunzelter Stirn seinen Bruder an. »Kriegt ihr Spenden hier oder gebt ihr Spenden?«

»Woher soll ich das wissen? Ich bin Bauingenieur, hab mit dem ganzen Finanzkram hier nichts zu tun. Aber dass wir Spenden kriegen, halt ich eigentlich für ausgeschlossen. Wir sind doch kein gemeinnütziger Verein, sondern eigentlich 'ne ganz normale Firma, wenn auch quasi in städtischem Besitz.«

»Also kann die BAP Spenden absetzen«, murmelte Löhr, zog den aktuellsten Ordner heraus und begann, darin zu blättern. Robert schaute ihm über die Schulter.

»Interessant, nicht?«, sagte Löhr nach einer Weile. »Drei Viertel der Spenden der BAP gehen an einen einzigen Verein ...«

»SV Germania«, sagte Robert. »Irgendwas klingelt da bei mir ...«

»'n viertklassiger Fußballverein in Neubrück. Ziemlich runtergekommen«, sagte Löhr. »Haben aber früher mal Oberliga gespielt.«

»Woher weißt du denn so was?«

»Zufall«, antwortete Löhr. »Hab ich zufällig vor ein paar Tagen in der Zeitung gelesen, dass die irgendwie in der Klemme stecken, Trainer rausgeworfen und so weiter.«

Robert nickte, war aber mit den Gedanken irgendwo anders. »Wieso klingelt's da bei mir?«

»Weiß ich auch nicht«, sagte Löhr und blätterte weiter im Aktenordner. »Interessant ist aber, dass die Spenden immer genau fünf- oder zehntausend Euro betragen.«

Löhr ging mit dem Ordner in der Hand zurück zur Aktenreihe mit den Rechnungen, zog den aktuellsten Ordner heraus, legte ihn neben den Spendenordner auf einen Tisch und begann zu vergleichen.

»Ich hab's!«, sagte Robert. »Der Köhler, unser Geschäftsführer, der war mal Präsident bei der Germania!«

Löhr nickte, ohne von den Aktenordnern aufzusehen. »Und ist ihr offenbar auch immer noch eng verbunden«, sagte er schließlich und klappte die Ordner zu. »Denn jedes Mal zwei Wochen nachdem der Pofalla eine überhöhte Rechnung gestellt hat, geht von der BAP eine Spende in genau der Höhe an die Germania.«

»Oha!« Roberts Augen weiteten sich vor Erstaunen, doch dann verdüsterte sich seine Miene. »Aber was hilft uns das jetzt von wegen Prinz und Schwamborn?«

»Wahrscheinlich 'ne Menge«, sagte Löhr gedehnt und dachte dann laut: »So was macht ein Geschäftsführer nicht alleine. Auch nicht, wenn er den Wirtschaftsprüfer eingeweiht hat und der ihm die Tricks verraten hat, wie die überhöhten Rechnungen sauber umzubuchen und daraus absetzbare Spenden zu machen sind.«

»Der Pofalla muss auch eingeweiht sein!«, sagte Robert.

Löhr sah ihn mitleidig an. »Natürlich ist der Pofalla eingeweiht. Der kriegt die Aufträge von der BAP doch nur, *weil* er die Rechnungen so stellt und die überschüssigen Beträge irgendwie an die BAP zurückfließen lässt.«

»Und wie könnten wir das beweisen?«

»Keine Ahnung«, sagte Löhr. »Ist ja auch gar nicht interessant im Moment. Interessant ist, wie Prinz und Schwamborn in die Geschichte verwickelt sind.«

»Und warum sollten sie?«

»Weil sich euer Köhler bei so einer Geschichte bestimmt im Aufsichtsrat absichert.«

»Puuh!«, machte Robert. »Das wird ja immer komplizierter! So was ist doch gar nicht nachweisbar. Und außerdem: Wozu sollten Prinz und Schwamborn der Germania so 'n Gefallen tun wollen? Da haben die persönlich doch gar nichts von!«

»Außer«, sagte Löhr, »es handelt sich um Fußballfans. Und du weißt ja beispielsweise vom Jean Löhring, dass sich ein richtiger Fußballfan seine Leidenschaft ganz schön was kosten lässt.«

»Versteh ich jetzt wieder nicht«, sagte Robert. »Ist aber auch egal. Das Problem ist doch, dass wir Prinz und Schwamborn die Geschichte – falls sie überhaupt so stimmt, wie du jetzt vermutest – immer noch nicht nachweisen können.«

»Im Moment noch nicht.« Löhr überlegte wieder laut. »Aber da fällt mir bestimmt noch was ein, jetzt, wo wir so nahe dran sind ...«

***

Als Löhr gegen zehn Uhr abends triefend nass die »Opernschänke« betrat – das erwartete Gewitter hatte sich ausgerechnet während seines Gangs vom Lichthof hierher entladen –, war er zwar ebenso müde wie durstig und hungrig, aber mit sich und dem, was er trotz des schlechten Starts heute Morgen im »Ledererstübchen« dann doch noch geschafft hatte, nicht ganz unzufrieden.

Da Irmgard schon am Vormittag mit einer Freundin für ein paar Tage nach Dresden zu einer Kunstausstellung verreist war, hatte er sich entschlossen, sein Abendessen – die erste Mahlzeit an diesem Tag nach dem Frühstück – hier in der »Opernschänke« einzunehmen. Er setzte sich gleich an den ersten Tisch hinter der Eingangstür, ohne sich weiter im Lokal umzuschauen, und bestellte ein Kölsch und seine Lieblingsspeise – gebratene griechische Wurst und Krautsalat.

Als das Kölsch kam, trank er das Glas mit zwei Schlucken aus, bestellte gleich ein zweites und griemelte, während er dieses zweite trank, jetzt doch einigermaßen zufrieden in sich hinein. Ihm war, nachdem sie die Buchhaltung der BAP verlassen und Robert der Putzfrau den Schlüssel zurückgegeben hatte, im Büro seines Bruders dann doch noch etwas eingefallen, wie er der mutmaßlichen Verwicklung von Prinz und Schwamborn in die Germania-Spenden-Geschichte auf die Spur kommen konnte. Er hatte bei der Geschäftsstelle des SV Germania angerufen, sich als Präsidiumsmitglied des 1. FC Köln ausgegeben und nach den Vorstandsmitgliedern der SV Germania gefragt zwecks eines

Treffens der Vorstände beider Clubs zur Absprache gemeinsamer Jugendförderungs-Initiativen. Man hatte ihm die Namen der Vorstände gegeben, und – wie er geahnt hatte – die von Prinz und Schwamborn waren auch darunter. Es war also ganz eindeutig, dass sie neben Köhler, dem Geschäftsführer der BAP, hinter der dubiosen Spendenaffäre steckten. Darauf hatte er Prinz angerufen und ihm, ohne ihn selbst zu Wort kommen zu lassen, sein neues Wissen mitgeteilt, ihn darauf hingewiesen, dass man, falls die CDU-Fraktion morgen in voller Stärke für den Verkauf der BAP stimme, von diesem Wissen öffentlich Gebrauch machen könne, und dann ohne eine Antwort abzuwarten aufgelegt.

Beim dritten Kölsch schwor er sich, dass dies das allerletzte Mal gewesen sei, dass er sich in lokalpolitische Angelegenheiten einmischte. Dieses feierliche Vorhaben erleichterte erheblich das schlechte Gewissen, das wegen des erpresserischen Anrufs in ihm gegärt hatte, machte ihn, wie das gute Vorsätze an sich haben, jetzt auf einmal sogar ganz frohgemut und hoffnungsvoll, sodass er sich mit Appetit dem Verzehr seiner griechischen Wurst widmen konnte. Er jedenfalls hatte alles in seiner Möglichkeit Stehende getan, um zweiundvierzigtausend Kölner Bürgern ihre Heimstatt, seinem Bruder den Arbeitsplatz und seinem Patenkind Gabriel damit das Aus- und Einkommen seines Ernährers zu erhalten. Wie die Ratsabstimmung morgen tatsächlich verlaufen würde – das stand nicht mehr in seiner Macht.

Die griechische Wurst in der »Opernschänke« war eigentlich nichts weiter als eine weiche, scharf gewürzte und extrem fettige Dauerwurst. Aber da sie hier nicht ganz und kalt, sondern der Länge nach geteilt und braun gebraten serviert wurde, hatte sie durch das Braten einen Teil ihres Fettes verloren und entfaltete einen wunderbar kräftigen, würzigen Geschmack, der durch den säuerlichen Krautsalat hervorragend ergänzt wurde. Bei aller Feinschmeckerei, dachte Löhr beim Essen – solche einfachen, herzhaften Speisen, die können doch manchmal die wahren kulinarischen Höhepunkte eines arbeitsreichen Tages sein.

Gerade betrachtete er ein wenig wehmutsvoll die letzte auf seinem Teller liegende Wursthälfte und überlegte, ob er sich nicht noch eine zweite Portion bestellen sollte, da traf ihn ein Schlag auf die Schulter, so schwer und unvermittelt, dass er fast mit dem Gesicht vornüber auf seinen Teller gekippt wäre. Erschrocken blickte er auf. Der Schlag hatte von der Pranke seines Onkels Heinz gerührt.

»Poh!«, machte Löhr, musste husten und nach Luft ringen.

Onkel Heinz, für den das nur ein netter freundschaftlicher Klaps gewesen war, lachte und setzte sich zu Löhr an den Tisch.

»Jakob! Du sitzt da allein hier?«, dröhnte er mit mildem Vorwurf. »Hättest doch wenigstens kurz mal hinten durchkommen können und Tag sagen. Ich sitz da die ganze Zeit mit dem Bluna und dem Boris.«

»Tut mir Leid«, entschuldigte sich Löhr. »Bin den ganzen Tag noch nicht dazu gekommen, da musste ich erst mal was essen.«

»Und trinken«, ergänzte Heinz mit Blick auf Löhrs Deckel, auf dem sich inzwischen bereits vier Striche gesammelt hatten. Löhr, der auch diese Bemerkung für einen Vorwurf hielt, blickte erstaunt auf, denn Onkel Heinz war eigentlich der Letzte, der sich über die Trinkgewohnheiten anderer Leute aufregen durfte. Doch auch das war bloß ein Scherz des ebenso trinkfesten wie arbeitsunwilligen Mannes gewesen, der mit Pferde- und sonstigen Wetten seinen Lebensunterhalt verdiente. Lachfalten gruben sich tief um seine vom Alkohol zwar ein wenig geröteten, aber ansonsten erstaunlich klaren Augen.

»Trinkst du eins mit?«, fragte Löhr und bestellte, ohne die Antwort, von der er ja wusste, wie sie ausfallen würde, abzuwarten, beim Wirt zwei weitere Kölsch.

»Du, Jakob.« Heinz' Stimme wurde vertraulich, als sie anstießen. »Du bist doch Kriminalist, ne? Ich hab da nämlich 'n Problem …«

Löhr räusperte sich ein wenig. Er fühlte sich im Augenblick definitiv außer Dienst. Doch Heinz ignorierte souverän den warnenden Räusperer seines Neffen. »Et geht um dat Hundekörbchen, dat du mir empfohlen hast. Ich meine die Einkaufstasche, in der ich den Boris immer die Treppen zur Wohnung rauf- und runtertrage …«

Löhr war erleichtert. Kein neues Familiendrama, in das er wieder einmal rettend einzugreifen verpflichtet werden würde.

Heinz beugte sich nahe an Löhrs Ohr und raunte: »Ich habe Feinde, Jakob!«

»Nee!«, entfuhr es Löhr. »Du? Feinde? Kann ich mir überhaupt nicht vorstellen.«

»Ist aber so«, flüsterte Onkel Heinz. »Verbrecher! Gangster!«

Löhr runzelte die Stirn und zweifelte jetzt doch am klaren Blick beziehungsweise Verstand seines Onkels. »Du wolltest mir doch was über den Hundekorb oder die Einkaufstasche von deinem Boris erzählen – was hat das denn damit ...?«

»Genau dat hat dat damit zu tun!«, sagte Onkel Heinz im Ton einer düsteren und unheilschwangeren Feststellung und sah Löhr dabei so erwartungsvoll an, als müssten sich für den durch diese Feststellung die Zusammenhänge von selbst offenbaren.

»Ich versteh kein Wort«, sagte Löhr.

Onkel Heinz führte seinen Mund wieder dicht an Löhrs Ohr. »Dat ist ein Zeichen! Die wollen mir drohen. Da ist irgendwat im Busch!«

»Was ist ein Zeichen?«

»Dat die mir die Einkaufstasche wegnehmen, in der ich den Boris trage!«

Löhr sah seinen Onkel verständnislos an. Hatte der Alkohol – dem blendenden Äußeren des Alten zum Trotz – jetzt doch seine irreparablen Spuren in dessen Gehirn gegraben?

»Schon viermal!«, flüsterte Onkel Heinz. »Dreimal musste ich 'ne neue Tasche besorgen. Und jedes Mal war sie weg! – Wenn dat nit ein eindeutiges Zeichen ist! So wie bei der Mafia die toten Katzen oder die toten Fische ...« Seine Stimme versagte.

»Wie wegnehmen?«, fragte Löhr. »Wie kann man die denn wegnehmen, die Einkaufstaschen?«

»Einfach klauen, Jakob! Jedes Mal, wenn ich den Boris da drin runter auf die Straße getragen hab, dann häng ich die Einkaufstasche in ein Gebüsch im Vorgarten vorm Haus. 'n bisschen versteckt, klar, dass nicht jeder, der vorbeikommt, meint, die könnt er einfach so mitnehmen. Und trotzdem!«

»Trotzdem ist irgendeiner dahinter gekommen, wo du die Taschen versteckst, und klaut sie dir. Einer, der dir 'nen Streich spielen will, Onkel Heinz!«

Onkel Heinz schüttelte den Kopf wie einer, der sich im Besitz des Wissens über eine abgründige Verschwörung weiß. »Nä! Kein Streich! Dat ist ein *Zeichen*!«

»Du guckst zu viele Mafiafilme«, sagte Löhr.

»Du *musst* dich da drum kümmern!«, überging Onkel Heinz Löhrs Bemerkung. »Ich selbst komm da nicht dahinter. Hab die Tasche natürlich nach dem dritten Mal aus 'nem Versteck beobachtet. Nix! Plötzlich war sie weg! Ein Rätsel!« Er machte eine bedeutungsvolle Pause. »Die sind so was von raffiniert, die Schweine!«

Löhr schüttelte den Kopf.

»Jakob! Dat ist ein Fall für dich!«, beschwor ihn der Onkel.

Löhr schüttelte vehementer den Kopf. »Nein, Onkel Heinz. Da drum kümmer ich mich jetzt *nicht*!«

Er hatte für heute und auch bis auf weiteres Gutes genug getan. Wer anderen Gutes tut oder tun will, das hatte er heute wieder einmal erfahren, läuft Gefahr, sich dabei im Gestrüpp des weniger Guten zu verheddern und am Ende gar zum überhaupt nicht mehr Guten zu greifen, um sich wenigstens daraus zu befreien. Schluss! Schluss! Schluss ...

***

Erst nach einigen unentschlossenen Drehern im Bett und längerem, von Rückfällen in den Halbschlaf durchsetztem Dösen hatte sich Löhr entschieden, an diesem Morgen doch noch so rechtzeitig aufzustehen, dass er pünktlich zur Frühbesprechung im KK11 erschien. Dort war er jetzt bereits zwei Tage unter fadenscheinigen Entschuldigungen nicht mehr aufgetaucht, und es wurde allmählich Zeit, sich seiner Pflichten als Beamter zu besinnen. Zumindest so zu tun, als wisse man um sie.

Eine rein taktische Vorsichtsmaßnahme – im Grunde hatte Löhr noch nie an die Sekundärtugenden des Beamten geglaubt (und an eine Reihe von anderen auch nicht) und erst recht nicht mehr seit seiner Toskana-bedingten Wendung zu noch mehr Gelassenheit. Allerdings eine Maßnahme, die sich als überflüssig erwies: Schuhmacher registrierte ihn und Esser bei der Frühbesprechung überhaupt nicht, überging sie, weil er der Meinung war, sie wären noch mit dem Schmittchen-Fall beschäftigt.

Umso besser, hatten sich Löhr und Esser nach dem Ende der Frühbesprechung gedacht, sich Kaffee besorgt und in ihr Büro zurückgezogen, um den Braumeister-Fall noch einmal rekapitulieren zu können, bis es so weit war, Gerhard Höfer bei der Einweihung seiner neuen Südstadt-Kneipe den entscheidenden und den Fall endgültig abschließenden Besuch abzustatten.

Denn dass der Brauereibesitzer in irgendeiner Weise allein oder zumindest mitverantwortlich war für den Ertrinkungstod seines Braumeisters, davon war inzwischen auch Esser überzeugt. Zwar war nach dem gerichtsmedizinischen Gutachten nach wie vor klar, dass May ohne unmittelbare Fremdeinwirkung gestorben, also schlichtweg ertrunken war, doch konnte man jetzt, nach der Vorgeschichte des Bruderzwists um den Braumeister, nicht mehr ausschließen, dass ihm jemand beim Ertrinken sozusagen geholfen hatte. Ihn vielleicht mit einem Schubser in den wassergefüllten Sudkessel gestoßen, dazu vorsorglich das Drosselgewinde vom Wasserschlauch entfernt hatte, sodass der Kessel voll lief und der schwer angetrunkene May sich nicht mehr daraus befreien konnte. Und dass dafür nur Gerhard in Frage kam, stand nach dem Fund des fehlenden Drosselgewindes nun fest. Denn wer sonst außer dem Brauereibesitzer wäre auf die Idee gekommen, es einfach zum alten Schrott auf den Hof zu werfen? Ein außenstehender Täter hätte es eingesteckt und später irgendwo anders entsorgt. Noch schwerer wog die Aussage des Kassierers Müller. Als Müller am Tattag um halb elf das Brauhaus passierte, war er Ohrenzeuge eines Streits zwischen Gerhard und May geworden. Zwischen Viertel vor elf und elf hatte er Gerhard Höfer – in einem für dessen Verhältnisse ziemlich aufgewühlten Zustand – gesehen, wie der durch die Schankstube des Brauhauses und von da den Aufgang zu seiner Privatwohnung hochging. Gegen elf, spätestens aber um halb zwölf war May laut gerichtsmedizinischem Gutachten tot.

»Theoretisch«, meinte Esser, »theoretisch kann der May natürlich trotzdem noch ganz von alleine ertrunken sein.«

»Theoretisch ja«, nickte Löhr, vertiefte aber dann nicht weiter seine Ansicht, dass er das für *sehr* theoretisch hielt, weil er wusste, wie schwer Esser der Abschied von seiner Unfall-Theorie fiel. Und um ihm den ein wenig zu erleichtern, fügte er hinzu: »So wie der Höfer uns belogen hat, war ja auch eigentlich gar nicht dahinter zu kommen, dass es *kein* Unfall war.«

Esser nahm die Hilfestellung dankbar an. »Ist ja jetzt auch klar, warum der gelogen hat. Wenn er zugegeben hätte, dass sein Braumeister bereits bei Hartmut unterschrieben hatte, wär uns der Konflikt klar gewesen, und wir hätten weitergebohrt.«

»Und nicht nur der Gerhard Höfer hat gelogen«, sagte Löhr. »Auch Yvonne Höfer. Hat behauptet, May hätte ihr und Hartmuts Angebot, ihr neues Kölsch zu brauen, abgelehnt und ...« Er unterbrach sich, wurde nachdenklich. »Fragt sich aber eigentlich, *warum* die mich da überhaupt belogen hat ...«

Esser winkte ab. »Das wird sich schon noch aufklären. Und wenn nicht, ist auch egal. Hauptsache, wir schnappen uns gleich den Gerhard Höfer.«

Auf dem Weg in die Südstadt besorgte er sich einen Express und blätterte ihn auf dem Beifahrersitz von Essers Wagen durch. In einer kurzen Notiz auf der zweiten Seite wurde über die Probeabstimmung der CDU-Ratsfraktion berichtet. Alle dreiundvierzig Fraktionsmitglieder hatten dabei für den Verkauf der BAP gestimmt. Das war nicht anders zu erwarten gewesen. Niemand wollte sich mit Klenk offen anlegen. Heute aber – Löhr schaute auf die Uhr: In einer halben Stunde würde der Stadtrat zusammentreten – wurde geheim abgestimmt. Wenn nur zwei Mitglieder der CDU-Fraktion dagegen stimmten, würde der Verkauf gescheitert sein, denn die anderen Fraktionen, die sich allesamt gegen den Verkauf ausgesprochen hatten, würden dann in der Mehrheit sein. Prinz und Schwamborn hatten nichts zu verlieren, aber viel zu gewinnen beziehungsweise zu behalten, wenn sie gegen den Verkauf stimmten. Vielleicht würde man angesichts ihrer offenbaren Interessen am Erhalt der BAP – schließlich hatten sie beide da Aufsichtsratsposten – darüber munkeln, dass sie die Verräter waren, aber nachzuweisen war ihnen nichts. Sie wären ganz schön blöd, wenn sie nicht auf sein

Angebot eingingen, dachte Löhr, während er den Express zuklappte und zusammenfaltete.

***

Ein Meer roter und weißer Luftballons tanzte um die trotz des Tageslichts hell erleuchtete Reklame der neuen Höfer'schen Südstadtkneipe. Sie musste vor erst wenigen Minuten montiert worden sein, denn Arbeiter räumten gerade eine Leiter darunter weg. In grüner Neonschrift und den Schriftzügen, die man von »Höfers Brauhaus« am Hildeboldplatz kannte, stand jetzt »Höfers Severins Braustube« über der neuen Kneipe – exakt der Name, den Gerhard seinem Bruder Hartmut per Gerichtsbeschluss hatte wegnehmen lassen. Löhr, der mit Esser vor der Kneipe stand, wandte den Kopf und sah zur genau gegenüberliegenden Kneipe Hartmuts hin, an der gestern dieser Name abmontiert worden war. Hartmuts Kneipe hieß jetzt einfach nur noch »Zum Severinstor«.

Die neue Kneipe war brechend voll. Die Eröffnungsgäste standen bis zur Tür. Hinten durch spielte die Dixieland-Band aus Höfers Brauhaus »And when the Saints ...«, was nicht die einzige Reminiszenz an das Stammhaus am Hildeboldplatz war: Der ganze Laden war mit seiner Holzvertäfelung im gleichen Stil gehalten wie der Schankraum des Brauhauses – und damit auch so wie die gegenüberliegende Kneipe Hartmuts. Nur mit dem Unterschied, dass es Gerhards Innenarchitekten gelungen war, das Holz hier älter und weniger künstlich aussehen zu lassen als drüben im jetzigen »Zum Severinstor«.

Löhr und Esser drängten sich durch die Gäste ins Innere der Kneipe und sahen, wie der in einem feierlich dunklen Anzug gekleidete Gerhard Höfer der Dixieland-Band das Zeichen für einen Schlussakkord gab, um dann auf ein leicht erhöhtes provisorisches Podest zu steigen, von wo aus er offensichtlich seine Eröffnungsansprache halten wollte.

Esser trat einen Schritt auf das Podest zu, doch Löhr hielt ihn zurück. »Gönnen wir ihm das noch, Rudi. Ist wahrscheinlich für 'ne lange Zeit das letzte Mal, dass er sich als Sonnenkönig fühlen kann.«

Gerhards Ansprache war allerdings wenig sonnenköniggemäß, glich eher dem eines biederen Buchhalters beim Vortrag seiner Bilanzen. Nur als er die Eröffnung der »Höfers Severins Braustube« als einen ersten und historischen Schritt zur Expansion der Marke »Höfer« bezeichnete, klang ein Hauch von Stolz mit. Dass die Kneipe seines Bruders gegenüber bis vorgestern den gleichen Namen getragen hatte, erwähnte er mit keinem Wort.

Eine kleine Kompanie von Köbessen hatte während Gerhards Ansprache Kölsch ausgeteilt und war beim letzten Wort von Gerhards Eröffnungsrede damit fertig. Gerhard stieg von seinem Podest und stieß mit den Gästen an, wobei ab und zu die Andeutung eines Lächelns in seiner melancholischen Miene aufblitzte.

»Genug gegönnt«, sagte Esser zu Löhr. »Schnappen wir ihn uns.«

Sie traten aus der Gästeschar heraus und auf Höfer zu, der sich gerade mit zwei ebenfalls in dunkle Anzüge gekleideten Herren unterhielt.

»Tut uns Leid, Herr Höfer, Sie hier stören zu müssen«, sagte Löhr, »aber gibt es vielleicht ein Nebenzimmer, in dem wir uns kurz unterhalten können?«

»Muss das denn hier und jetzt sein?« Zornesröte glomm im müden Gesicht des Brauereibesitzers auf und verlieh ihm für Augenblicke so etwas wie Lebendigkeit.

»Doch«, beharrte Esser. »Es gibt neue Erkenntnisse im Fall Peter May, und da haben wir ein paar ganz dringende Fragen an Sie.«

Höfer sagte nichts. Seine Miene verschloss sich wieder, er machte auf dem Absatz kehrt und führte sie mit trotzigen, steifen Schritten in einen Nebenraum der eigentlichen Gaststube. Der Raum war wahrscheinlich als Sälchen für geschlossene Gesellschaften gedacht, jetzt aber, da man zur Eröffnung alle Tische und Stühle nebenan im Hauptgastraum gebraucht hatte, vollständig leer geräumt. Es gab weder einen Tisch noch einen Stuhl, auf den man sich hätte setzen können. Also blieben sie stehen.

»Sie haben«, kam Esser gleich zur Sache, »uns die Unwahrheit gesagt bezüglich des Sonntagmorgens, an dem Peter May verstarb.«

Höfer antwortete nicht, sah Esser nur abwartend, noch nicht einmal fragend an.

»Sie haben behauptet, Sie hätten Peter May an diesem Morgen nur kurz begrüßt und wären dann in Ihre Wohnung gegangen. Jetzt gibt es aber eine Zeugenaussage, nach der Sie sich doch länger mit ihm unterhalten haben, und nicht nur unterhalten, der Zeuge berichtet von einem lautstarken Streit zwischen Ihnen und Peter May im Brauhaus.«

Höfer sah Esser weiter stur an, offenbar nicht bereit, irgendetwas zu sagen.

»Herr Höfer!« Löhr erhob ein wenig die Stimme. »Haben Sie gehört, was mein Kollege gerade gesagt hat?«

Höfer kam nicht mehr – falls er überhaupt bereit dazu gewesen wäre – zu einer Antwort. Denn im Gastraum nebenan, aus dem durch die geschlossene Tür bisher nur die gedämpften Gesprächsgeräusche der Gäste gedrungen waren, wurde es plötzlich laut. Spitze Schreie, schrille Flüche und Schimpfworte, dumpfes, empörtes, anschwellendes Gemurmel waren zu hören, alle Anzeichen eines Tumultes. Löhr und Esser schauten sich gerade erstaunt an, da sprang die Tür auf und Yvonne Höfer stand mit einem einzigen großen, raubtierkatzengleichen Satz vor Gerhard.

»Du schäle Kopp! Du dreckeligen Schliemdresser! Du scheinhellige Komodenhellije! Wat fällt dir en! Uns zuerst der Name zu stehlen und dann direkt für unser Nas ding widderliche Dreckshött hinzustelle! Willst du uns jetzt janz kapottmache? Dat gelingt dir nit! Vürher spreng ich dir ding dreckelige Kaschemm in die Luft! Da kannste Gift drauf nehmen!«

Damit war zuerst mal die Luft aus ihr heraus. Sie musste Atem holen und war so rot angelaufen, dass sie aussah wie ein Fall für den Notarzt, als würden jede Sekunde die Adern an Hals und Kopf gleich dutzendweise platzen. Sie musste eben erst – beim Anblick der neu eröffneten Kneipe – von Gerhards Coup erfahren haben und war so völlig außer sich, dass sie jetzt, gerade wieder zu Luft gekommen, mit gekrallten Händen Gerhards Hals anging. Gerhard tat nicht einen, sondern gleich mehrere Schritte zurück, und zwar im Galopp, und Löhr stellte sich vor die aufgebrachte Frau.

»Bitte, Frau Höfer, jetzt beruhigen Sie sich …«

Weiter kam er nicht, denn Yvonne Höfer schleuderte ihn zur Seite, als wäre er ein Federspiel, und setzte Gerhard weiter hinterher. Der floh vor der Furie, stolperte rückwärts in die nächste Ecke der Stube.

»Du rieß jetzt direkt ding widderlich Reklameschild vun der Fassad do drusse! Dat häst du uns jeklaut! Dat kütt jetzt direkt erunger!«

Sie hatte ihn in seiner Ecke gestellt, sich vor ihm aufgebaut wie ein siebenköpfiger Drache. Doch jetzt setzte sich Gerhard zur Wehr, hob beide Hände und schob sie von sich, hielt sie sich damit vom Leib, sodass ihre Arme und Hände wild in der Luft flatterten, ohne an ihn herankommen zu können.

»Ihr hat doch mit dem janze Dress anjefange, ihr Hungerligger! Und vor allem du, du oppjemaat Pluutekess! Mih Kölsch und ›chemisch‹! Dat häst du doch in die Welt gesetzt! Und mir dann noch minge Braumeister afspenstig mache!«

»Ha!«, lachte Yvonne Höfer höhnisch auf, weiter wild mit den Armen rudernd. »Afspenstig mache! Dä hätt doch die Nas so jett von voll von dir jehatt!«

»Na und? Trotzdem wollt der mit üch nix mieh zu dunn han und hätt mir ja noch kurz bevor er jestorben ist jesagt, dat ihr üch ühre Vertrag in de Fott eren stecke künnt!«

»Ja, und dat es ihm och schlecht bekommen, dem Drecksack«, zischte Yvonne.

Abruptes Schweigen. Löhr und Esser sahen sich an, ebenso fassungslos wie der Brauereibesitzer.

»Jetzt sag bloß, du warst an dem Sonntagmorgen im Brauhaus!«, sagte Gerhard Höfer mit bebender Stimme.

Es kam einem Naturschauspiel gleich zu beobachten, wie sämtliche Farbe aus Yvonne Höfers Gesicht entwich, zuerst die Röte der Aufregung, dann der Rest, selbst das dick aufgetragene Rouge auf ihren Wangen erbleichte.

***

Zwei Stunden später stand der Fall des im eigenen Sudkessel ertrunkenen Braumeisters Peter May kurz vor seiner Aufklärung. Es blieb nur ein kleiner, aber doch entscheidender Rest. Dieser Rest war das Geständnis der Yvonne Höfer.

Nachdem sie sich in ihrer Rage gleichsam selbst verraten und indirekt zugeben hatte, nach dem Streit zwischen Gerhard Höfer und seinem Braumeister ins Brauhaus gekommen zu sein, hatten Esser und Löhr sie zum Präsidium gefahren und sie dort ins Verhörzimmer des 11. Kommissariats gebracht.

Löhr war danach sofort in den Keller zum Erkennungsdienst gegangen, hatte einen der EDler gebeten, im Verhörzimmer Yvonne Höfer die Fingerabdrücke abzunehmen und die Abdrücke dann zu Ortlieb ins Labor zu bringen. Danach hatte er Ortlieb selbst aufgesucht und ihn gefragt, ob er auf dem Drosselgewinde brauchbare Spuren entdeckt habe. »Halbwegs brauchbar«, hatte Ortlieb geantwortet. »So brauchbar, dass Sie sie mit einem frischen Abdruck abgleichen können?« Ortlieb hatte die Schultern gehoben und gesagt, er würde sehen.

Dann war Löhr zurück ins KK11 gegangen und hatte gemeinsam mit Esser Yvonne Höfer verhört. Als Esser ihr eröffnete, dass sie hier nun als Beschuldigte vernommen werde und deshalb nichts sie selbst Belastendes auszusagen brauche, hatte sie von diesem Recht zu schweigen zunächst hartnäckig Gebrauch gemacht. Bis es Löhr gelang, sie an ihrem wunden Punkt zu treffen, nämlich der – tatsächlichen oder angeblichen – Tyrannei, die der Brauereibesitzer Gerhard Höfer über seinen jüngeren Bruder Hartmut – und damit auch über sie – ausübte. Schon bei seinem ersten Gespräch mit ihr war Löhr aufgefallen, dass es etwas für sie ganz Unerträgliches darstellte, wie der Ältere über ihren Mann noch solche Macht haben konnte. Dieser Macht entgegenzutreten war ihr Hauptansporn, der Wille, sie zu brechen, ihr eigentlicher Lebenszweck geworden. Also lohnte sich ein Versuch, sie durch eine provozierende Frage aus der Reserve zu locken.

»Aber letztendlich konnten Sie und Ihr Mann doch machen, was Sie wollten – die Geschichte mit dem ›chemischen‹ Kölsch an die Öffentlichkeit bringen, den Braumeister versuchen abzuwerben –, letzten Endes saß der Gerhard doch immer am längeren Hebel.«

Tatsächlich kam daraufhin in ihr bis dahin versteinertes und blutleeres Gesicht mit einem Schlag wieder Leben und Farbe, allerdings kehrte die Farbe nicht gleichmäßig, sondern verteilt auf runde rote Flecken im Durchmesser eines Kölschglases zurück. »Von wegen! Dat wird sich ja noch zeigen, wer hier am längeren Hebel sitzt!«

Und dann hatte sie begonnen zu reden und die Fragen Löhrs und Essers zu beantworten – bis auf die eine, die letzte.

Tatsächlich, erzählte sie, sei es ihr zunächst gelungen, Peter May dazu zu überreden, für sie und Hartmut das Kölsch in der oberbergischen Brauerei zu brauen. Allerdings schien es so gewesen zu sein, dass May sich nicht aus einem Bedürfnis nach Veränderung oder gar aus Sympathie für den verfeindeten Bruder auf das Angebot eingelassen hatte, sondern es dazu benutzt hatte, um Gerhard zu einem höheren Gehalt, eventuell gar zu einer Beteiligung an der Brauerei Höfer zu erpressen. Als der sich darauf nicht einließ, hatte May das Gerücht in die Welt gesetzt – unter anderem beim Kassierer Müller –, er habe bei Hartmut bereits einen Vertrag unterschrieben. Was zwar nicht der Fall war, aber Gerhard dazu brachte, zu reagieren. Und zwar eben an diesem Sonntagmorgen, Mays letztem Sonntag. Gerhard war zu ihm ins Brauhaus gegangen und hatte ihn wegen des Vertrags zur Rede gestellt. Das war das Streitgespräch gewesen, dessen Zeuge der Kassierer geworden war. Doch war es Gerhard im Verlauf dieses Streits offenbar gelungen, May mit dem Versprechen, sein Gehalt deutlich zu erhöhen, zurück auf seine Seite zu ziehen. Daraufhin hatte er es sich nicht verkneifen können, von seiner Wohnung aus Yvonne anzurufen, um sie voller Häme über ihre Niederlage in Kenntnis zu setzen.

Wahrscheinlich sah sie es als aussichtslos an abzustreiten, dass sie auf Gerhards Anruf hin spornstreichs zur Brauerei gefahren war, um May ihrerseits zur Rede zu stellen. Da sie sich durch ihren Ausbruch in der »Severins Braustube« schon so weit aus dem Fenster gelehnt hatte, würde ein Ableugnen sie in unlösbare Widersprüche verwickeln. Also gab sie zu, May an jenem Sonntagmorgen gesprochen zu haben, behauptete, May habe ihr versprochen, sich das Ganze noch einmal zu überlegen; darauf sei sie wieder nach Hause gefahren – und habe einen zwar angetrunkenen, aber ansonsten quicklebendigen Braumeister neben seinem Sudkessel zurückgelassen.

Als Löhr und Esser die Tür des Verhörzimmers hinter sich schlossen und Yvonne Höfer allein darin zurückließen, steckte sich Esser hektisch eine Zigarette an und inhalierte den Rauch wie ein Ertrinkender den allerletzten Zug Luft. Er war seit zwei Stunden nicht mehr zum Rauchen gekommen.

»Und? Was machen wir jetzt?«, stieß er zwischen dem ersten und dem unmittelbar darauf folgenden Zug aus.

»Wir warten darauf, dass Ortlieb zu einem Ergebnis kommt bei seinem Fingerabdruck-Vergleich«, antwortete Löhr und schaute auf die Uhr. »Der lässt sich ganz schön Zeit.«

»Und wenn das Ergebnis negativ ist?«

»Dann sind wir aufgeschmissen. Die weiß ganz genau, dass der Fall bei uns schon als Unfall abgeschlossen war. Auf die Version wird sie sich versteifen und wahrscheinlich damit auch durchkommen: Sie hat den May lebendig im Brauhaus zurückgelassen, und der ist anschließend von ganz allein in seinem Sudkessel versoffen. Unfall. Ende.«

»Und das Drosselgewinde?«

»Gott!«, zuckte Löhr die Schultern. »Ohne ihre Fingerabdrücke drauf nützt es uns nichts. Die wird sagen, dass irgendein Brauknecht das vorher aus Versehen weggeworfen oder verloren hat.«

Esser seufzte. »Dann wär sie ganz schön clever.«

»So clever nun auch nicht. Sonst hätte sie das Drosselgewinde in irgend 'ne Mülltonne gesteckt, statt es im Brauereihof wegzuwerfen.«

»Es sei denn«, überlegte Esser laut, »sie hat vorher ihre Fingerabdrücke abgewischt. Dann war das superclever, es in den Hof zu schmeißen. Es würde ja die Unfall-Theorie unterstützen, wenn das Gewinde schon lange vor Mays Tod zufällig verschwunden wäre und die ganze Zeit über irgendwo auf dem Hof gelegen hat.«

»Stimmt. Wenn sie das wirklich einkalkuliert hat, dass wir es finden und glauben, es wär schon vor Mays Tod verloren gegangen. Dann wäre sie wirklich sehr clever«, sagte Löhr und grinste dabei in sich hinein.

»Du findest es doch nicht etwa lustig, wie die uns verarscht?«

Löhr schüttelte den Kopf, obwohl ihm die Frau, wenn sie ihm auch nicht gerade sympathisch war, doch ein wenig imponierte. Vielleicht war es ihr bloß – er dachte an den weißen Stucksalon – ums verlorene Vermögen und ums Ansehen gegangen, aber sie hatte bei ihrem Krieg gegen Gerhard Einfallsreichtum und Mut gezeigt, Eigenschaften, die ihrem Mann offenbar abgingen. Denn warum sonst hatte sie sich zu seiner Stellvertreterin in dessen Kampf mit dem überlegenen älteren Bruder gemacht, versucht, sich an seiner statt für die seit Kindheit erlittenen Knechtungen und Demütigungen zu rächen? Laut sagte er, als er über Essers Schulter Ortlieb aus dem Aufzug steigen und über den Flur auf sie zukommen sah: »Ob sie uns tatsächlich verarschen kann, erfahren wir in einer Sekunde ...«

Esser drehte sich zu Ortlieb um.

»Und?«, fragte er gespannt.

Ortlieb hob die Schultern. »Nichts ›und‹.« Er reichte Löhr das in eine Plastiktüte verpackte Drosselgewinde. »Ist nicht eindeutig. Tut mir Leid.«

»Wie, nicht eindeutig?«

»Die Spuren hier auf dem Gewinde sind zu verwischt, nicht vollständig genug. Zumindest nicht eindeutig genug, um hundertprozentig sagen zu können, dass sie mit den Abdrücken, die ihr mir eben gegeben habt, identisch sind.«

»Nicht hundertprozentig, aber vielleicht neunzigprozentig?«

Ortlieb hob erneut die Schultern. »Es ist zumindest das gleiche Muster, und bei ein paar von den erhaltenen Rillen sind die Abstände identisch – also könnten es die gleichen Abdrücke sein. *Könnten*. Einen Indizienbeweis schaffen Sie damit aber nicht. Wie gesagt, tut mir Leid, Löhr.«

Ortlieb streckte die Hand aus, um das Gewinde in Löhrs Hand wieder an sich zu nehmen.

»Das Einzige, was wir noch machen könnten«, sagte Ortlieb, »ist, es ans LKA-Labor weiterzugeben. Die haben präzisere Methoden als wir da unten im Labor.«

Löhr war schon dabei, Ortlieb das Gewinde zurückzugeben, da stoppte eine plötzliche Eingebung seine Bewegung. Er steckte den Plastikbeutel in seine Jackentasche. »Das können wir später immer noch machen«, sagte er. »Ich hab da vielleicht 'ne andere Idee.«

***

»Nur noch eine winzige Kleinigkeit«, sagte Löhr, nachdem er und Esser ins Verhörzimmer zurückgekehrt waren und sich wieder gegenüber der wie versteinert am Tisch sitzenden Yvonne Höfer gesetzt hatten. »Eine Kleinigkeit, die den Ablauf Ihres Gesprächs mit Peter May an diesem Sonntagmorgen betrifft.«

»Ich hab doch alles gesagt«, antwortete Yvonne Höfer zwischen zusammengepressten Lippen. Sie saß jetzt seit fast drei Stunden hier, hatte sich geweigert, sich etwas zu trinken oder zu essen kommen zu lassen. Möglicherweise glaubte sie, durch diesen Verzicht innere Widerstandskraft zu gewinnen, die Härte, die man zum Leugnen und Lügen braucht. Löhr konnte nur darauf hoffen, dass sie sich verspekuliert hatte.

»Also wie war das«, fuhr er fort. »Sie standen unten neben dem Sudkessel, und Peter May war bereits die Leiter hochgeklettert, um den Kessel von innen zu reinigen?«

»Ja«, sagte Yvonne Höfer knapp.

»Peter May reinigte den Kessel, indem er ihn mit einem Schlauch ausspritzte, richtig?«

Yvonne Höfer zuckte die Schultern. »Kann schon sein.«

»Das Wasser lief, während Sie sich mit ihm unterhielten?«

»Möglich.«

»Und wie lange, glauben Sie, haben Sie sich mit ihm unterhalten?«

»Zehn Minuten. Höchstens eine Viertelstunde.«

»In der Zeit waren schon etliche Liter Wasser im Kessel, oder?«

»Was wollen Sie eigentlich? Ich hab Ihnen doch gesagt, wie es gewesen ist. – Irgendwann bin ich gegangen. Und der May ist in den Kessel reingestiegen. Das ist alles.«

»Sie sind gegangen, nachdem er Ihnen versprochen hat, sich

das noch einmal zu überlegen, ob er nicht doch zu Ihnen und Ihrem Mann wechselt?«

»Hab ich doch gesagt.«

»Und was wäre gewesen, wenn er das nicht getan hätte? Wenn er Ihnen nichts versprochen, sondern gesagt hätte, er bliebe doch bei Gerhard Höfer?«

»Hat er aber nicht.«

»Und wenn doch, was hätten Sie dann getan?«

»Woher soll ich das wissen, es war ja nicht so.«

»Ich glaube aber, ich weiß nicht bloß, was Sie getan hätten, sondern ich weiß auch, was Sie tatsächlich getan haben«, sagte Löhr so ruhig und überzeugt, dass Yvonnes Blick irritiert und fragend von Löhr zu Esser wanderte.

»May hat Ihnen nämlich eine klare Absage erteilt. Da oben auf der Leiter vor der Luke zu seinem Sudkessel. Und dann sind Sie in Wut geraten – es ist ja nur eine Sprosse, die Leiter zu May hinauf. Und die sind sie hoch, die Sprosse, und haben ihn durch die Luke in den Kessel gestoßen. Ein Wutausbruch, Sie neigen ja ein bisschen dazu. Das hat man eben in der Kneipe erleben können. Ein Affekt.«

»Pah!«, machte Yvonne Höfer. »Das sollten Sie mir erst mal beweisen!«

Löhr reagierte nicht darauf, sondern fuhr, so ruhig wie zuvor, weiter fort: »Das war eine Affekthandlung. Den May da runterzustoßen. Aber es blieb nicht bei dem Affekt. Sie sind noch eine Sprosse höher geklettert und haben ihn da unten im Wasser liegen sehen, wie er hilflos im Wasser strampelte, keine Luft mehr kriegte ...«

»Dat sind doch Märchen! Dat können Sie mir nie und nimmer beweisen!«

Löhr sah, dass sich in Yvonne Höfers Gesicht wieder die hektischen rot-weißen Flecken bildeten und ihre Augen, die ihn bisher kalt und abwartend fixiert hatten, ins Flackern gerieten. So weit konnte er also nicht von der Wahrheit entfernt sein.

»Und dann wurde aus dem Affekt kalte Wut«, fuhr er fort. »Und in dieser Wut haben Sie den Schlauch an sich gezogen, das oben aufsitzende Drosselgewinde abgeschraubt und dann den

Schlauch zurück in den Kessel geworfen, damit May keine Chance mehr hatte, das Wasser abzudrehen. Und dafür, Frau Höfer, gibt es tatsächlich einen Beweis.«

Bei den letzten Worten hatte er die Plastiktüte mit dem Drosselgewinde aus seiner Jackentasche gezogen und vor Yvonne Höfer auf den Tisch gelegt.

»Hier, auf dem Gewinde, befinden sich nämlich Ihre Fingerabdrücke.«

Yvonne Höfer starrte sekundenlang mit weit aufgerissenen Augen das Gewinde vor sich an. Dann ging durch ihren Oberkörper ein Zittern, sie schlug sich die Hände vors Gesicht, und dann hörten Esser und Löhr ein markerschütterndes Schluchzen.

***

»Meine Güte, Jakob!«, stöhnte Esser und steckte sich eine neue Zigarette an. »Das war knapp!«

Sie standen wieder vor dem Verhörzimmer. Yvonne Höfer war von einer uniformierten Beamtin abgeholt und ins Polizeigewahrsam gebracht worden.

»Das war knapp«, wiederholte Esser, »aber genial!«

»Nun ja – genial nicht. Es war ein bisschen gepfuscht«, sagte Löhr.

»Genial gepfuscht.« Esser lachte.

Löhr machte eine wegwerfende Handbewegung. Es war ein kleiner, eigentlich billiger Trick gewesen, nichts weiter; nichts, auf das er sich etwas hätte einbilden können. Laut sagte er: »Hoffen wir nur, dass die beim LKA die Fingerabdrücke nachweisen können, sonst haben wir uns womöglich mit meinem Pfusch selbst ein Bein gestellt.«

»Wieso?«, entgegnete Esser. »Wir haben jetzt doch ein komplettes Geständnis.«

Löhr kam nicht zu einer Entgegnung, weil in seiner Jacketttasche das Handy klingelte. Es war Robert. Löhr wandte sich von Esser ab, ging ein paar Schritte den Flur hinunter.

»Jakob! Es ist was Furchtbares passiert!« Roberts Stimme schien aus dem Grab zu kommen.

»Die Ratsabstimmung?«, fragte Löhr bang ins Handy. »Haben die jetzt doch für den Verkauf gestimmt?«

»Nein. Der Klenk hat verloren. Zwei Stimmen haben ihm gefehlt. Der Rat hat den Verkauf abgelehnt«, antwortete Robert. Doch seine Stimme klang alles andere als triumphierend, eher als verkünde er eine Todesnachricht.

»Ja, ist doch klasse!« Löhr war trotzdem erleichtert.

»Schon. Aber nicht für mich.« Roberts Stimme war so dünn, dass Löhr ihn kaum noch verstehen konnte.

»Robert! Was ist denn los?«

»Kann ich am Telefon nicht drüber reden.«

»Gut. Dann sehen wir uns. Wann?«

»Jetzt gleich?«

»Einverstanden.«

Nachdem sich Löhr mit Robert in einem Straßencafé am Heumarkt verabredet hatte, steckte er das Handy wieder ein und drehte sich zu Esser um. Der hatte – dank jahrelanger Erfahrung mit Löhrs außerdienstlichen und familiären Eskapaden – bereits geahnt, was kommen würde: »Du musst weg?«, fragte er bloß.

Löhr hob bedauernd die Schultern. »Ist ja hier sowieso alles gelaufen.«

»Schon okay«, sagte Esser, jetzt doch mit einem kleinen Anflug von Bitterkeit. Er hätte sich gern noch weiter mit Löhr über ihren Fall unterhalten. »Ich wisch dann hier den Dreck weg.«

»Mensch, Rudi!« Löhr klopfte Esser auf die Schulter. »Es ist doch jetzt alles unter Dach und Fach.«

»Und wer schreibt das Protokoll?« Es war eher eine lakonische Feststellung als eine Frage Essers.

»Können wir das nicht morgen zusammen machen, Rudi?«

»Wer weiß, ob, und wenn, wann du morgen überhaupt zum Dienst kommst …«, seufzte Esser im Ton eines verschmähten Liebhabers.

Die Bezeichnung Straßencafé erwies sich für die Kaschemme, in der Robert bereits auf ihn wartete, als ein ebensolcher Euphemismus wie die Bezeichnung Platz für das, was die Stadtplaner vom Heumarkt übrig gelassen hatten. Vor einer ganz normalen Eckkneipe waren ein paar weiße Plastiktische und -stühle lieblos auf den Bürgersteig gestellt und durch Kübel mit halb vertrockneten Geranien vom Fußgängerverkehr abgetrennt worden. In einem der Stühle hockte Robert. Auf ihm schien ein so gewaltiger Alpdruck zu lasten, dass es ihn zusammenkrümmte, als sei er über Nacht um Dutzende von Jahren gealtert und nun ein buckliger Greis. Ein Anblick zum Erbarmen. Löhr wagte es noch nicht einmal, ihm zur Begrüßung auf die Schulter zu klopfen, zog sich einen Stuhl heran und setzte sich neben ihn.

»Ach, da bist du ja.« Roberts Stimme war ebenso greisenhaft wie seine Gestalt.

»Mensch, Robert!«, sagte Löhr leise und voller Mitgefühl. »Was ist denn los mit dir? Solltest dich doch eigentlich freuen, dass im Rat alles so gelaufen ist, wie wir's geplant haben.«

»Sollte, könnte«, murmelte Robert, ohne den Blick zu heben und Löhr anzusehen.

»Was heißt, sollte? Es *ist* so gelaufen! Du hast deinen Arbeitsplatz noch!«

»Eben nicht«, krächzte Robert heiser und so leise, dass Löhr es kaum verstand.

»Nicht? Den Arbeitsplatz nicht? Hab ich das richtig verstanden?«

Statt zu antworten, nickte Robert bloß.

Eine Frau in einer ärmellosen roten Bluse tauchte neben ihrem Tisch auf und stellte sich mit der Frage, was Löhr trinken wolle, als Kellnerin oder Wirtin der Kneipe heraus. Löhr bestellte ein Kölsch. Die Cola seines Bruders stand unberührt vor ihm auf dem Plastiktisch.

»Das heißt, die BAP hat dich entlassen? Heute?«, fragte Löhr Robert entgeistert, nachdem sich die Frau entfernt hatte.

»Vor einer Stunde«, murmelte Robert.

»Das ist doch nicht möglich! Doch nicht jetzt, wo die Firma gerettet ist! – Wieso?«

Robert räusperte sich mehrmals, bevor er antwortete. »Der Geschäftsführer, der Köhler, ist dahinter gekommen ...«

»Hinter was? Dass wir sein Büro und die Buchhaltung gefilzt haben?«

»Nein. Dahinter, dass ich mit der BAP-Bürgerinitiative zu tun hatte und denen Informationen gesteckt habe.«

»Na und? Dein Köhler soll doch froh sein, dass du dich dafür stark gemacht hast, die BAP am Leben zu halten!«

»Das ist doch nur ein Vorwand, Jakob! Der hatte mich doch schon die ganze Zeit auf dem Kieker. Der will mich schon seit 'nem halben Jahr raushaben, muss sowieso meine Abteilung abspecken – und da bin ich eben das schwächste Glied; der Älteste, zu wenig Computererfahrung und so weiter ...«

»O Gott!«, stöhnte Löhr. »Und dafür das ganze Theater, wo der dich sowieso loswerden wollte.«

»Ich dachte, wenn die BAP gerettet wird, hab ich vielleicht auch noch 'ne Chance«, sagte Robert düster.

Ein paar Augenblicke schwiegen sie. Löhr nippte an seinem Kölsch, das die Kellnerin ihm hingestellt hatte, es schmeckte abscheulich. Irgendeine Billig-Kölsch-Marke, kein Vergleich mit Höfer-Kölsch – weder mit dem einen noch mit dem anderen.

»Aber kann der dich denn überhaupt so von heute auf morgen rausschmeißen?«, fragte Löhr, nachdem er durch mehrmaliges Schlucken den ekelhaften Kölschgeschmack aus dem Gaumen gebannt hatte.

»Nicht von heut auf morgen natürlich. Es ging um die Vertragsverlängerung Ende des Jahres. Deswegen hatte der mich in sein Büro bestellt. Um eben zu sagen, dass nicht verlängert wird.«

»Verstehe«, sagte Löhr düster. »Hast also jetzt noch ein halbes Jahr Zeit, dich nach was Neuem umzusehen.«

»'ne Kleinigkeit, wenn man sieht, wie's der Baubranche im Moment geht«, sagte Robert und nahm jetzt doch einen Schluck von seiner Cola. Noch während er das Glas am Mund hatte, begann er mit einem Tic-haften Kopfschütteln.

»Aber *wie*! Wie! – Da machst du dir überhaupt keine Vorstellung von!«

Löhr verstand nicht. »Was meinst du?«

»Wie der das gemacht hat! Wie der mich rausgeschmissen hat, das Schwein!«

»Und wie?«

Zum ersten Mal sah Robert Löhr an. Hektische tiefrote Flecken mit weißen Rändern bildeten sich auf seinen ohnehin schon geröteten Wangen und seiner Stirn. Male des Zorns.

»Du kennst doch dem sein Büro? Da hängt doch an der Wand neben seinem Schreibtisch so ‘ne Dartscheibe. Da spielt der immer mit, wirft da Pfeile drauf, wenn er nachdenken muss, sagt er.«

»Hm«, nickte Löhr.

»Na ja, und heut Morgen, da hat er mich in sein Büro bestellt, von wegen der Vertragsverlängerung. Ich komm also rein, und da steht der da mit dem Rücken zur Tür und natürlich auch zu mir und wirft seine Pfeile auf die verdammte Dartscheibe ...«

»Und hat nicht mit dir gesprochen oder was?«

»Doch! Aber ohne sich ein einziges Mal umzudrehen oder mich anzusehen. Hat mich einfach an der Tür stehen lassen und die ganze Zeit weiter Pfeile auf die Scheibe geworfen, so als wär das im Augenblick das Allerwichtigste.«

»Und was hat er gesagt? Wie hat der begründet, dass er deinen Vertrag nicht verlängert und dich rauswirft?«

»Begründet?« Robert lachte bitter auf. »Der hat nichts begründet. Der hat bloß gesagt, er hätte den Eindruck, dass ich mich in der Firma nicht mehr wohl fühle. Da konnte ich nicht gut widersprechen. Ist eben kein gutes Klima mehr, seit Köhler es auf mich abgesehen hat.«

»Und weiter?«

»Nichts weiter! Der wirft noch ‘nen Pfeil und sagt dabei: ›Dann wär das ja wohl geklärt mit Ihrem Vertrag.‹ Ende.«

»Das ist ein starkes Stück!«, sagte Löhr.

»Kann man so sagen.« Robert senkte den Kopf. »Ich dachte, so was gäb es nur in Hollywood.«

Löhr nickte nachdenklich und sagte schließlich: »Hollywood ist jetzt eben überall.«

In das nachfolgende lange Schweigen hinein kam Roberts bange Frage: »Und wie geht’s jetzt weiter, Jakob?«

Löhr stöhnte aus den Tiefen seiner Brust: »Es geht weiter. Es geht immer weiter. Das ist ja das Furchtbare.«

»Und wie genau soll es weitergehen?«

Löhr stöhnte wieder. »Es wird schon irgendwie weitergehen. Ich muss nur mal ein bisschen in Ruhe darüber nachdenken.«

»In Ruhe darüber nachdenken!«, piepste Robert vorwurfsvoll. »In ein paar Monaten läuft mein Vertrag aus und ich steh auf der Straße, und du willst in Ruhe darüber nachdenken!«

»Mensch, Robert!« Löhr wurde zornig. Roberts Jammern veranlasste ihn zu einem gewaltigen, weniger brüderlich-kameradschaftlichen als tatsächlich wütenden Schlag mit der flachen Hand auf dessen Rücken. »Jetzt reiß dich mal zusammen! Wenn ich sage, mir fällt was ein, dann fällt mir auch was ein!«

***

Als er etwas später mit müden Schritten die Cäcilienstraße stadteinwärts ging, die nachmittägliche feuchte Hitze sich vor ihm aufstaute wie ein unsichtbarer Duschvorhang, den es bei jedem Schritt neu zur Seite zu schieben galt, fühlte er sich, als durchwate er einen See oder ein Meer. Ein Meer aus klebriger, feuchter Luft, ein nie enden wollendes Meer der Vergeblichkeit.

Sicher, er hatte den verzwickten Fall des Braumeisters doch noch gelöst. Aber richtig froh hatte es ihn nicht gemacht, am Ende eine Frau als Täterin einzusperren, die eigentlich auch ein Opfer war. Zwar auch ein Opfer ihrer Geltungssucht, vor allem aber ein Opfer gefühlloser, patriarchalischer Familienverhältnisse. Und alles andere als froh stimmte ihn auch der Ausgang der BAP-Geschichte. Sicher, seine Intervention hatte dazu beigetragen, deren Verkauf zu verhindern. Aber sie hatte ihr eigentliches Ziel, den Job seines Bruders zu retten, vorläufig verfehlt. Und genau das war es, was ihn jetzt in diese Stimmung trostloser Vergeblichkeit stürzte: dass es immer so weitergehen würde, dass ihm wahrscheinlich nichts anderes übrig bleiben würde, als erneut in den Sumpf kölscher Klüngelei zu steigen.

Am Neumarkt geriet er in den Strom der Fußgänger, die trotz der schwülen Hitze mit hektischem Schritt und unverdrossener Konsumlust den Kaufhäusern zustrebten. Er ließ sich mittreiben, sein Schritttempo durch die anderen bestimmen und erhöhen, und während er jetzt im Fluss mitschwamm, vom Neumarkt in die Apostelnstraße einschwenkte, kam auch etwas Leben, ein Funken Zuversicht in ihn zurück, ein Lämpchen glühte in ihm auf, und dieses Lämpchen waren die Worte »Et hätt noch immer jot jejange«. Worte aus Großeltern- und Elternmund, hundert- und tausendmal gehört und das in Stein gemeißelte Inventar jeder kölschen Seele. Irgendwie würde es mit Robert schon gut gehen. Irgendwie würde er auch das noch geschaukelt kriegen.

Doch je stärker dieses Lämpchen in Löhr zu leuchten begann, umso mehr erschien Löhr dessen tröstendes Licht als kalt und künstlich. »Et hätt noch immer jot jejange«. Der Wunderglaube, dass alles gut gehen wird, hat in Köln noch jede Krise überdauert. Es ist, als manifestiere sich in ihm das immer neue Vergebungsversprechen der Beichte als folkloristische Mentalität. Der Glaube an ein gutes Ende gehört zu dieser Stadt wie der Rhein. Aber wirkt dieser Glaube in den Köpfen der Kölner nicht eher wie ein lähmendes Gift? Bei diesem Gedanken verlangsamte Löhr wieder seinen Schritt, geriet dabei aus dem Rhythmus der übrigen Passanten, wurde angerempelt und schließlich gegen ein Schaufenster gedrückt, wo er dann stehen blieb, um den Gedanken nicht zu verlieren. War diese Lebensmaxime wirklich so optimistisch, wie sie auf den ersten Augenschein wirkte? »Et hätt noch immer jot jejange.« Schwang in ihr gleichzeitig nicht auch eine bange Gegenthese mit: Und was ist, wenn es doch nicht gut geht? Irgendwie neutralisierte dieser immer mitgedachte Widerspruch den Glauben, dass alles gut gehen werde, degradierte ihn zum lahmen Zweckoptimismus. Bei Lichte besehen erschien Löhr nun die Philosophie des »Et hätt noch immer jot jejange« als das eigentliche Transportmittel der für die Kölner typischen Apathie. Ein bisschen auf gute Laune machen, ansonsten aber den Herrgott einen guten Mann sein beziehungsweise die korrupte Mafia der Stadtoberen machen lassen, was sie will. Auf keinen Fall aber irgendetwas tun, um Himmels willen nicht aktiv werden, nicht einschreiten – es *könnte* ja auch sein, dass es eben nicht gut geht. Und dann wäre man der Dumme.

Er bemerkte, dass er, während er diesen düsteren Gedanken nachhing, in einem Schaufenster auf ein gewaltiges, rosiges Kotelettstück gestarrt hatte. Als ihm klar wurde, auf was er da geschaut hatte, waren mit einem Schlag das Gefühl von Vergeblichkeit und alle Düsterkeit aus seinen Gedanken weggewischt. Er hatte eine Idee. Eine schöne, eine helle und freundliche Idee.

***

Der »Brock« auf der Apostelnstraße steht bei vielen Kölnern im Ruf, ein Laden der feinen Leute, der Reichen zu sein. Das hat, sieht man auf die Preise, zweifellos auch seine Berechtigung. Löhr hatte hier schon einmal eine ältere Dame erlebt, die für dreihundert Euro Wild eingekauft hatte. Als ihr Chauffeur mit einem großen Korb hereinkam, um den Einkauf abzuholen, reichte die Dame der Verkäuferin zu den drei ersten bankfrischen noch einen weiteren Hunderteuroschein und zwitscherte dabei: »Packen Sie ihm doch bitte noch zwei Fläschchen von meinem Champagner dazu. Der Rest ist für Sie.« Der Rest waren zwei Euro, denn der Champagner kostete neunundvierzig Euro pro Flasche.

Doch abgesehen davon, dass man bei Brock nicht eben billig einkauft, ist das, was man hier bekommt, von exquisiter Qualität. Und das trifft nicht nur auf das Wild zu – wenn denn Wildsaison ist –, sondern auf alles Fleisch und Geflügel. Löhr, der ansonsten kein großer Freund von Geflügel war, hatte bei Brock einmal ein Bresse-Huhn gekauft, das seinem Gaumen einen ganz neuen Begriff davon gegeben hatte, wie ein Huhn überhaupt schmeckt oder eigentlich schmecken sollte. Doch nicht wegen eines Huhnes war er jetzt hier, sondern wegen etwas, das es in Köln sonst nirgendwo, das es nur hier gab – das Hallische Schwein.

Denn vom Hallischen Schwein stammte dieses wunderbare rosige Kotelettstück, das ihn aus dem schwarzen Grübeln über die kölsche Identität gerissen und auf die Idee gebracht hatte: Wie wäre es, wenn er – was ohnehin fällig war – heute Abend seine Mutter besuchte und sie mit einem Schweinebraten und seinen neuen Kochkünsten überraschte? Die wurden bei ihm zu Hause im Moment nicht gebraucht, und darin, für sich allein zu kochen, konnte er keinen Sinn erkennen. Also einen Braten vom Hallischen Schwein.

Die Besonderheit des Hallischen Schweines, seine es über alle anderen Schweine heraushebende Einzigartigkeit, ist der hohe

Fettanteil seines Fleisches. Jedes von feinen Fettschichten geäderte Kotelett des Hallischen Schweines ziert ein Fettrand von mindestens zwei Zentimetern Breite. Denn ein Schwein ist nicht mager. Das Hallische Schwein ist eine der wenigen übrig gebliebenen alten Schweinerassen, die ordentlich nur in Freilandhaltung gedeihen und der man weder die Magerkeit noch eine elfte Rippe angezüchtet hat wie den auf puren Fleischzuwachs getrimmten armen Tieren der Massenhaltung. Das Hallische Schwein ist ein Schwein, wie es sein sollte. Entsprechend lässt sich aus ihm ein Schweinebraten bereiten, wie er sein sollte. Beflügelt von der Idee eines Schweinebratens, wie er sein sollte, kaufte Löhr bei Brock neben einer kleinen Kalbshaxe und einem Tütchen getrockneter Steinpilze ein Bratenstück vom Hallischen Schwein, das für eine achtköpfige Familie gereicht hätte, und machte sich dann eilig und durch den Gedanken ans Kochen erlöst von allen sein Kölschsein betreffenden Selbstzweifeln auf den Weg ins Eigelsteinviertel.

Doch noch bevor er in der Eintrachtstraße auf dem ersten Stock die Wohnung seiner Mutter betrat, kam ihm durch die Flurtür ein Geruch entgegen, der seine schönen Kochphantasien zerstieben ließ. Sie war bereits dabei, zu kochen! Ein säuerlicher Duft stieg in Löhrs Nase, der Kindheitserinnerungen in ihm weckte, ihm aber nicht verriet, um welches Gericht es sich genau handelte.

»Jakob! Biste aus dem Urlaub zurück?«

Löhr umarmte seine Mutter, und sie kam ihm dabei noch ein wenig zerbrechlicher vor als beim letzten Mal, an ihrem Namenstag.

»Da haste aber Glück, Jung«, sagte sie, während sie vor ihm über den Flur in die Küche ging. »Ich bin mir gerade wat am Kochen.«

»Ach ja?« Löhr gab sich Mühe, seine Enttäuschung zu verbergen.

»Du isst doch was mit, Jakob?«

»Wenn du was übrig hast, gerne.«

»Du weißt doch, dass ich, wenn ich für mich alleine koche, immer 'ne Portion für zwei Tage mache. Also haben wir für heute genug.«

Fast hätte Löhr »Schade!« gesagt. Die ganze Vorfreude auf das eigene Kochen war dahin. Er getraute sich seiner Mutter noch nicht einmal zu sagen, was er da in seiner Plastiktüte mitgebracht hatte und wozu es gedacht war. Doch dann, als er an den Herd trat und den Deckel von einem gusseisernen Topf hob und sah, was es heute gab, war seine Enttäuschung über den entgangenen Schweinebraten verflogen: saure Bohnen und Kasseler! Das Leibgericht seiner Kindheit. Seit wie vielen Jahrzehnten hatte er das nicht mehr gegessen! Das heißt, er hatte es schon ab und an in irgendwelchen Restaurants gegessen, immer aber nur anämische Kopien des Saure-Bohnen-Gerichts seiner Mutter bekommen. Die allein auf der Welt bereitete es nämlich so zu, wie es sein muss: mit Schmalz, fettem Speck und mindestens drei klein geschnittenen Birnen.

»Hm!«, machte er aus tiefster Seele und sog dabei den säuerlich-süßen Duft der Speise ein. Als er aus den Augenwinkeln sah, wie ein glückliches Lächeln über das Gesicht seiner Mutter ging, sie seine kindliche Freude über das bevorstehende Essen genoss, hakte er den Braten vom Hallischen Schwein endgültig ab und beschloss, erst später darauf zu sprechen zu kommen und ihr anzubieten, ihn vielleicht morgen für sie zu bereiten.

»Setz dich doch, Jakob, und erzähl, wie et im Urlaub war. – Ich schäl in der Zeit die Kartoffeln für dat Püree.«

»Mit Püree! Wie früher!«, sagte Löhr beglückt, ließ sich auf seinem Lieblingsplatz, der Küchencouch, nieder und tat, um was ihn seine Mutter gebeten hatte, erzählte von Vinci, dem schönen Haus, seiner Terrasse, von seiner Begegnung mit Don Ernesto und davon, wie er sich von dessen Kochkünsten hatte anstecken lassen – und nicht nur von den Kochkünsten, sondern dass er auch irgendwie mit einem neuen Lebensgefühl aus der Toskana zurückgekehrt sei. Und während er das sagte beziehungsweise Worte dafür suchte, die seiner Mutter verständlich sein könnten, wurde ihm allmählich klarer, was es mit seinen eben so schmerzhaft gespürten, seine kölsche Identität betreffenden Selbstzweifeln vielleicht auf sich haben könnte. Könnte es sein, dass dieses sein neu entdecktes Lebensgefühl – die *serenità* – im Widerspruch stand zu seiner kölschen Mentalität? Denn die, betrachtet man es genauer, ist doch eigentlich gar nicht so sehr gelassen, wie sie so gerne von sich behauptet. Statt sich Ärger aufzuhalsen, weicht der Kölner lieber ins Gefühlige aus. Wobei dieses »Jeföhl« des Kölners nichts weiter ist als eine Befindlichkeit aus sentimentaler Verheultheit, trunkenem Überschwang und provinzieller Selbstverliebtheit. Die Provinz ist dem Kölner zum Nabel der Welt, das Provinzielle zur einzigen und eigentlichen Lebensform geworden. Aus keinem anderen Grund sträuben sich den meisten Kölnern schon die Nackenhaare, wenn sie zufällig einmal in ein ihnen nicht so sehr bekanntes Stadtviertel müssen.

Und während er über die Kölner Provinzialität im Allgemeinen und seine von Geburt und Beruf bestimmte Verstrickung in diese Gefühlslage im Besonderen nachdachte, kam ihm plötzlich die Lösung für Roberts Problem in den Sinn. Sie war ihm eigentlich schon während des Gesprächs mit seinem Bruder auf dem Heumarkt klar gewesen. Doch da hatte er sich noch dagegen gesträubt, weil er gehofft hatte, einen anderen Ausweg zu finden. Aber während des Gangs vom Heumarkt hierhin war ihm bewusst geworden, dass es keinen anderen gab. Er musste den einmal eingeschlagenen Weg weitergehen, ob es ihm nun passte oder nicht, denn schließlich hing die Existenz seines Bruders und damit auch die seiner vielköpfigen Familie und seines Patenkindes Gabriel davon ab. Und am besten war es, Robert sein Vorhaben gleich mitzuteilen, damit der sich nicht weiter unnötig Sorgen machte.

Löhr erhob sich von der Küchencouch, entschuldigte sich bei seiner Mutter und ging zum Telefonieren hinaus auf den Balkon. Von seiner wenig ehrenwerten Nebentätigkeit brauchte die alte Frau ja nicht unbedingt zu erfahren.

»Robert, ich bin's«, meldete er sich, als sein Bruder abgenommen hatte. »Du brauchst dir jetzt erst mal weiter keine Gedanken zu machen. Wir kriegen das schon wieder hin mit deinem Job.«

»Und wie?« Roberts Stimme klang immer noch dünn und piepsig.

»Wie? Wie man so was in Köln halt macht«, antwortete Löhr. »Wozu leben wir denn schließlich in der Klüngel-Hochburg!«

»Was meinst du?«

»Ach Robert«, seufzte Löhr. »Es geht so weiter, wie wir's angefangen haben. Was bleibt uns anderes übrig?«

»Wie? So weiter wie bisher? Ich versteh nicht …«

»Du verstehst ganz gut. Denk mal daran, was wir mit Prinz und Schwamborn gemacht haben. Das ist die einzige Sprache, die solche Leute verstehen.«

»Du meinst …« Löhr hörte Robert am anderen Ende der Leitung tief Luft holen. »Du meinst erpressen? Wen denn jetzt?«

Roberts Stimme klang so unbedarft, dass man nie auf die Vermutung gekommen wäre, dass er derjenige gewesen war, der die Idee zu dieser Vorgehensweise überhaupt in die Welt gesetzt hatte.

»Jetzt stell dich nicht blöder an, als du bist!«, sagte Löhr. »Dein Chef, dieser Köhler, das ist doch der Hauptakteur in dieser Germania-Geschichte! Wenn wir den damit ein bisschen unter Druck setzen, wird der sich das mit deiner Kündigung noch mal überlegen müssen.«

»Ach so, ja, vielleicht, wenn du meinst …«, kam es dünn und bang von Robert.

»Robert! Wie viele Kinder hast du? Wie viele Mäuler musst du stopfen? Wieso muss ich denn hier derjenige sein, der an so was denkt?«

Löhr drückte das Gespräch weg und steckte das Handy zurück in seine Jackentasche. So war es nun einmal. Im Hechtteich kann man kein Karpfen sein. Kölsche Provinzialität hin, kölsche Provinzialität her. Er, Löhr, gehörte nun einmal zu dieser Provinz, und die Provinz war auch ein Teil von ihm. Vielleicht, eines Tages vielleicht, würde die schöne neue toskanische Gelassenheit tatsächlich einen größeren Raum in seinem Gemüt einnehmen. Bis dahin mussten halt zwei Seelen in seiner Brust Platz finden.

Er kehrte zurück zu seiner Mutter in die Küche, setzte sich wieder auf die Küchencouch und fuhr so, als sei nichts geschehen, mit seinem Urlaubsbericht fort. Als er damit fertig war, trat eine kleine Gesprächspause ein. Löhr überlegte, was er seiner Mutter sonst noch von dem erzählen konnte oder sollte, was er in den paar Tagen nach seinem Urlaub erlebt hatte. Und da fiel ihm seine Begegnung mit dem Kohlköpfe transportierenden Radfahrer vor dem Großmarkt wieder ein.

»Hast du eigentlich schon mal gehört, dass einer das Wort ›Schmierwoosch‹ als Schimpfwort benutzt hat, Mama?«

Seine Mutter schaute vom Kochtopf, in dem sie das Garen der inzwischen geschälten Kartoffeln beobachtete, auf und ihn erstaunt an. »›Schmierwoosch‹? – Mein Gott! Wer sagt denn so wat?«

»Hab ich gehört, auf der Straße ...«

Seine Mutter schüttelte den Kopf, während sie den Topf mit den Kartoffeln vom Herd nahm und zur Spüle trug, um das Wasser abzugießen. »›Schmierwoosch‹«, wiederholte sie in leicht abfälligem Ton. »Dat klingt mir zu fies. Dat hab ich auch noch nie als Schimpfwort gehört. ›Schmierlapp‹ schon – aber da weißte ja, wat dat bedeutet, oder? Dat find ich auch irgendwie viel schöner.«

»Sicher weiß ich dat, Mama«, lächelte Löhr, begeistert darüber, dass seine Mutter Schimpfwörter »schön« finden konnte. »Und ›Schmierwoosch‹ – dat kannst du dir wirklich nicht als Schimpfwort vorstellen?«

»Enä!«, war die energische Antwort. Doch dann drehte sie sich zu ihm um, zog die Mundwinkel ein wenig nach unten und hob dabei die Schultern. »Aber warum eigentlich nit? Sind doch jetzt andere Zeiten und sowieso: Jede Jeck es eben anders!«

Löhr ließ dieses »Jede Jeck es eben anders« eine Weile schweigend auf sich einwirken. Dann begann er langsam und bedächtig zu nicken und sagte schließlich: »Genau!« – und das mit großer Erleichterung. Denn war das »Jede Jeck es eben anders« nicht genau die Kompromissformel, mit der die beiden Seelen in seiner Brust – die *serenità* und das kölsche Gefühl – sich letztlich doch noch miteinander versöhnen ließen?